KANSAS CITY, KANSAS PUBLIC LIBRARY

2 3131 1124 2335 1

ARGENTINE OCT 11 2005
KANSAS CITY KANSAS
PUBLIC LIBRARY

SPANISH
FICTION
CLARK

D1774654

Escondido en las sombras

Mary Higgins Clark

Escondido en las sombras

Traducción de
Encarna Quijada

PLAZA [H] JANÉS

Clark, Mary Higgins
   Escondido en las sombras. – 1ª ed. – Buenos Aires : Plaza & Janés, 2005.
   368 p. ; 23x15 cm. – (Éxitos)

   Traducido por: Encarna Quijada Vargas

   ISBN 950-644-059-X

   1. Narrativa Estadounidense-Novela. I. Quijada Vargas, Encarna, trad. I. Título
   CDD 813

Título original: *Nighttime Is My Time*

Primera edición en la Argentina: abril de 2005

© 2004, Mary Higgins Clark
   Publicado por acuerdo con Simon and Schuster, Inc.
© 2005, Random House Mondadori, S.A.
   Travessera de Gràcia, 47-49. 08021 Barcelona
© 2005, Encarna Quijada Vargas, por la traducción
© 2005, Editorial Sudamericana S.A.®
   Humberto I° 555, Buenos Aires, Argentina
   Publicado por Editorial Sudamericana S.A.® bajo el sello Plaza & Janés
   con acuerdo de Random House Mondadori

Quedan rigurosamente prohibidas, sin la autorización escrita de los titulares del *«Copyright»*, bajo las sanciones establecidas en las leyes, la reproducción total o parcial de esta obra por cualquier medio o procedimiento, comprendidos la reprografía y el tratamiento informático, y la distribución de ejemplares de la misma mediante alquiler o préstamo públicos.

Impreso en la Argentina
ISBN 950-644-059-X
Queda hecho el depósito que previene la ley 11.723

Fotocomposición: Anglofort, S.A.

www.edsudamericana.com.ar

*Para Vincent Viola, un orgulloso graduado de West Point,
y su adorable esposa, Theresa,
con afecto y amistad*

AGRADECIMIENTOS

Con frecuencia me preguntan si, cuanto más escribo, más fácil me resulta. Ojalá fuera así. Cada historia presenta nuevos desafíos, es un nuevo paisaje que debo poblar de personajes y sucesos. Por eso estoy tan agradecida a las personas que están siempre a mi lado, sobre todo cuando empiezo a preguntarme si realmente puedo contar cada historia como yo quiero.

A Michael Korda, mi editor desde que escribí mi primera novela de suspense hace treinta años. Él ha sido mi amigo, mentor y editor por excelencia durante tres décadas. El editor jefe, Chuck Adams, también forma parte del equipo desde hace doce años. Les doy las gracias a los dos por todo lo que han hecho para enseñarle el camino a esta escritora.

A mis agentes literarios, Eugene Winick y Sam Pinkus, que han sido verdaderos amigos, buenos críticos y una verdadera fuente de apoyo. Les quiero. A la doctora Ina Winick, que ha puesto a mi disposición su experiencia como psicóloga para ayudarme a comprender cómo funciona la mente humana.

A Lisl Cade, mi publicista y amiga del alma, que siempre está cuando la necesito.

Muchas gracias a don Michael Goldstein y a don Meyer Last por su valiosa ayuda al contestar a mis dudas sobre las cuestiones legales y procedimientos necesarios para la adopción.

Como siempre, me quito el sombrero ante la directora asociada de Copyediting, Gypsy da Silva, y su equipo: Rose Ann Ferrick,

Anthony Newfield, Bill Molesky y Joshua Cohen, y ante el agente Richard Murphy y el sargento retirado Steven Marron, por su apoyo y orientación.

A Agnes Newton, Nadine Petry e Irene Clark, que siempre me acompañan en mis viajes literarios.

La mayor alegría es que, una vez que he terminado la historia, lo celebro con aquellos que me son más allegados y queridos, mis hijos, mis nietos y, por supuesto, él, mi maravilloso marido, John Conheeney.

Y ahora espero que vosotros, mis apreciados lectores, disfrutéis de los sucesos de una mortífera reunión de viejos compañeros de clase en el hermoso valle del Hudson.

La definición de búho siempre le había gustado: «Ave nocturna de presa... con garras afiladas y un plumaje suave que le permite un vuelo silencioso... En sentido figurado, persona de hábitos nocturnos». «Soy el Búho —susurraba para sí cuando elegía una presa— y la noche es mi momento.»

1

Era la tercera vez en un mes que iba a Los Ángeles para observarla en sus actividades diarias.

—Conozco tus idas y venidas —susurró mientras esperaba en la caseta de la piscina. Faltaba un minuto para las siete. El sol de la mañana se colaba entre los árboles y llenaba de destellos la cascada que caía a la piscina.

Se preguntó si Alison podría intuir que solo le quedaba un minuto de vida. ¿No se sentía extrañamente inquieta? ¿No había algo que le decía que quizá ese día debiera saltarse su chapuzón matinal? Aunque así fuera, tampoco le hubiera servido de nada. Era demasiado tarde.

La puerta corredera de cristal se abrió y Alison salió al patio. Treinta y ocho años y era infinitamente más atractiva que veinte años atrás. Su cuerpo bronceado y esbelto quedaba bien en biquini. Su pelo, que ahora era de color miel, enmarcaba y suavizaba su afilado mentón.

Alison arrojó la toalla que llevaba, sobre una tumbona. La ira cegadora que había estado burbujeando en el interior de aquel hombre se hizo más intensa, pero enseguida fue sustituida por la satisfacción de saber lo que estaba a punto de hacer. En una entrevista, había oído decir a un especialista en saltos peligrosos que, en el momento antes de saltar, el hecho de saber que estaba arriesgando su vida le producía una exaltación indescriptible, y que necesitaba revivir esa sensación una y otra vez.

Para mí es diferente, pensó. Es el instante que precede al momento de descubrir mi presencia ante ellas lo que me llena de exaltación. Sé que van a morir y, cuando me ven, ellas también lo saben. Comprenden lo que les voy a hacer.

Alison subió al trampolín y se estiró. Él observó cómo botaba ligeramente, probando la tabla, y luego extendía los brazos hacia delante.

En el preciso instante en que los pies de Alison se separaron de trampolín, él abrió la puerta de la caseta. Quería que lo viera cuando estaba suspendida en el aire. Antes de tocar el agua. Quería que comprendiera lo vulnerable que era.

Por una décima de segundo, sus miradas se encontraron y él vio perfectamente su expresión. Alison estaba aterrada, sabía que no podía volar.

Antes de que Alison saliera a la superficie, él ya estaba en la piscina. La aferró contra su pecho, riendo, mientras ella se debatía y pataleaba. Qué tonta... ¿Por qué no limitarse a aceptar lo inevitable?

—Vas a morir —le susurró, con voz tranquila e inexpresiva.

El pelo de la mujer se le pegaba a la cara y no le dejaba ver. Lo apartó con impaciencia. No quería que nada lo distrajera del placer de verla debatirse.

El final se acercaba. En su desesperación por respirar, Alison había abierto la boca y estaba tragando agua. Él percibió el último esfuerzo por liberarse y, luego, las leves y desesperadas convulsiones del cuerpo al empezar a ceder. La apretó con más fuerza y deseó poder leer su mente. ¿Estaba rezando? ¿Le estaba suplicando a Dios que la salvara? ¿Veía esa luz que dicen haber visto muchas personas que han estado cerca de la muerte?

Antes de soltarla, esperó tres minutos. Con una sonrisa de satisfacción vio cómo su cuerpo se deslizaba al fondo de la piscina.

Pasaban cinco minutos de las siete cuando salió de la piscina y se puso una sudadera, pantalón corto, zapatillas de deporte, una gorra y gafas oscuras. Ya había elegido el lugar donde dejaría el silencioso recordatorio de su visita, la tarjeta de visita en la que nadie reparaba nunca.

A las siete y seis minutos, empezó a correr tranquilamente por la calle desierta, como un aficionado más al deporte en una ciudad de aficionados al deporte.

2

Aquella tarde no era el propósito de Sam Deegan abrir el expediente de Karen Sommers. Estaba revolviendo el último cajón de su mesa, buscando una caja de pastillas para el resfriado que le parecía recordar tenía guardada allí. Cuando sus dedos tocaron la gastada carpeta, tan inquietantemente familiar, vaciló y, con una mueca, la sacó y la abrió. Entonces vio la fecha en la primera página y supo que inconscientemente era eso lo que buscaba desde el principio. El aniversario de la muerte de Karen Sommers sería el 12 de octubre, el día de Colón, dentro de una semana. Ya hacía veinte años.

El archivo tendría que haber estado guardado con los de los otros casos sin resolver, pero tres fiscales consecutivos del condado de Orange habían tolerado su necesidad de tenerlo siempre a mano. Veinte años atrás, Sam fue el primer agente que llegó en respuesta a la frenética llamada de una mujer que decía a gritos que habían asesinado a su hija.

Unos minutos más tarde, cuando él llegó a la casa de Mountain Road, en Cornwall-on-Hudson, se encontró la habitación de la víctima llena de curiosos horrorizados. Un vecino estaba inclinado sobre la cama tratando inútilmente de practicarle la respiración boca a boca. Otros intentaban apartar a los histéricos padres de la terrible visión del cuerpo destrozado de su hija.

El pelo de la joven estaba esparcido sobre la almohada. Cuando apartó al pretendido salvador, Sam vio las violentas puñaladas del pecho y el corazón, que debieron de causarle una muerte instantánea y que habían empapado las sábanas de sangre.

Aún se acordaba: su primer pensamiento fue que la chica seguramente ni se había enterado de que su atacante entraba en la habitación. Seguramente ni se despertó, pensó ahora al abrir la carpeta. Los gritos de la madre no solo atrajeron a los vecinos, también acudieron un jardinero y un repartidor que casualmente estaban en la casa de al lado. El resultado había sido un escenario del crimen muy contaminado.

No había indicios de que se hubiera forzado la entrada. No faltaba nada. Karen Sommers era una chica de veintidós años que estudiaba primero de medicina, y aquel día había dado una sorpresa a sus padres porque se presentó en casa sin avisar. Evidentemente, las sospechas recayeron en su ex novio, Cyrus Lindstrom, estudiante de tercero de derecho en la Universidad de Columbia. El chico admitió que Karen le había dicho que era mejor que los dos salieran con otras personas, pero insistió en que a él le pareció buena idea porque no estaban preparados para un compromiso más serio. Su coartada —que estaba durmiendo en el apartamento que compartía con otros tres estudiantes de derecho— fue corroborada, aunque sus tres compañeros dijeron que se habían acostado a las doce de la noche y, por tanto, no sabían si Lindstrom había salido de la casa después. Se estableció que la muerte de Karen había tenido lugar entre las dos y las tres de la madrugada.

Lindstrom había visitado la casa de los Sommers algunas veces. Sabía que existía una llave de recambio bajo una roca falsa que había cerca de la puerta de atrás. Sabía que la habitación de Karen era la primera a la derecha subiendo por la escalera de atrás. Pero eso no demostraba que hubiera conducido ochenta y cuatro kilómetros, desde Amsterdam Avenue con la calle Ciento cuatro en Manhattan hasta Cornwall-on-Hudson, en mitad de la noche para matarla.

«Una persona interesante», así es como llamamos ahora a la gente como Lindstrom, pensó Sam. Siempre creí que era culpable. No entiendo por qué los Sommers lo apoyaron. Dios, casi parecía que estaban defendiendo a un hijo.

Sam dejó con impaciencia el archivo sobre su mesa, se levantó y se acercó a la ventana. Desde allí se veía el aparcamiento, y recordó una vez que un prisionero acusado de asesinato derribó a un guardia, saltó por la ventana del juzgado, corrió por el aparcamiento, atacó a un tipo que en ese momento estaba subiendo a su coche y escapó.

Lo atrapamos veinte minutos después, pensó Sam. Pero ¿cómo es que en veinte años no he sido capaz de atrapar al animal que mató a Karen Sommers? Sigo pensando que fue Lindstrom.

Lindstrom se había convertido en un poderoso abogado criminalista de Nueva York. Es un genio haciendo que absuelvan a criminales, pensó. Muy apropiado, puesto que él también lo es.

Se encogió de hombros. Hacía un día espantoso, lluvioso e inusualmente frío para primeros de octubre. Antes me encantaba mi trabajo. Pero ya no es lo mismo. Estoy a punto de jubilarme. Tengo cincuenta y ocho años; he trabajado de policía la mayor parte de mi vida. Debería coger mi pensión y largarme. Perder peso. Visitar a mis hijos y pasar más tiempo con mis nietos. Cuando quiera darme cuenta ya estarán en la universidad.

Se pasó la mano por el pelo, que comenzaba a ralear, y tuvo la ligera sensación de que estaba incubando un dolor de cabeza. Kate siempre me decía que no hiciera eso, pensó. Que debilitaba las raíces.

Con una media sonrisa por aquel análisis tan poco científico de su difunta esposa sobre el asunto de la calvicie, Sam volvió a su mesa y clavó la vista en la carpeta donde ponía «Karen Sommers».

Aún visitaba regularmente a Alice, la madre de Karen, que se había mudado a una casa en el centro de la localidad. Sabía que para ella era un consuelo saber que seguían tratando de encontrar a la persona que mató a su hija, pero era más que eso. Sam tenía la sensación de que algún día Alice mencionaría algo a lo que no había dado importancia, algo que le llevaría a descubrir quién entró en la habitación de Karen aquella noche.

Eso es lo que me ha ayudado a seguir adelante estos dos últimos años, pensó. Tenía tantas ganas de resolver este caso... pero ya no puedo esperar más.

Abrió de nuevo el último cajón de su mesa, pero vaciló. Tendría que olvidarse de aquello. Ya era hora de que dejara aquella carpeta con el resto de casos sin resolver en el archivo general. Había hecho lo que había podido. Los primeros doce años después del asesinato, siempre iba al cementerio el día del aniversario. Y se quedaba allí todo el día, escondido detrás de un mausoleo, vigilando la tumba de Karen. Hasta había puesto escuchas en la lápida para saber qué decían los posibles visitantes. Se habían dado casos en los que habían atrapado al asesino porque había visitado la tumba de la víctima en algún aniversario y se había puesto a hablar del crimen.

Pero las únicas personas que visitaban la tumba de Karen eran sus padres, y escuchar sus palabras de recuerdo había sido una imperdonable violación de su intimidad. Sam había dejado de ir hacía ocho años, cuando Michael Sommers murió y Alice fue sola a visitar la tumba donde descansaban su hija y su marido. Aquel día se dio la vuelta y se fue, porque no quería presenciar el dolor de aquella mujer. Y ya no volvió.

Sam se levantó y se puso el archivo de Karen Sommers bajo el brazo, con decisión. No volvería a mirarlo. Y la semana siguiente, el día del vigésimo aniversario de la muerte de Karen, entregaría sus papeles para el retiro.

Y me pasaré por el cementerio, pensó, solo para que sepa que siento no haber podido ayudarla.

3

Había tardado casi siete horas en ir de Washington hasta la localidad de Cornwall-on-Hudson, pasando por Maryland, Delaware y New Jersey.

Para Jean Sheridan no era un viaje agradable, y no tanto por la distancia como por el hecho de que Cornwall, el lugar donde se había criado, le traía muchos recuerdos dolorosos.

Se había prometido a sí misma que, por muy persuasivo y encantador que se mostrara Jack Emerson, el presidente del comité encargado de organizar la reunión de ex alumnos para celebrar el vigésimo aniversario de su graduación en el instituto, alegaría tener trabajo, otros compromisos, problemas de salud... lo que fuera con tal de evitar formar parte de aquello.

No tenía ningún deseo de celebrar su graduación en la Academia Stonecroft hacía veinte años, aunque estaba agradecida por la educación que le habían dado. Ni siquiera le importaba la medalla de «alumna distinguida» que iban a concederle, a pesar de que su paso por Stonecroft había sido un trampolín para conseguir su beca y estudiar en Bryn Mawr y posteriormente doctorarse en Princeton.

Pero el caso es que se había incluido un acto en memoria de Alison en el programa, y no podía negarse.

La muerte de Alison seguía pareciendo tan irreal que a veces aún esperaba oír el teléfono y escuchar su voz familiar, sus palabras breves y apresuradas, como si hubiera que decirlo todo en diez segundos: «Jeannie, últimamente no me llamas. Te has olvidado de que sigo viva. Te odio. No, no es verdad. Te quiero. Te respeto. Eres tan condenadamente inteligente. La semana que viene habrá un estreno en Nueva York. Curt Ballard es cliente mío. Es un actor espantoso, pero es tan guapo que a nadie le importa. Y su última novia también asistirá. Si te dijera quién es creo que te desmayarías. Bueno, ¿puedes arreglarlo para venir el próximo martes? El cóctel es a las seis, luego la película, y luego una cena privada para veinte, treinta o cincuenta personas».

Alison siempre se las arreglaba para dejar mensajes así en unos diez segundos, pensó Jean, y no entendía que el noventa y nueve por ciento de las veces ella no podía dejarlo todo y correr a reunirse con ella en Nueva York.

Hacía casi un mes que Alison había muerto. Por difícil que resultara creerlo, el hecho de que alguien hubiera podido asesinarla se le hacía insoportable. Pero en su trabajo había hecho montones de enemigos. Nadie conseguía ponerse al frente de una de las agencias de nuevos talentos más importantes del país sin que lo odiaran. Además, algunos habían comparado el ingenio y sarcasmo de Alison con los comentarios hirientes de la legendaria Dorothy Parker. ¿Es posible que alguna de las personas a las que había ridiculizado o despedido estuviera lo bastante furiosa para matarla?, pensó.

Me gustaría pensar que tuvo un desvanecimiento cuando se zambulló en la piscina. No soporto la idea de que alguien la obligara a permanecer bajo el agua.

Echó un vistazo al bolso que llevaba en el asiento del pasajero y automáticamente su mente se centró en el sobre que guardaba dentro. ¿Qué voy a hacer? ¿Quién me lo ha enviado y por qué? ¿Cómo es posible que alguien haya descubierto lo de Lily? Oh, Dios, ¿qué voy a hacer? ¿Qué puedo hacer?

Desde que recibió el informe del laboratorio, estas preguntas le habían provocado semanas de insomnio.

Ya había llegado al desvío que llevaba de la carretera 9W a Cornwall. West Point estaba cerca de Cornwall. Jean tragó saliva a pesar del nudo que tenía en la garganta y trató de concentrarse en la belleza de aquella tarde de octubre. Los árboles estaban deslumbrantes con sus dorados, naranjas y rojizos. Por encima de ellos, las montañas, serenas como siempre. Las tierras altas del río Hudson. Había olvidado lo bonito que es todo aquí, pensó.

Por supuesto, este pensamiento trajo inevitablemente el recuerdo de los domingos en West Point, cuando se sentaba en los escalones del monumento en tardes como aquella. Ahí fue donde empezó su primer libro, una historia de West Point.

Tardé diez años en terminarlo, básicamente porque durante mucho tiempo no fui capaz de escribir nada.

Cadete Carroll Reed Thornton hijo, de Maryland. No pienses en Reed ahora, se dijo.

Abandonar la carretera 9W para enfilar Walnut Street seguía siendo una reacción automática, no una decisión consciente. El Glen-Ridge House de Cornwall, llamado así por uno de los internados más importantes que hubo en la localidad a mediados del siglo XIX, era el hotel elegido para la reunión. En su curso se habían graduado noventa alumnos. Según los últimos datos que había recibido, cuarenta y dos pensaban asistir, además de maridos, esposas o parejas e hijos.

Ella no había tenido que hacer ninguna reserva en ese sentido.

La decisión de que la reunión se celebrara en octubre en vez de junio fue cosa de Jack Emerson. Había hecho una encuesta entre los ex alumnos y la conclusión fue que en junio es cuando se gradúan en la escuela o el instituto los hijos de todos, y eso haría más difícil que pudieran escaparse.

Jean había recibido por correo su tarjeta de identificación, con su fotografía de último curso arriba y el nombre debajo. Había llegado junto con el programa de actos del fin de semana. Viernes por la noche: cóctel de bienvenida y bufet. Sábado: desayuno, visita a West Point, partido ejército contra Princeton, luego cóctel y cena de gala. Se había previsto clausurar la reunión el domingo con un desayuno tardío en Stonecroft, pero después de la muerte de Alison se decidió incluir una misa en su memoria. La habían enterrado en el cementerio contiguo al instituto, y el servicio se oficiaría junto a la tumba.

En su testamento, Alison había dejado una importante suma

para el fondo de becas de Stonecroft, que era la principal razón de que se hubiera programado aquella ceremonia en su memoria a toda prisa.

Main Street no parece cambiada, pensó Jean mientras conducía lentamente por el pueblo. Hacía muchos años que no iba por allí. El año de su graduación, su padre y su madre se divorciaron, vendieron la casa y siguieron caminos diferentes. Ahora, su padre era director de un hotel en Maui. Su madre había vuelto a Cleveland, donde se crió, y se había casado con el que fue su novio del instituto. «Mi mayor error fue no casarme con Eric hace treinta años», había comentado efusivamente en la boda.

¿Y a mí dónde me deja eso? Esto fue lo que le pasó a Jean por la cabeza en aquel momento. Pero al menos el divorcio de sus padres había significado el piadoso final de su vida en Cornwall.

Jean se resistió al impulso de dar un rodeo por Mountain Road y pasar ante su antigua casa. Quizá lo haga en algún otro momento durante el fin de semana, pensó, pero ahora no. Tres minutos después, entraba con el coche en el camino de acceso al Glen-Ridge House y el portero, con una sonrisa profesional en la cara, abrió la portezuela y le dijo:

—Bienvenida a casa.

Jean abrió el capó y observó cómo sacaban su maleta y su bolsa de viaje.

—Vaya directamente al mostrador de recepción —la apremió el portero—. Nosotros nos ocuparemos de su equipaje.

El vestíbulo del hotel era coqueto y acogedor, con gruesas moquetas y agradables grupos de asientos. El mostrador de recepción estaba a la izquierda, y en el otro extremo, en el bar, Jean vio que empezaban a congregarse antiguos alumnos.

Presidía el mostrador de recepción una pancarta que daba la bienvenida a los antiguos alumnos de Stonecroft.

—Bienvenida a casa, señora Sheridan —saludó el recepcionista, un hombre de sesenta y tantos. Su sonrisa dejó al descubierto unos dientes blancos y relucientes. Su pelo mal teñido parecía hacer juego con el acabado del mostrador de madera de cerezo. Cuando le estaba dando su tarjeta de crédito, Jean tuvo el disparatado pensamiento de que seguramente aquel hombre había arrancado un pedacito del mostrador para enseñárselo al peluquero.

Aún no estaba preparada para enfrentarse a ninguno de sus antiguos compañeros de clase y deseó poder llegar al ascensor sin contratiempos. Esperaba poder disponer de al menos media hora de tranquilidad, mientras se duchaba y se cambiaba, antes de ponerse su identificación con la fotografía de la Jean descorazonada y asustada de dieciocho años y reunirse con sus antiguos compañeros para el cóctel.

Cuando cogió la llave de la habitación y se dio la vuelta, el recepcionista dijo:

—Oh, señora Sheridan, casi lo olvidaba. Tengo un fax para usted. —Y miró el nombre del sobre con los ojos entrecerrados—. Oh, disculpe. Tendría que llamarla doctora Sheridan.

Jean abrió el sobre sin decir nada. El fax era de su secretaria, en Georgetown: «Doctora Sheridan, lamento molestarla. Seguramente se trata de una broma o un error, pero pensé que querría verlo». La broma era una hoja de papel que habían enviado por fax a su oficina. Decía: «Jean, supongo que a estas alturas ya habrás comprobado que es verdad que conozco a Lily. Este es mi dilema. ¿La beso o la mato? Solo era una broma. Estaremos en contacto».

Por un momento Jean se sintió incapaz de moverse o pensar. ¿Matarla? ¿Matarla? Pero ¿por qué? ¿Por qué?

Él estaba en la barra, observando, esperando a que ella entrara. Durante años había visto su fotografía en la contraportada de sus libros, y siempre le sorprendía observar que Jeannie Sheridan había adquirido tanta clase.

En Stonecroft siempre fue de las listas pero discretas. Hasta era amable con él, aunque con cierta displicencia. Había empezado a gustarle de verdad, hasta que Alison le dijo cómo se reían a su costa. Él sabía muy bien quiénes: Laura, Catherine, Debra, Cindy, Gloria, Alison y Jean. Siempre se sentaban a la misma mesa a la hora de comer.

Qué monas, ¿verdad?, pensó, y sintió que la bilis le subía a la garganta. Ahora Catherine, Debra, Cindy, Gloria y Alison se habían ido. A Laura la había dejado para el final. Lo más curioso era que aún no estaba seguro respecto a Jean. Por alguna razón, cuando pensaba en matarla vacilaba. Aún se acordaba de cuando estaba en primero y trató de entrar en el equipo de béisbol. Lo rechazaron categóricamente y él se puso a llorar; las lágrimas infantiles que nunca era capaz de reprimir.

Llorica, llorica.

Se fue corriendo del campo de juego y, poco después, Jeannie lo alcanzó. «A mí no me han aceptado en el equipo de animadoras —le dijo—. ¿Y qué?»

Él sabía que lo había seguido porque le daba pena. Por eso había algo que le decía que ella no fue una de las que se burlaron cuando quiso llevar a Laura al baile del instituto. No, ella lo hirió de una forma distinta.

Laura siempre fue la chica más guapa de la clase —pelo rubio, ojos azules, un cuerpo estupendo—, llamaba la atención incluso con la falda y la camisa del uniforme de Stonecroft. Siempre fue muy consciente del poder que ejercía sobre los hombres. Era como si estuviera hecha para decirle a quien ella quisiera «Ven».

Alison siempre fue una mala persona. Escribía para el periódico del instituto y siempre se las arreglaba para meterse con alguien en su columna, «Entre bastidores», que supuestamente trataba sobre actividades escolares. Como en una crítica de una representación en la que escribió: «Para sorpresa de todos, Romeo, alias Joel Nieman, consiguió recordar buena parte de su texto». En aquel entonces a los chicos más populares Alison les parecía muy divertida. Los muermos se mantenían alejados.

Muermos como yo, pensó, mientras saboreaba el recuerdo de la mirada de terror de Alison cuando lo vio acercarse desde la caseta de la piscina.

Jean también era popular, pero no era como las otras. La eligieron para el consejo de estudiantes, y siempre estaba tan callada que casi parecía muda. Sin embargo, cuando abría la boca, tanto en el consejo como en clase, siempre tenía la respuesta correcta. Ya entonces era una apasionada de la historia. Lo que más le sorprendía era ver lo guapa que se había puesto. Su pelo basto y castaño se había oscurecido, tenía más cuerpo y le caía como una cofia alrededor de la cara. Era esbelta, pero ya no tenía la delgadez enfermiza de aquella época. Con el paso de los años, también había aprendido a vestir. Llevaba una chaqueta y pantalones anchos de buen corte. Observó cómo guardaba un fax en su bolso; ojalá hubiera podido verle la cara.

«Soy el búho y vivo en un árbol.»

En su cabeza podía oír a Laura imitándolo. «Te tiene comiendo en la palma de su mano —había chillado Alison aquella noche, hacía veinte años—. Y nos ha dicho que te mojaste los pantalones.»

Las imaginaba burlándose de él, le parecía oír sus risas socarronas.

Aquello ocurrió en segundo curso de primaria, cuando tenía siete años. Él intervenía en la representación de la escuela. Aquel era su texto. No tenía que decir nada más. Pero no le salía. Y se puso a tartamudear de tal modo que todos los que estaban en el escenario, e incluso algunos de los padres, se rieron por lo bajo.

«Soy e-e-l bú-bú-búho, y y y vi-vivo en un á-á-ár...»

No llegó a terminar la palabra «árbol». Fue entonces cuando salió corriendo, llorando, con la rama en la mano. Su padre le dio un bofetón, por miedoso. Su madre dijo: «Déjale en paz. Es un niño tonto. ¿Qué esperabas? Míralo. Se ha vuelto a mojar los pantalones».

Mientras veía cómo Jean Sheridan entraba en el ascensor, el recuerdo de aquella vergüenza se confundió en su cabeza con las risas de las chicas. ¿Por qué debería perdonarte?, pensó. Puede que primero me ocupe de Laura, luego te tocará a ti. Entonces podréis reíros con ganas, todas juntas, en el infierno.

Oyó que alguien decía su nombre y volvió la cabeza. Dick Gormley, el as del béisbol de la clase, estaba a su lado en la barra, mirando su identificación.

—Me alegro de volver a verte —dijo con tono cordial.

Mentiroso, pensó él. Y yo no me alegro nada de volver a verte.

4

Laura no había tenido tiempo ni de meter la llave en la cerradura cuando el botones apareció con su equipaje: una funda especial para trajes, dos maletas grandes y un bolso de viaje. Intuyó lo que estaba pensando: «Señora, la reunión dura cuarenta y ocho horas, no dos semanas».

Pero lo que dijo fue:

—Señorita Wilcox, mi esposa y yo siempre veíamos *Henderson County* los martes por la noche. Estaba usted estupenda. ¿Hay alguna posibilidad de que vuelva a la serie?

Tantas como de encontrar una bola de nieve en el infierno, pensó Laura. Pero la sinceridad de aquel hombre le dio ánimos, y Dios sabía que le hacían mucha falta.

—A *Henderson County* no, pero he rodado un episodio piloto para Maximum Channel. Se emitirá a principios del año que viene.

No era verdad, pero casi. Maximum había dado el visto bueno al episodio piloto y anunciado que había posibilidades de que se rodara la serie. Entonces, dos días antes de morir, Alison la llamó.

—Laura, cariño, no sé cómo decírtelo, pero hay un problema. Maximum quiere a alguien más joven para el papel de Emmie.

—¿Más joven? —gritó ella—. Por el amor de Dios, Alison, tengo treinta y ocho años. La madre de la serie tiene una hija de doce. Y tengo buen aspecto. Tú lo sabes.

—No me chilles —le había gritado Alison—. Estoy haciendo lo que puedo para convencerles de que te den el papel. Y lo de que tienes buen aspecto, la verdad, con la cirugía láser, la botulina y los *liftings*, en este negocio todo el mundo tiene buen aspecto. Por eso es tan difícil encontrar gente que haga de abuela. Ya nadie tiene pinta de abuela.

Quedamos en venir juntas a la reunión de antiguos alumnos, pensó Laura. Alison me dijo que, de acuerdo con la lista de alumnos que habían confirmado su asistencia, Gordon Amory estaría y que al parecer acababa de convertirse en accionista de Maximum. Dijo que él tenía influencia suficiente para ayudarme a conservar el trabajo, suponiendo que lograra convencerlo.

Ella insistió e insistió en que Alison llamara a Gordie enseguida y lo persuadiera de que obligara a Maximum a darle el papel. Al final, Alison dijo:

—Para empezar, no lo llames Gordie. No soporta que le llamen así. En segundo lugar, estoy tratando de actuar con un poco de tacto, cosa que, como sabes, no suelo hacer. Te lo diré sin rodeos. Sigues siendo guapa, pero no eres muy buena actriz que digamos. Los de Maximun creen que la serie podría tener un gran éxito, pero no si sales tú. Puede que Gordon logre hacerles cambiar de opinión. Intenta seducirlo. Tú le gustabas, ¿no?

El botones había ido a traerle cubitos de hielo. En aquel momento dio unos toquecitos en la puerta y volvió a entrar. Casi sin pensar, Laura abrió su monedero y sacó un billete de veinte dólares.

—Gracias, señorita Wilcox —dijo el chico entusiasmado, y eso la hizo pestañear. Siempre haciéndose la importante. Diez dólares hubieran sido más que suficiente.

Gordie Amory era uno de los que siempre estaban colados por ella cuando estudiaban en Stonecroft. ¿Quién podía imaginar que acabaría convertido en un pez gordo? Dios, pensó mientras abría la cremallera de la funda para el vestido. Deberíamos tener todos una bola en la que pudiéramos ver el futuro.

El armario era pequeño. La habitación, pequeña. Las ventanas, pequeñas. Moqueta marrón oscuro, silla tapizada de marrón, colcha en tonos marrón y calabaza. Con impaciencia, Laura sacó los vestidos de cóctel y el traje de noche que llevaba en la funda. Ya había decidido que esa noche se pondría el traje de Channel. Iría despampanante. Los dejaría boquiabiertos. Tienes que dar una imagen de éxito, incluso si te has atrasado en el pago de los impuestos y el fisco ha emitido una orden de embargo sobre tu casa.

Alison había dicho que Gordie Amory estaba divorciado. El último consejo que le dio resonaba aún en sus oídos: «Mira, cielo, si no puedes convencerle de que te mantenga en la serie, puedes intentar que se case contigo. Tengo entendido que está imponente. Olvídate del muermo que conociste cuando estudiábamos en Stonecroft».

5

—¿Puedo hacer algo más por usted, doctora Sheridan? —preguntó el botones.

Jean negó con la cabeza.

—¿Se encuentra bien? Está muy pálida.

—Estoy bien. Gracias.

—Bueno, si necesita cualquier cosa, solo tiene que decirlo.

Por fin la puerta se cerró, y Jean se sentó, abatida, en el borde de la cama. Había guardado el fax en el bolsillo lateral de su bolso. Ahora lo sacó y releyó aquellas crípticas frases: «Jean, supongo que a estas alturas ya habrás comprobado que es verdad que conozco a Lily. Este es mi dilema. ¿La beso o la mato? Solo era una broma. Estaremos en contacto».

Veinte años atrás, Jean confió que estaba embarazada a un médico de Cornwall, el doctor Connors. De mala gana, el hombre reconoció que hubiera sido un error contárselo a sus padres.

—Pienso dar el niño en adopción digan lo que digan. Tengo dieciocho años, y es mi vida. Pero si se lo digo se preocuparán y se enfadarán y me harán la vida mucho más difícil de lo que es ahora —dijo llorando.

El doctor Connors le habló de una pareja que no podía tener hijos y que quería adoptar.

—Si estás segura de que no quieres el bebé, te garantizo que ellos le darán un hogar maravilloso y le querrán.

El hombre lo arregló todo para que Jean fuera a trabajar a una clínica de Chicago hasta que diera a luz. Luego él se desplazó personalmente a Chicago, la ayudó en el parto y se llevó a la criatura. Aquel septiembre, Jean entró en la universidad y, diez años después, se enteró de que el doctor Connors había muerto de un infarto después de que un incendio destruyera su consulta. Según oyó, todos los historiales clínicos que tenía se habían perdido.

Pero era posible que no se hubieran perdido. De ser así, ¿quién los encontró y por qué se ha puesto en contacto conmigo después de tantos años?, pensaba Jean angustiada.

Lily... ese era el nombre que había dado a la niña que llevó en su vientre durante nueve meses y que tuvo a su lado durante solo cuatro horas. Tres semanas antes de que Reed se graduara en West Point y ella en Stonecroft, se dio cuenta de que estaba embarazada. Los dos estaban asustados, pero estuvieron de acuerdo en que lo mejor era casarse en cuanto se graduaran.

«Mis padres estarán encantados contigo, Jeannie», había insistido Reed. Sin embargo, ella sabía que le preocupaba la reacción que pudieran tener. Reed le confesó que su padre no quería que se comprometiera en serio con nadie al menos hasta los veinticinco. Nunca llegó a hablarles de ella. Una semana antes de la graduación, murió en el campus de West Point, atropellado por un tipo que iba a toda velocidad por la estrecha calle por donde él caminaba y que se dio a la fuga. En lugar de ver a Reed graduarse el quinto de su promoción, el general, ahora retirado, y la señora de Carroll Reed Thornton recogieron el diploma y la espada de su difunto hijo en una presentación especial durante la ceremonia de graduación.

Nunca supieron que tenían una nieta.

Si alguien había robado el expediente de adopción de Lily, ¿cómo había podido acercarse lo bastante a ella para coger su cepillo, con sus largas hebras de cabellos dorados?

La primera y terrible nota llegó acompañada del cepillo, y decía: «Comprueba el ADN... es de tu hija». Perpleja, Jean hizo analizar unas hebras del pelo que había conservado de su hija, junto con una muestra suya de ADN y los cabellos del cepillo en un laboratorio privado. El informe confirmó de forma inequívoca sus peores temores... los cabellos del cepillo pertenecían a su hija, que ahora tenía diecinueve años y medio.

¿Era posible que las personas que la adoptaron supieran quién era Jean y hubieran montado todo aquello para sacarle dinero?

Hubo mucha publicidad cuando su libro sobre Abigail Adams se convirtió en un *best seller* y se rodó la película.

Ojalá se trate solo de dinero, pensó Jean mientras se levantaba y echaba mano de la maleta; tenía que empezar a sacar sus cosas.

6

Carter Stewart arrojó su funda especial para trajes sobre la cama. Además de ropa interior y calcetines, llevaba un par de chaquetas de Armani y varios pares de pantalones. De forma impulsiva, decidió ir a la reunión de la primera noche con los vaqueros y el jersey que llevaba puestos.

En el colegio siempre fue un niño flacucho y desaseado, hijo de una madre flacucha y desaseada. Cuando la mujer se acordaba de meter la ropa en la lavadora, la mayoría de las veces no tenía detergente. Así que echaba lejía, con lo cual destrozaba toda la colada. Hasta que Carter empezó a esconder su ropa y lavársela él, iba a la escuela con prendas manchadas y de aspecto ridículo.

Si se presentaba ante sus antiguos compañeros de clase demasiado bien vestido, quizá suscitaría comentarios sobre su aspecto de antaño. Pero ¿qué verían ahora cuando lo miraran? No el renacuajo que fue durante casi todos sus años de estudiante, sino un hombre de altura media con un cuerpo disciplinado. A diferencia de otros que había visto de pasada en el vestíbulo, él no tenía canas ni entradas en su pelo castaño oscuro y bien cortado. En su tarjeta de identificación se le veía despeinado y con los ojos casi cerrados. Un columnista había aludido recientemente a sus «ojos marrón oscuro, que de pronto destellan con una especie de llamarada cuando está furioso».

Miró alrededor con impaciencia. Había trabajado en aquel hotel el verano de su primer año en Stonecroft. Seguramente había estado en aquel cuarto desangelado muchas veces, llevando las bandejas del servicio de habitaciones a hombres de negocios, a señoras que hacían turismo por el valle del Hudson o a padres que visitaban a sus hijos en West Point... o, pensó, a parejas que quedaban a escondidas de sus familias. A esos siempre los calaba. Cuando les subía el desayuno a la habitación, sonreía afectadamente y preguntaba: «¿Están de luna de miel los señores?». La cara de culpabilidad que ponían no tenía precio.

Odiaba aquel lugar entonces y lo odiaba ahora pero, ya que estaba allí, bajaría y empezaría a dar palmaditas en la espalda a unos y a otros, en el ritual del «encantado de volver a verte».

Después de asegurarse de que llevaba la tarjeta de plástico que hacía de llave de la habitación, salió al pasillo y fue hasta el ascensor.

La suite Hudson Valley donde se ofrecía el cóctel de bienvenida estaba en el entresuelo. Cuando salió del ascensor, oyó la música ambiente y las voces de la gente que trataba de hacerse oír por encima del ruido. Debía de haber unas cuarenta o cincuenta personas reunidas. A la entrada había dos camareros que sostenían sendas bandejas con copas de vino. Stewart cogió un vaso de tinto y lo probó. Un merlot vomitivo. Tenía que haberlo imaginado.

En cuanto entró en la suite notó que alguien le tocaba en el hombro.

—Señor Stewart, soy Jake Perkins y vengo en representación de la *Gaceta de Stonecroft*. ¿Puedo hacerle unas preguntas?

Con expresión agria, Stewart se volvió y observó al jovencito pelirrojo y nervioso que estaba a solo unos centímetros de él. Lo primero que hay que aprender cuando quieres algo de otra persona es a no plantarte delante de sus narices, pensó irritado, y trató de retroceder unos pasos, hasta que chocó contra la pared.

—Recomiendo que salgamos fuera y busquemos un lugar tranquilo, a menos que sepas leer los labios, Jake.

—Me temo que no se me da muy bien, señor. Es una buena idea. Sígame.

Tras considerarlo durante una décima de segundo, Stewart decidió no dejar su vino. Se encogió de hombros, se dio la vuelta y siguió al estudiante por el pasillo.

—Señor Stewart, antes de empezar, quería decirle que me gustan mucho sus obras. Yo también quiero ser escritor. Quiero decir que... creo que soy escritor, pero me gustaría tener éxito, como usted.

¡Por favor!, pensó Stewart.

—Siempre que me entrevistan me dicen lo mismo. La mayoría, si no todos, no lo conseguiréis.

Stewart esperaba ver una expresión de ira o bochorno, como pasaba siempre que decía aquello. Pero se llevó una decepción, porque Jake Perkins, con su carita de niño, sonrió con alegría.

—Yo sí lo conseguiré —afirmó—. Estoy completamente seguro. Señor Stewart, he investigado a conciencia sobre usted y las otras personas a las que se va a homenajear. Todos tienen una cosa en común. Las tres mujeres ya eran triunfadoras cuando estudiaban aquí, pero ninguno de los cuatro hombres destacó en ningún sentido durante su paso por Stonecroft. En su caso, por ejemplo, no he podido encontrar ni una sola actividad que se mencione en el anuario, y sus notas eran mediocres. No escribía para el periódico de la escuela ni...

¡Qué descaro!, pensó Stewart.

—En mis tiempos el periódico del instituto era de aficionados incluso para lo que son los periódicos escolares —espetó—, y seguro que sigue siéndolo. Nunca he sido un buen deportista. Y mis escritos se limitaban a un diario personal.

—¿Ha inspirado ese diario alguna de sus obras?

—Puede.

—Son todas bastante oscuras.

—No me engaño con respecto a la vida, ni me engañaba cuando estudiaba aquí.

—Entonces ¿diría usted que los años que pasó en Stonecroft no fueron felices?

Carter Stewart bebió un traguito del merlot.

—No fueron felices —dijo con tono inexpresivo.

—Entonces ¿por qué ha venido a la reunión?

Stewart sonrió con frialdad.

—Para tener la oportunidad de que me entrevistes. Y ahora, si me disculpas, acabo de ver bajar del ascensor a Laura Wilcox, la reina del glamour de nuestra clase. A ver si me reconoce.

No hizo ningún caso del papel que Perkins trataba de entregarle.

—Si me permite un momento, tengo aquí una lista que creo le resultará muy interesante.

Perkins observó la espalda del delgado Carter Stewart, que andaba a grandes zancadas tratando de alcanzar a la rubia glamourosa que acababa de entrar en la suite Hudson Valley. Se ha mostrado desagradable conmigo, pensó Perkins, y va con vaqueros, jersey y zapatillas de deporte para demostrar su desprecio por toda la gente que hay aquí y que se ha vestido de etiqueta para la ocasión. No es la clase de persona que aparece solo para recoger una medalla insignificante y sin valor. ¿Qué le habrá traído hasta aquí?

Era la pregunta con la que cerraría su artículo. Había investigado a Carter Stewart de forma concienzuda. En la universidad, había empezado a escribir excéntricas obras de un solo acto que interpretaban los alumnos del departamento de teatro y que le ayudaron a conseguir su beca de posgrado en Yale. Fue entonces cuando se deshizo de su primer nombre, Howard, o Howie, como le llamaban en Stonecroft. Consiguió su primer éxito en Broadway antes de cumplir los treinta. Tenía reputación de hombre solitario, y se decía que cuando estaba trabajando en una obra se escapaba a alguna de las cuatro casas que tenía por el país. Despegado, desagradable, perfeccionista, un genio... estas eran algunas de las palabras que solían utilizarse para describirlo en los artículos. Yo podría añadir algunas más, pensó Jake Perkins con humor sombrío. Y lo haré.

7

Mark Fleischman tardó más de lo que esperaba en hacer el trayecto entre Boston y Cornwall en coche. Había confiado en disponer de un par de horas para pasear por la ciudad antes de tener que enfrentarse a sus antiguos compañeros de clase. Le hubiera gustado poder analizar la diferencia entre la percepción que tenía de sí mismo cuando creció en aquel lugar y su realidad actual. ¿Estoy intentando exorcizar mis demonios?, se preguntó.

Mientras conducía con una lentitud enloquecedora por la congestionada autopista de Connecticut, no dejaba de pensar en las palabras que aquella mañana había oído decir al padre de uno de sus pacientes: «Doctor, usted sabe tan bien como yo que los niños son crueles. Eran crueles en mis tiempos, y eso no ha cambiado. Son como una manada de leones acechando a una presa herida. Y eso es justamente lo que están haciendo con mi hijo. Lo que hicieron conmigo cuando tenía su edad. ¿Y sabe una cosa? Soy un hombre con bastante éxito, pero si alguna vez voy a alguna reunión con mis antiguos compañeros de la escuela preparatoria, automáticamente dejo de ser el director ejecutivo de una empresa incluida en el Fortune 500 y vuelvo a sentirme como el crío torpe con el que todos se metían. Es una locura, ¿verdad?».

Cuando el coche volvió a aminorar la marcha hasta casi detenerse, Mark pensó que, en términos hospitalarios, la autopista de Connecticut parecía estar de forma permanente en cuidados intensivos. Siempre había algún importante proyecto de construcción en marcha en algún punto, esa clase de proyectos que obligan a reducir tres carriles a uno solo, con los consiguientes e inevitables atascos de tráfico.

De pronto se encontró comparando los problemas de la autopista con los problemas que veía en sus pacientes, como el chico cuyo padre había acudido a consultarle. El niño había intentado suicidarse el año anterior. Otro crío atormentado y rechazado como él hubiera conseguido una pistola y se hubiera puesto a disparar a sus compañeros de clase. La ira, el dolor y la humillación se condensaban y necesitaban encontrar una salida. Algunas personas trataban de destruirse a sí mismas cuando esto pasaba; otras trataban de destruir a sus torturadores.

Mark era un psiquiatra especializado en adolescentes y tenía un programa de televisión donde daba consejos y contestaba llamadas. Recientemente había sido adquirido por diferentes cadenas y había tenido muy buena acogida. «El doctor Mark Fleischman, alto, desgarbado, alegre, divertido y juicioso, nos ayuda, con un enfoque serio, a resolver los problemas de ese doloroso rito de tránsito llamado adolescencia», había escrito un crítico sobre el programa.

Quizá podré dejarlo todo atrás después de este fin de semana, pensó.

No había comido, así que cuando por fin llegó al hotel entró en el bar y pidió un sándwich y una cerveza rubia. Cuando vio que el local empezaba a llenarse de gente que estaba allí para la reunión, se apresuró a pedir la cuenta y se fue a su habitación, dejándose la mitad del sándwich sin comer.

Eran las cinco menos cuarto y las sombras empezaban a adensarse. Mark permaneció unos minutos de pie ante la ventana. La certeza de lo que debía hacer era una pesada carga. Pero después todo quedará atrás, pensó. Borrón y cuenta nueva. Entonces sí podré ser alegre y divertido... y puede que hasta juicioso.

Notó que los ojos se le llenaban de lágrimas y se volvió bruscamente de espaldas a la ventana.

Gordon Amory bajaba en el ascensor con su identificación en el bolsillo. Se la pondría cuando llegara a la fiesta. De momento, le divertía que sus antiguos compañeros no lo reconocieran, poder mirar sus nombres y fotografías en las tarjetas cuando subían al ascensor en las diferentes plantas.

Jenny Adams fue la última en entrar. Había sido una niña muy gorda y, aunque había adelgazado un poco, seguía siendo una mujer recia. Había algo inconfundiblemente típico de barrio residencial de una población pequeña en el vestido barato de blonda que llevaba y en su bisutería. La acompañaba un hombre fornido, con unos brazos que forzaban de mala manera las costuras de la chaqueta, demasiado estrecha. Los dos sonrieron ampliamente y saludaron a todos los que había en el ascensor con un «Hola» general.

Gordon no contestó. La otra media docena de personas, todas con sus correspondientes tarjetas de identificación, contestaron en un coro de saludos. Trish Canon, que según recordaba Gordon estuvo en el equipo de atletismo y seguía estando más flaca que un palo, chilló:

—¡Jenny! ¡Estás estupenda!

—¡Trish Canon! —Jenny rodeó con los brazos a su antigua compañera—. Herb, Trish y yo siempre nos estábamos pasando notitas en la clase de matemáticas. Trish, este es mi marido, Herb.

—Mi marido, Barclay —dijo Trish—. Y...

El ascensor se detuvo en el entresuelo. Cuando salieron, Gordon sacó con desgana su tarjeta de identificación y se la puso. Mediante un costoso proceso de cirugía se había asegurado de no volver a parecerse al niño con cara de comadreja de la fotografía de sus años de instituto. Ahora tenía la nariz recta, y los ojos, que antes tenían unos párpados pesados, ahora se veían bien abiertos. El mentón parecía esculpido, y sus orejas estaban pegadas a la cabeza. Los implantes y el ingenio de uno de los mejores especialistas habían transformado su antaño escaso pelo marrón, fino y mate, en una espesa mata de cabello castaño. Gordon sabía que ahora era un hombre atractivo. La única manifestación externa que quedaba del niño torturado que fue era que, en momentos de gran tensión, no podía dejar de morderse las uñas.

El Gordie que todos conocían ya no existe, se dijo, y se dirigió hacia la suite Hudson Valley. Notó que alguien le tocaba el hombro y se dio la vuelta.

—Señor Amory.

Un chico pelirrojo con cara de crío estaba en pie a su lado, con un cuaderno.

—Soy Jake Perkins, reportero de la *Gaceta de Stonecroft*. Estoy entrevistando a los homenajeados. ¿Podría robarle unos minutos de su tiempo?

Gordon consiguió dedicarle una sonrisa cordial.

—Por supuesto.

—Si me lo permite, debo decir que ha cambiado usted mucho en los veinte años que han pasado desde que le hicieron la fotografía de su último curso.

—Sí, eso creo.

—Ya poseía usted la mayoría de las acciones de cuatro televisiones por cable. ¿Por qué quiso hacerse accionista de Maximum?

—Maximum tiene fama de promover la programación familiar. Pensé que nos ayudaría a llegar a un sector de la audiencia que todavía no tocábamos.

—Corre cierto rumor sobre una nueva serie. Se dice que su antigua compañera de clase, Laura Wilcox, es la protagonista. ¿Es cierto?

—Todavía no está decidido el reparto de la serie que dices.

—Su canal dedicado a los sucesos ha sido criticado por su excesiva violencia. ¿Está usted de acuerdo?

—No, no estoy de acuerdo. Lo que ofrecemos es la realidad, no las situaciones divertidas e inventadas que son el pan de cada día en las cadenas comerciales. Y ahora, si me disculpas...

—Una pregunta más, por favor. ¿Querría echar un vistazo a esta lista?

Con impaciencia, Gordon Amory cogió la hoja de papel.

—¿Reconoce los nombres?

—Parecen los nombres de algunas de mis antiguas compañeras de clase.

—Cinco mujeres que formaron parte de esta clase han muerto o desaparecido en los últimos veinte años.

—No lo sabía.

—Cuando inicié mi investigación —señaló Perkins—, me quedé muy sorprendido. Todo empezó con Catherine Kane, hace diecinueve años. Su coche se precipitó al río Potomac cuando cursaba primero en la Universidad de George Washington. Cindy Lang desapareció cuando estaba esquiando en Snowbird. Gloria Martin al parecer se suicidó. Debra Parker pilotaba su propio avión y hace seis años se estrelló y murió en el accidente. El mes pasado, Alison Kendall se ahogó en su piscina. ¿Diría usted que su clase tiene muy mala suerte y consideraría la posibilidad de hacer un programa sobre el tema en su cadena de televisión?

—Yo diría más bien que es una clase trágica, y no, no quiero hacer un programa sobre eso. Y ahora, si me disculpas...

—Por supuesto. Solo una pregunta más. ¿Qué significa para usted recibir una medalla de Stonecroft?

Gordon Amory sonrió. Significa que me puedo cagar en tus muertos; que, a pesar de lo desgraciado que me sentí aquí, me he convertido en alguien importante... esto es lo que pensó. Pero lo que dijo fue:

—Significa ver cumplido mi sueño de ser considerado una persona de éxito entre mis compañeros.

8

Robby Brent se había registrado en el hotel el jueves por la tarde. Acababa de terminar los seis días que tenía contratados con el Trump Casino de Atlantic City, donde su famosa comedia había sido un éxito de público, como de costumbre. No tenía sentido coger el avión para ir a su casa en San Francisco y tener que volver a los dos días, y no le apetecía quedarse en Atlantic City ni pasar por Nueva York.

Ha sido una buena decisión, pensó mientras se vestía para el cóctel de bienvenida. Abrió el armario ropero para coger el traje azul oscuro. Se lo puso y se estudió con mirada crítica en el espejo de la puerta. A pesar de la pésima iluminación, se dijo, tenía buen aspecto. Lo habían comparado a Don Rickles, no solo por sus comedias de ritmo trepidante, sino también por su físico. Cara redonda, calva reluciente, un poco recio... podía entender la comparación. Aun así, su aspecto no había impedido que las mujeres se sintieran atraídas por él. Después de Stonecroft, se dijo, sin duda después de Stonecroft.

Aún tenía un par de minutos antes de bajar. Se acercó a la ventana y, mientras miraba al exterior, pensó en cómo el día anterior, después de registrarse, había estado paseando por la ciudad, viendo las casas de los antiguos alumnos que, como él, serían homenajeados en la reunión.

Había pasado ante la casa de Jeannie Sheridan, y recordó que en un par de ocasiones habían tenido que llamar a la policía porque sus padres estaban peleándose en la entrada. Había oído decir que se divorciaron hacía años. Seguramente fue una suerte. La gente decía que algún día uno de los dos saldría mal parado en alguna de aquellas peleas.

La primera casa de Laura Wilcox estaba justo al lado. Luego su padre heredó un dinero y la familia se mudó a la casa grande de Concord Avenue, cuando estudiaban segundo en el instituto. De pequeño a veces pasaba por delante de la primera casa de Laura, con la esperanza de que por casualidad ella saliera y pudieran entablar conversación.

La compró una familia llamada Sommers. Y allí asesinaron a su hija. Acabaron por venderla. La mayoría de la gente no quiere vivir en una casa donde han apuñalado a un hijo suyo. Aquello ocurrió el fin de semana del día de Colón, pensó.

La invitación para la reunión estaba sobre la cama. La miró. Una hoja con el nombre de los homenajeados y sus biografías había llegado en el mismo sobre. Carter Stewart. ¿Cuánto tiempo le costó que dejaran de llamarle Howie después de salir de Stonecroft? La madre de Howie se tenía por una artista y siempre andaba por ahí con su bloc de dibujo. De vez en cuando convencía a los de la galería de arte de que expusieran cosas suyas. Realmente malas, pensó Robby. Su padre era un camorrista y no paraba de zurrar al crío. No era de extrañar que sus obras fueran tan negras. Howie solía escapar de la casa y se escondía de su viejo en los patios traseros de los vecinos. Es posible que tenga éxito, pero en el fondo sigue siendo el mismo crío que se asomaba a escondidas a las ventanas de las casas de la gente. Él pensaba que nadie lo veía, pero lo pillé un par de veces. Estaba tan loco por Laura que casi le rezumaba por los poros.

Como yo, reconoció Robby, mirando con desprecio la fotografía de Gordie Amory, el niño de la cirugía plástica. El hombre portada. El día anterior, durante su paseo, había buscado la casa de Gordie y vio que la habían reformado de arriba abajo. Antes era de un extraño tono azul, y en cambio ahora era el doble de grande, de un blanco deslumbrante... como la nueva dentadura de Gordie, pensó.

La primera casa de Gordie se había quemado cuando eran pequeños. Por la ciudad había corrido el chiste de que era la única forma de poder limpiarla a conciencia. La madre siempre lo tenía todo como una cuadra. Muchos pensaban que Gordie le prendió fuego deliberadamente. No me extrañaría, pensó Robby. Siempre fue un niño raro. Robby se recordó que, cuando se vieran en el cóctel, debía llamarlo Gordon. Después de salir del instituto había coincidido con él algunas veces... un tipo nervioso como él solo, y otro que estaba colado por Laura.

Como Mark Fleischman, el otro hombre al que se homenajearía. En el colegio Mark nunca se metía con nadie, pero siempre daba la sensación de que la procesión iba por dentro. Siempre había permanecido a la sombra de su hermano mayor, Dennis, que fue un personaje importante en Stonecroft, de los mejores estudiantes, atleta destacado. En el pueblo todo el mundo le conocía. Murió en un accidente de coche el año antes de que su clase empezara en la universidad. Los dos hermanos eran como la noche y el día. En Cornwall todo el mundo sabía perfectamente que, si Dios tenía que quitarles a uno de sus hijos, los padres de Mark hubieran preferido mil veces que se llevara a este, no a Dennis. El chico llevaba dentro tanto resentimiento que lo raro es que no se le saliera por las orejas, pensó Robby algo sombrío.

Echó mano de la llave de la habitación, dispuesto por fin a enfrentarse al gentío congregado abajo, y abrió la puerta. Básicamente mis compañeros de clase o no me gustaban o los odiaba, pensó. Entonces ¿por qué he aceptado la invitación? Apretó el botón para llamar el ascensor. Es una forma de conseguir material nuevo, se prometió. Había otra razón, por supuesto, pero la apartó enseguida de su mente. No iré allí, pensó cuando la puerta del ascensor se abría. Al menos no por ahora.

9

Conforme llegaban al cóctel, Jack Emerson, que presidía el comité de la reunión, invitaba a los homenajeados a entrar en la salita que había al fondo de la suite Hudson River. Era un hombre rubicundo con pinta de beber mucho —se notaba por los capilares rotos de su cara—, y el único miembro de la clase que había decidido quedarse en Cornwall, y por tanto estaba en posición de hacer los preparativos necesarios para aquel fin de semana.

—Cuando presentemos a cada uno de los alumnos de la clase, quiero reservaros a ti y los otros para el final —explicaba.

Jean entró a tiempo para oír el comentario de Gordon Amory.

—Jack, deduzco que tenemos que darte a ti las gracias por ser los elegidos para recibir un homenaje.

—Fue idea mía —dijo Emerson con tono cordial—. Y lo merecéis, del primero al último. Gordie, quiero decir, Gordon, tú eres una figura destacada en la televisión por cable. Mark es un psiquiatra de renombre por sus conocimientos sobre el comportamiento de los adolescentes. Robby es un destacado cómico y mimo. Howie, perdón, Carter Stewart, es un importante autor de teatro. Jean Sheridan... oh, estás ahí, Jean, qué alegría verte... es decana y profesora de historia en Georgetown, y se ha convertido en una autora de *best sellers*. Laura Wilcox era la estrella de una comedia de situación que estuvo mucho tiempo en pantalla. Y Alison Kendall era directora de una importante agencia de talentos. Como sabéis, ella hubiera sido la séptima homenajeada. Enviaremos su placa a sus padres. Están muy contentos al saber que su clase va a rendirle homenaje.

La clase de la mala suerte, pensó Jean con una punzada de dolor cuando Emerson corrió a plantificarle un beso en la mejilla. Esas eran las palabras que había utilizado Jake Perkins, el reportero del instituto, cuando la retuvo unos momentos para entrevistarla. Lo que le había dicho la había dejado conmocionada. Después de la graduación, perdí el contacto con todo el mundo, menos con Laura y Alison, recordó. El año que Catherine murió, yo estaba en Chicago, porque en teoría había decidido pasar un año trabajando antes de empezar en la universidad. Sabía que el avión de Debby Parker se estrelló, pero no sabía lo de Cindy Lang y Gloria Martin. Y hace solo un mes, Alison. Señor, solíamos sentarnos todas a la misma mesa.

Y ahora solo quedamos Laura y yo, pensó. ¿Qué clase de destino se cierne sobre nosotras?

Laura había llamado para decir que se encontrarían en la reunión. «Jeannie, ya sé que habíamos hablado de vernos antes, pero no estoy lista todavía. Tengo que hacer una entrada triunfal —le explicó—. Mi propósito durante el fin de semana es coquetear y ganarme a Gordie Amory para poder interpretar el papel principal en su nueva serie de televisión.»

En lugar de decepcionada, Jean se dio cuenta de que se sentía aliviada. De ese modo tendría tiempo de llamar a Alice Sommers, que había sido vecina suya hacía años. Ahora la señora Sommers vivía en el centro de la localidad. Los Sommers se habían mudado a Cornwall unos dos años antes de que su hija Karen fuera asesinada. Jean nunca olvidaría aquella vez que la señora Sommers la fue a recoger a la escuela. «Jean, ¿por qué no te vienes a comprar conmigo? —le propuso—. No creo que debas ir a casa en estos momentos.»

Aquel día, le habían ahorrado la vergüenza de ver un coche de la policía delante de su casa, y a sus padres esposados. No tuvo ocasión de conocer bien a Karen Sommers. Karen estudiaba en la facultad de medicina de la Universidad de Columbia, en Manhattan, donde los Sommers tenían un apartamento. Normalmente era allí donde veían a su hija. De hecho, hasta la noche que la mataron, Karen había ido muy pocas veces a Cornwall.

Siempre hemos mantenido el contacto, pensó Jean. Cuando venían a Washington, siempre me llamaban para invitarme a cenar. Michael Sommers había muerto hacía unos años, pero Alice se enteró de lo de la reunión y la llamó para invitarla a desayunar antes de la visita programada a West Point.

En aquel rato que había quedado en pasar con Laura, Jean tomó una decisión. Al día siguiente, cuando viera a Alice, le contaría lo de Lily y le enseñaría los faxes y la carta original con el cepillo y las hebras de pelo. Si alguien sabía de la existencia del bebé es porque había visto los archivos del doctor Connors, pensó. Tenía que ser alguien que estaba por aquí en aquella época o que conociera a alguien que tuviera acceso a esos papeles. Alice quizá pueda ayudarme a encontrar a la persona más adecuada de la policía local. Ella siempre decía que aún estaban buscando al asesino de su Karen.

—Jean, me alegro de verte. —Mark Fleischman, que había estado hablando con Robby Brent, se acercó a ella—. Estás muy guapa, aunque pareces preocupada. ¿Te ha atrapado ese reportero?

Ella asintió.

—Sí, así es. Me he quedado de piedra, Mark. No sabía nada de esas muertes, excepto la de Debbie, y la de Alison, claro.

Fleischman asintió.

—Yo tampoco. En realidad, ni siquiera sabía lo de Debbie. Nunca me he preocupado de mirar nada de lo que llegaba sobre Stonecroft hasta que Jack Emerson se puso en contacto conmigo.

—¿Qué te ha preguntado Perkins?

—Concretamente, me ha preguntado si, como psiquiatra, dado que las cinco no murieron a la vez en un accidente múltiple, no me parece raro que en un grupo tan pequeño haya un número tan elevado de muertes. Le he dicho que no hace falta ser muy listo para saber que, en efecto, es un número muy elevado. Por supuesto.

Jean asintió.

—A mí me ha dicho que, según sus investigaciones, puede ocurrir algo así en época de guerras, pero que hay casos de familias o compañeros de clase o miembros de un equipo que parecen estar gafados. Mark, yo no creo que sea ninguna maldición. Creo que es raro.

Jack Emerson los había oído. La sonrisa que había lucido mientras enumeraba sus respectivos logros se desvaneció y fue sustituida por una mirada de preocupación e irritación.

—Le he dicho a ese crío que dejara de enseñar la lista —comentó.

Carter Stewart entró en la salita con Laura Wilcox a tiempo para oír a Emerson.

—Pues te puedo asegurar que la está enseñando —dijo con tono seco—. A los que aún no habéis sido asaltados por ese jovencito os recomiendo que le digáis que no queréis verla. A mí me ha funcionado.

Jean estaba de pie a un lado, y Laura no la había visto al entrar.

—¿Os importa si me uno al grupo, o me he colado en un club de hombres sin querer?

Con una sonrisa en la cara, fue pasando de uno a otro, acercándose para mirar sus tarjetas de identificación y besándolos después en la mejilla.

—Mark Fleischman, Gordon Amory, Robby Brent, Jack Emerson. Y, por supuesto, Carter, a quien yo conocía como Howie y que todavía no me ha besado. Estáis todos estupendos. Veis, ahí está la diferencia. Yo estaba en mi mejor momento cuando tenía dieciséis años, y a partir de ahí todo ha ido cuesta abajo. En cambio, en aquella época, vosotros cuatro y Howie, quiero decir, Carter, no habíais hecho más que empezar a subir.

Entonces vio a Jean y corrió a abrazarla.

Era lo que necesitaban para romper el hielo. Mark Fleischman vio que todos se relajaban considerablemente; las expresiones educadas se convirtieron en sonrisas divertidas y los vinos de calidad que se habían reservado para los homenajeados empezaron a beberse.

Laura sigue estando buenísima, pensó. Tendrá treinta y ocho o treinta y nueve, como los demás, pero aparenta treinta. Se notaba que el vestido que llevaba era caro. La serie de televisión en la que salía había dejado de emitirse hacía un par de años. ¿Habría tenido suficiente trabajo después? Sabía que había pasado por un divorcio complicado, con recursos y más recursos por ambas partes; lo había leído en la página seis del *New York Post*. Sonrió para sus adentros cuando vio que besaba una segunda vez a Gordie.

—Antes estabas loco por mí —le dijo en broma.

Y por fin llegó su turno.

—Mark Fleischman —dijo Laura sin aliento—. Cuando estuve saliendo con Barry Diamond tú te pusiste muy celoso, ¿a que sí?

Él sonrió.

—Tienes razón, Laura. Pero eso fue hace mucho tiempo.

—Lo sé, pero no lo he olvidado. —La sonrisa de Laura era radiante.

En una ocasión, Mark había leído que la duquesa de Windsor sabía hacer que cada hombre al que se dirigía se sintiera como si fuera el único de la sala. Observó cómo Laura se volvía hacia otro rostro familiar.

—Yo tampoco lo he olvidado, Laura —dijo el hombre, con voz queda—. No lo he olvidado ni por un momento.

10

Le hizo gracia ver que, durante el cóctel, Laura era el centro de atención, como siempre, a pesar de que era la menos digna de los homenajeados. En la serie televisiva que había sido su único éxito, interpretaba a una rubia superficial que solo se preocupaba por la persona que veía reflejada en el espejo. Un papel que le iba como anillo al dedo, pensó.

No se podía negar que seguía estando muy bien, pero disfrutaba de sus últimos coletazos de gloria, antes de que empezara a declinar. Ya se notaban unas tenues arrugas en torno a los ojos y la boca. Su madre tenía la piel igual, esa piel que envejece deprisa y mal. Si Laura vivía otros diez años, ni siquiera la cirugía podría ayudarla.

Pero, claro, no viviría otros diez años.

A veces, incluso durante meses seguidos, el Búho se retiraba a un lugar secreto muy escondido en su interior. Durante ese tiempo, casi podía creer que todas las cosas que el Búho había hecho eran un sueño. En cambio, otras veces, como le pasaba ahora, sentía que vivía en su interior. Le parecía ver la cabeza del Búho, sus ojos oscuros rodeados de amarillo. Notaba sus garras aferradas a la rama de un árbol. El roce de su suave plumaje, que le hacía estremecerse. El movimiento del aire bajo sus alas cuando se abatía sobre su presa.

Ver a Laura había hecho que el Búho levantara el vuelo desde su rama. ¿Por qué había esperado tanto para ir a por ella? El Búho exigía una respuesta, pero él tenía miedo de contestar. ¿Era porque cuando Laura y Jean hubieran sido destruidas, el poder del Búho sobre la vida y la muerte se iría con ellas?, se preguntó. Laura hubiera debido morir hacía veinte años. Pero aquel error le había liberado.

Aquel error, un accidente del destino, lo había transformado, había convertido a un llorón balbuceante —«S-s-soy el-el b-b-búho y v-v-vivo en u-un a...»— en el Búho, el depredador, poderoso e implacable.

Alguien estaba mirando su identificación, un hombre con gafas y cabello que empezaba a ralear, vestido con un traje bastante caro. El hombre le sonrió y le tendió la mano.

—Joel Nieman —dijo.

Joel Nieman. Oh, claro, el que hizo de Romeo en la representación del último curso. Era el que Alison mencionó en su columna. «Para sorpresa de todos, Romeo, alias Joel Nieman, consiguió recordar casi todo su texto.»

—¿Has dejado el mundo del teatro? —preguntó el Búho, sonriendo a su vez.

Nieman pareció sorprendido.

—Tienes buena memoria. Pensé que los escenarios podrían pasar perfectamente sin mí.

—Recuerdo la crítica que Alison escribió sobre ti.

Nieman rió.

—Yo también. Quería decirle que me hizo un favor. Me decanté por la contabilidad, y me ha ido mucho mejor. Es una pena lo que le ha pasado, ¿no?

—Una pena, sí —concedió el Búho.

—Leí que al principio pensaron que podía haber sido un homicidio, pero la policía está convencida de que murió en cuanto tocó el agua.

—Entonces es que son idiotas.

Joel Nieman lo miró con cara de curiosidad.

—¿Crees que Alison fue asesinada?

De pronto el Búho se dio cuenta de que quizá se había mostrado demasiado vehemente.

—Por lo que he leído, se había hecho muchos enemigos —dijo

con cautela—. Pero ¿quién sabe? Seguramente la policía tiene razón. Por eso siempre dicen que no es bueno nadar en solitario.

—Romeo, mi Romeo —chilló una voz.

Marcy Rogers, que hizo de Julieta en la representación del instituto, le estaba tocando el hombro a Nieman. Él se dio la vuelta.

Marcy seguía llevando el pelo en una maraña de rizos enredados, pero ahora lo embellecían algunas mechas doradas. Adoptó una pose teatral.

—«Y el mundo entero se prendará de la noche.»

—¡No puedo creerlo! ¡Es Julieta! —exclamó Joel Nieman sonriendo.

Marcy miró al Búho.

—Oh, hola. —Se volvió de nuevo hacia Nieman—. Tienes que conocer al Romeo de mi vida real. Está en la barra.

Lo desdeñaban. Igual que hacían siempre en Stonecroft. Marcy ni siquiera se había molestado en mirar su identificación. Sencillamente, no le interesaba.

El Búho miró alrededor. Jean Sheridan y Laura Wilcox estaban juntas ante una mesa del bufet. Estudió el perfil de Jean. A diferencia de Laura, era de esas mujeres que se vuelven más atractivas con la edad. Se la veía diferente, sin duda, aunque desde luego sus facciones no habían cambiado. Lo que había cambiado era su porte, su voz, su manera de conducirse. Oh, claro, el pelo y la ropa hacían mucho, pero el cambio no era externo, era más bien algo interior. Al crecer, debió de avergonzarla mucho la forma en que se portaban sus padres. Un par de veces, la policía estaba tan harta que hasta los esposaron.

El Búho se acercó a las mesas del bufet y cogió un plato. Se dio cuenta de que empezaba a comprender su ambivalencia hacia Jean. Durante los años que pasaron en Stonecroft, un par de veces, como cuando no consiguió entrar en el equipo de béisbol, Jean se apartó de su línea de conducta habitual para ser amable con él. De hecho, en la primavera del último curso, el Búho hasta pensó en pedirle que saliera con él. Estaba seguro de que no tenía novio. A veces, las noches de los sábados, cuando no hacía frío, se escondía detrás de un árbol en el camino que frecuentaban las parejas y esperaba a que los coches empezaran a llegar después del cine. Ni una sola vez vio a Jean en ninguno de aquellos coches.

Dejando al margen los pensamientos positivos, ya era demasiado tarde para cambiar el curso de las cosas. Hacía tan solo un par de horas, al verla entrar en el hotel, había decidido finalmente matarla también a ella. Y ahora lo entendía, ahora entendía por qué había tomado aquella decisión irrevocable. Su madre solía decir: «Las apariencias engañan». Sí, puede que Jean hubiera sido amable con él un par de veces, pero en el fondo seguramente era igual que Laura y se reía del pobre tonto que se mojaba los pantalones y lloraba y tartamudeaba.

Se sirvió un poco de ensalada. ¿Y qué si ella nunca estuvo en el camino de las parejitas con alguno de los idiotas de la clase? No, la mosquita muerta de Jeannie salía con un cadete de West Point. Él lo sabía todo.

Sintió un latigazo de furia; pronto tendría que dejar salir al Búho.

Se saltó las fuentes con pasta y se sirvió salmón cocido y guisantes con jamón, luego miró alrededor. Laura y Jean acababan de instalarse en la mesa de los homenajeados. La mirada de Jean se cruzó con la suya, y le saludó con la mano. Lily es igual que tú, pensó. El parecido es realmente sorprendente.

Aquel pensamiento azuzó su apetito.

11

A las dos en punto, Jean renunció a intentar dormirse, encendió la luz y abrió un libro. Después de leer durante una hora y ver que no se había enterado de una palabra, dejó el libro algo inquieta y volvió a apagar la luz. Notaba cada músculo de su cuerpo muy tenso y empezaba a dolerle la cabeza. Sabía que el esfuerzo de relacionarse con los otros durante toda la velada, a pesar de la preocupación corrosiva por saber que Lily podía estar en peligro, la había agotado. Se dio cuenta de que estaba contando las horas que faltaban para las diez. A esa hora había quedado con Alice Sommers y podría hablarle de Lily.

Los mismos pensamientos pasaban una y otra vez por su cabeza. En todos estos años nunca le he hablado a nadie de ella. Fue una adopción privada. El doctor Connors está muerto, y sus archivos se quemaron. ¿Quién puede haber descubierto que existe? ¿Es posible que sus padres adoptivos conozcan mi nombre y me hayan seguido la pista? Quizá se lo han contado a alguien y esa persona es la que me escribe. Pero ¿por qué?

La ventana, que daba a la parte posterior del hotel, estaba abierta y en la habitación empezaba a refrescar. Después de debatirse unos momentos, Jean suspiró y apartó las sábanas. Si quiero tener alguna posibilidad de dormir, será mejor que la cierre, pensó. Se levantó de la cama y caminó por la habitación. Cuando estaba cerrando la ventana, temblando, por casualidad miró abajo. Un coche con las luces apagadas entraba en ese momento en el aparcamiento del hotel. Es curioso, pensó, mientras observaba la figura de un hombre que bajaba del vehículo y caminaba rápidamente hacia la entrada.

Llevaba el cuello de la chaqueta levantado, pero, cuando abrió la puerta del vestíbulo, la luz del interior le iluminó la cara. Jean dio la espalda a la ventana, preguntándose qué podía estar haciendo a esas horas de la noche uno de sus distinguidos compañeros de mesa.

12

En la comisaría de Goshen recibieron la llamada a las tres de la madrugada. Helen Whelan, de Surrey Meadows, había desaparecido. Soltera, de cuarenta y pocos, había sido vista por última vez por un vecino hacia medianoche, cuando paseaba a su pastor alemán, Brutus. A las tres de la madrugada, una pareja que vivía unas manzanas más allá, junto al parque municipal, despertó por los ladridos y aullidos de un perro. Al salir a mirar, descubrieron a un pastor alemán que trataba de incorporarse. Le habían golpeado salvajemente en la cabeza y el lomo con un instrumento pesado. En una carretera cercana, se encontró un zapato de mujer del número treinta y siete.

A las cuatro de la madrugada, Sam Deegan recibió una llamada y fue asignado al equipo de agentes que investigaban la desaparición. Primero pasó a hablar con el doctor Siegel, el veterinario que había atendido al perro.

—Yo diría que ha estado inconsciente un par de horas por los golpes de la cabeza —explicó Siegel a Deegan—. Se los asestaron con un objeto con la forma y el peso aproximado de un gato de coche.

Sam imaginó la escena. Helen Whelan había soltado al perro para que corriera un poco por el parque. Alguien la vio sola en la calle y trató de obligarla a entrar en un coche. El pastor alemán corrió a defenderla y lo golpearon hasta dejarlo sin sentido.

Se dirigió hacia la calle donde habían encontrado al pastor alemán y empezó a llamar a las puertas. En la cuarta casa un anciano dijo haber oído a un perro ladrar frenéticamente hacia las doce y media.

Helen Whelan era, o había sido, una popular profesora de educación física en el instituto de secundaria de Surrey Meadows. Por otros maestros, Sam supo que la costumbre de Helen de sacar a su perro a última hora de la noche era bastante conocida.

—No le daba miedo. Siempre nos decía que Brutus moriría antes de dejar que alguien le hiciera daño —comentó con pesar el director del centro.

—Y tenía razón —repuso Sam—. El veterinario ha tenido que sacrificarlo.

A las diez de la mañana ya había llegado a la conclusión de que no sería un caso fácil. Según la hermana de la víctima, que vivía cerca, en Newburgh, y estaba muy trastornada, Helen no tenía enemigos. Había estado saliendo con un compañero de trabajo durante varios años, pero ese semestre en particular estaba pasando una temporada sabática en España.

¿Desaparecida o muerta? Sam estaba convencido de que una persona que había golpeado a un perro con tanta violencia no tendría piedad con una mujer. Por algún sitio había que empezar, así que decidió concentrarse en el vecindario de Helen y el instituto. Siempre cabía la posibilidad de que alguno de los bichos raros que últimamente salían de las escuelas tuviera algo contra ella. A juzgar por su fotografía, era una mujer muy atractiva. Quizá algún vecino se había enamorado de ella y se había sentido despechado.

Solo esperaba que no fuera uno de esos crímenes en los que el asesino elegía al azar a su víctima, que había tenido la mala suerte de estar en el lugar equivocado en el momento equivocado. Esos crímenes eran más complicados y con frecuencia no llegaban a resolverse, y eso era algo que detestaba.

Este pensamiento le llevó inevitablemente a Karen Sommers. Pero su muerte no fue difícil de resolver, pensó; solo de demostrar.

El asesino de Karen fue Cyrus Lindstrom, el novio al que dejó hacía veinte años... estaba seguro. Pero la semana que viene, cuando entregue los papeles para la jubilación, estaré fuera del caso, se recordó.

Y también estaré fuera de este caso, pensó, mientras estudiaba con mirada compasiva una fotografía reciente de Helen Whelan: ojos azules, pelirroja y oficialmente «desaparecida, presumiblemente muerta».

13

Laura tuvo la tentación de quedarse en la cama hasta tarde y juntar fuerzas para la comida en West Point, antes del partido, pero cuando despertó el sábado por la mañana cambió de opinión. Su objetivo de seducir a Gordie Amory había tenido un éxito relativo durante la cena de la noche anterior. Los homenajeados se sentaron juntos, y Jack Emerson los acompañó. Al principio Gordie estuvo muy callado, pero al final se animó un poco y hasta le hizo un cumplido.

—Creo que en nuestra clase todos los chicos estuvieron enamorados de ti en un momento u otro, Laura —dijo.

—¿Por qué hablar en pasado? —repuso ella en broma.

La respuesta de él fue halagüeña.

—Sí, ¿por qué?

Entonces la velada le había ofrecido un regalo inesperado. Robby Brent explicó al grupo que le habían pedido que hiciera una comedia de situación para la HBO y que le había gustado el guión.

—Parece que por fin el público empieza a cansarse de los *reality shows* —dijo—. Ahora quieren reír. Pensad en las comedias clásicas: *I love Lucy, All in the family, The honeymooners, The Mary Tyler Moore show*. Eso eran comedias y, creedme, las buenas comedias volverán. —Y entonces se volvió hacia ella—. Oye, Laura, tendrías que mirarte el papel de mi mujer. Tengo la sensación de que te iría que ni pintado.

Laura no estaba segura de si lo decía en broma, porque Robbie se ganaba la vida como cómico. Pero, si de verdad no bromeaba y ella no conseguía de Gordie lo que buscaba, quizá tendría otra oportunidad de ganarse el favor del público... y puede que fuera la última.

—Última oportunidad. —Sin querer, susurró las palabras, que le produjeron una extraña sensación de inquietud. Había tenido pesadillas durante toda la noche. Había soñado con Jake Perkins. Ese crío reportero de Stonecroft que le enseñó la lista con los nombres de las chicas que se sentaban con ella a la hora de comer y que habían muerto. Catherine, Debra, Cindy, Gloria y Alison. Cinco. Soñó que, uno a uno, el chico tachaba sus nombres, y ahora solo quedaban ella y Jeannie.

Cada una por su lado, las dos mantuvimos la relación con Alison, pensó, y ahora solo quedamos nosotras. Aunque cuando estábamos en la escuela Jeannie y yo vivíamos muy cerca, no teníamos las suficientes cosas en común para ser verdaderas amigas. Ella es demasiado buena. Nunca se reía de los chicos como hacíamos las demás.

¡Basta!, se dijo Laura. No pienses en maldiciones o gafes. Tienes hoy y mañana para conseguir esa dichosa oportunidad. Con una sola palabra de sus labios esculpidos, Gordie podía hacer que la mantuvieran en la serie de Maximum. Y quizá también Robby Brent podría ayudarla. Si no bromeaba cuando dijo lo de la serie y había decidido que la quería a ella en su espectáculo, tenía muchas posibilidades de conseguir el papel. Y se me da muy bien la comedia, se dijo. Muy bien, maldita sea.

Y también estaba Howie... no, Carter. Él también podía abrirle muchas puertas si quería. No en sus obras, claro. Dios, no solo eran deprimentes, eran de lo más ininteligible. Sin embargo, eso no quitaba que, dada su posición, pudiera hacer mucho por impulsarla en su carrera.

No me importaría participar en una obra de éxito, pensó con gesto soñador. Aunque, ahora que Alison estaba muerta, necesitaría un nuevo agente.

Consultó su reloj. Hora de vestirse. Sabía que había acertado al elegir el traje que iba a ponerse para la excursión a West Point: el traje de ante de Armani con un fular de Gucci sería perfecto, porque, según las previsiones, haría fresco. Habían anunciado que la temperatura no superaría los diez grados.

No soy chica de excursiones, pensó Laura, pero, ya que todos van a ir, no pienso perdérmelo.

Gordon, se recordó mientras se anudaba el fular. Gordon, no Gordie. Carter, no Howie. Al menos Robby seguía siendo Robby y Mark seguía siendo Mark. Y Jack Emerson, el Donald Trump de Cornwall, Nueva York, no había decidido que quería que lo llamaran Jacques.

Cuando bajó al comedor, le decepcionó observar que solo Mark Fleischman y Jean estaban en la mesa de los homenajeados.

—Solo voy a tomar un café —explicó Jean—. He quedado para desayunar con una amiga. Me reuniré con vosotros a la hora de comer.

—¿Asistirás al desfile de la bandera y el partido? —preguntó Laura.

—Sí.

—A mí nunca me han gustado mucho estas cosas —dijo Laura—. Pero a ti sí, Jeannie. Siempre fuiste una apasionada de la historia. ¿No había un cadete muy amigo tuyo que murió antes de la graduación? ¿Cómo se llamaba?

Mark Fleischman bebió un sorbo de café y observó cómo los ojos de Jean se nublaban por la pena. La mujer vaciló, y él apretó los labios. Había estado a punto de contestar por ella.

—Reed Thornton —respondió Jean—. Cadete Carroll Reed Thornton hijo.

14

La semana más difícil del año para Alice Sommers era la que precedía al aniversario de la muerte de su hija. Este año había sido particularmente duro.

Veinte años, pensó. Dos décadas. Ahora Karen tendría cuarenta y dos años. Sería médico, seguramente cardióloga. Ese era su objetivo cuando entró en la facultad de medicina. Seguramente se hubiera casado y tendría dos hijos.

Alice Sommers imaginaba a los nietos que no había llegado a tener. El niño, alto y rubio, como Cyrus... Siempre había pensado que él y Karen acabarían juntos. Lo único que de verdad le molestaba de Sam Deegan era su inalterable convicción de que Cyrus era el responsable de la muerte de Karen.

¿Y la hija? Se habría parecido a Karen, decidió, con rasgos finos, ojos azul verdoso y pelo negro azabache. Por supuesto, nunca sabría si hubiera sido así.

Deja que el tiempo vuelva atrás, Señor. Deshaz aquella terrible noche, había suplicado miles de veces a lo largo de los años. Sam Deegan le había dicho que no creía que Karen hubiera llegado a despertarse cuando el intruso entró en su habitación. Sin embargo, a Alice siempre le quedó la duda. ¿Abrió los ojos? ¿Llegó a intuir su presencia? ¿Había visto un brazo arquearse sobre la cama? ¿Sintió los terribles embates del cuchillo que le quitó la vida?

Con Sam podía hablar de sus miedos. En cambio, nunca fue capaz de compartirlas con su marido. Él necesitaba creer que su hija, su única hija, no había tenido que pasar por aquel instante de terror y sufrimiento.

Alice Sommers llevaba días dándole vueltas a todo aquello. El sábado por la mañana, cuando despertó, el peso del dolor quedó aliviado ante la perspectiva de recibir la visita de Jeannie Sheridan.

A las diez, el timbre de la puerta sonó. Alison abrió y abrazó a Jean con afecto. Era muy agradable sentir a aquella mujer entre sus brazos... Y era perfectamente consciente de que aquel beso de bienvenida no era solo para Jean, también era para Karen.

Con el paso de los años había visto cómo Jean, una jovencita tímida y reservada de dieciséis años cuando se convirtieron en vecinas en Cornwall, se transformaba en la historiadora y escritora elegante y de éxito de ahora.

Durante los dos años que vivieron puerta con puerta, antes de que Jean se graduara en secundaria y se fuera a trabajar a Chicago y después a estudiar a Bryn Mawr, Alice había aprendido a admirarla y compadecerla. Parecía mentira que fuera hija de aquellos padres, dos personas tan absorbidas por su desprecio mutuo que no se daban cuenta del daño que sus discusiones públicas hacían a su única hija.

Incluso entonces Jean ya demostraba una gran dignidad, pensó Alice. Se separó de ella un momento para verla bien y luego volvió a abrazarla.

—¿Te das cuenta de que han pasado ocho meses desde la última vez que nos vimos? —le preguntó—. Jeannie, te he añorado.

—Yo también. —Jean miró a la anciana con gran afecto. Alice Sommers era una mujer hermosa de pelo cano y ojos azules que siempre tenían un toque de tristeza. Sin embargo, su sonrisa era cordial y espontánea—. Y tiene un aspecto estupendo.

—No está mal para una mujer de sesenta y tres años —concedió ella—. Decidí dejar de contribuir al mantenimiento de la peluquería, así que lo que ves es mi pelo auténtico.

Pasaron a la salita, cogidas del brazo.

—Oh, Jeannie, ahora que lo pienso, nunca has estado aquí. Siempre nos hemos visto en Nueva York o Washington. Deja que te lo enseñe, empezando por las fabulosas vistas al río Hudson.

—Mientras le mostraba la casa, Alice le explicó—: No sé por qué nos quedamos allí tanto tiempo. Soy mucho más feliz aquí. Creo que Richard sentía que, si nos íbamos, de alguna forma hubiera sido como dejar a Karen. Nunca superó su pérdida, ¿sabes?

Jean recordó la bonita casa de estilo Tudor que tanto admiró en su adolescencia. La conocía como la palma de mi mano, pensó. Siempre estaba entrando y saliendo cuando Laura vivía allí, y luego Alice y el señor Sommers fueron muy amables conmigo. Ojalá hubiera podido conocer mejor a Karen.

—¿Quién compró la casa? ¿Lo conozco? —preguntó.

—No lo creo. La gente que nos la compró era del interior. La vendieron el año pasado. Tengo entendido que el nuevo propietario ha hecho algunas reformas y piensa alquilarla amueblada. Muchos creen que el verdadero comprador es Jack Emerson. Se rumorea que ha estado adquiriendo propiedades por la zona. Desde luego, es muy distinto del chico que se dedicaba a limpiar despachos. Ahora es un empresario.

—Él es el presidente de la reunión.

—Y el motor que la impulsa. Nunca ha habido tanto revuelo por una reunión de antiguos alumnos en Stonecroft. —Alice Sommers se encogió de hombros—. Pero al menos ha hecho que vinieras. Espero que tengas hambre. Hay barquillos y fresas para desayunar.

Cuando ya iban por la segunda taza de café, Jean sacó los faxes y el sobre junto con el mechón y se los enseñó a Alice. Le habló de Lily.

—El doctor Connors conocía a una pareja que quería un bebé. Eran pacientes suyos, lo que significa que debían de vivir por la zona. Alice, no sé si acudir a la policía o contratar a un investigador privado. No sé qué hacer.

—¿Me estás diciendo que tuviste un hijo a los dieciocho años y nunca se lo dijiste a nadie? —Alice estiró el brazo por encima de la mesa y la cogió de la mano.

—Ya conocía usted a mis padres. Se habrían liado a dar gritos acusando al otro de tener la culpa. Hubiera sido igual que distribuir un montón de panfletos por la ciudad anunciando la noticia.

—¿Y nunca se lo dijiste a nadie?

—A nadie. Había oído decir que el doctor Connors ayudaba a adoptar niños. Él quería que se lo dijera a mis padres, pero yo ya era mayor de edad. Me explicó que tenía una paciente que acababa de saber que no podría tener hijos. Ella y su marido estaban pensando en adoptar, y eran personas maravillosas. Cuando habló con ellos, enseguida dijeron que estarían encantados. El doctor me consiguió un trabajo de administrativa en una clínica de Chicago, de modo que dije que quería trabajar un año antes de empezar a estudiar en Bryn Mawr.

—Aún me acuerdo lo orgullosos que nos sentimos cuando supimos lo de tu beca.

—Me fui a Chicago en cuanto me gradué. Necesitaba escapar. Y no era solo por el embarazo. Tenía que llorar la pérdida de Reed. Ojalá lo hubiera conocido usted. Era tan especial... Creo que por eso nunca me he casado. —Los ojos se le llenaron de lágrimas—. Nunca he sentido lo mismo por ningún otro hombre. —Meneó la cabeza y cogió el fax—. Pensé en acudir a la policía, pero vivo en Washington. ¿Qué podían hacer? «¿La beso o la mato? Solo era una broma.» No es necesariamente una amenaza, ¿verdad? En todo caso, es razonable pensar que la persona que adoptó a Lily vivía en esta zona porque era paciente del doctor Connors. Por eso he pensado que si acudía a la policía tenía que ser aquí, en el pueblo, o en el condado. ¿Qué opina, Alice?

—Creo que tienes razón, y conozco a la persona adecuada —dijo la anciana con firmeza—. Sam Deegan es investigador de la oficina del fiscal del distrito. Vino la mañana que encontramos a Karen, y nunca ha cerrado el caso. Nos hemos convertido en buenos amigos. Seguro que encuentra la forma de ayudarte.

15

El autobús que iba a West Point salía a las diez. A las nueve y cuarto, Jack Emerson salió del hotel y fue en una carrera a su casa para recoger la corbata, que había olvidado poner con sus cosas. Rita, su esposa desde hacía quince años, estaba leyendo el periódico mientras bebía un café a la mesa del desayuno. Cuando él entró, alzó la vista con indiferencia.

—¿Cómo va la gran reunión, Jack? —El sarcasmo que teñía cada palabra que le dirigía se hizo particularmente evidente en su saludo.

—Yo diría que muy bien, Rita —repuso él con tono amistoso.

—¿Tu habitación del hotel es cómoda?

—Todo lo cómoda que puede ser una habitación en el Glen-Ridge. ¿Por qué no me acompañas y lo compruebas por ti misma?

—Creo que paso. —Volvió a posar la mirada en el periódico, con gesto desdeñoso.

Él se la quedó mirando un momento. Su mujer tenía treinta y siete años, pero no era de las que ganan con la edad. Rita siempre había sido reservada, pero con el tiempo sus labios finos habían adquirido un gesto de persona huraña. Cuando tenía veinte años y el pelo le caía suelto sobre los hombros era muy atractiva. Ahora lo llevaba escrupulosamente recogido en un moño y su piel parecía tensa. De hecho, todo en ella denotaba tensión y furia. Mientras estaba allí plantado, Jack se dio cuenta de lo mucho que le desagradaba.

Y le enfurecía sentir que tenía que explicar su presencia en su propia casa.

—Me he dejado la corbata que quiero ponerme para la cena de hoy —espetó—. Por eso me he pasado.

Ella dejó el periódico.

—Jack, cuando viste que insistía en que Sandy fuera a un internado en vez de tu amado Stonecroft, supongo que sospechaste que algo estaba pasando.

—Sí, algo me olí. —Aquí viene, pensó.

—Me vuelvo a Connecticut. He alquilado una casa en Westport por seis meses, mientras encuentro algo para comprar. Ya acordaremos el régimen de visitas a Sandy. Aunque has sido un marido espantoso, como padre te has portado razonablemente bien, y es mejor que nos separemos de forma amistosa. Sé exactamente cuánto dinero tienes, así que, por favor, no malgastemos nuestro dinero en abogados. —Se puso en pie—. Simpático, un hallazgo... jovial, ocurrente, comprometido con la comunidad, hombre de negocios avezado, Jack Emerson. Es lo que dice mucha gente de ti, Jack, pero, aparte de ser un mujeriego, por dentro estás lleno de veneno. Solo por curiosidad me gustaría saber por qué.

Jack Emerson sonrió con frialdad.

—Por supuesto que cuando insististe en mandar a Sandy a Choate sabía que te estabas preparando para volver a Connecticut. Y me planteé si debía tratar de disuadirte... es decir, me lo planteé durante unos diez segundos. Luego me puse a celebrarlo.

Y piénsalo dos veces antes de decir que sabes cuánto tengo, añadió para sí.

Rita Emerson se encogió de hombros.

—Siempre decías que tú tenías que tener la última palabra. ¿Sabes una cosa, Jack? Debajo de la máscara, sigues siendo el mismo chico insignificante y resentido por haber tenido que limpiar después de las clases. Y si no juegas limpio conmigo en el divorcio, tendré que contar a las autoridades que me confesaste que tú preparaste aquel incendio en el centro médico hace diez años.

Él la miró fijamente.

—Yo nunca te he dicho tal cosa.

—Pero me creerán, ¿verdad que sí? Tú trabajabas es ese edificio, conocías hasta el último rincón, y querías aquella propiedad para el paseo comercial que tenías proyectado. El incendio te permitió adquirir el terreno muy barato. —Arqueó una ceja—. Ve y coge tu corbata, Jack. Yo me habré ido en un par de horas. A lo mejor consigues ligar con una de tus compañeras de clase y montas una bonita reunión aquí esta noche. Estás en tu casa.

16

La sensación de que por fin empezaba a moverse algo tranquilizó ligeramente a Jean. Alice Sommers le había prometido llamar a Sam Deegan y tratar de concertar un encuentro para el domingo por la tarde. «De todos modos, en el aniversario de la muerte de Karen a menudo se pasa por aquí», le dijo.

No tengo por qué volver a casa mañana, pensó Jean. Puedo quedarme en la habitación del hotel al menos una semana. Se me da bien investigar. Quizá pueda encontrar a alguien que trabajara en la consulta del doctor Connors, una enfermera o una secretaria que pueda decirme dónde llevaba el registro de nacimientos de los niños que iba a dar en adopción. Quizá guardaba copias en algún otro sitio. Sam Deegan podría ayudarme a descubrir cómo conseguirlas, suponiendo que existan.

El doctor Connors se había llevado a la niña de su lado en Chicago. ¿Era posible que hubiera registrado su nacimiento allí? ¿Viajó la madre adoptiva con él a Chicago, o fue él quien la trajo personalmente a Cornwall?

A todos los ex alumnos que iban en coche particular a West Point les habían avisado que dejaran sus vehículos en el aparcamiento próximo al hotel Thayer. Jean notó un nudo en la garganta cuando atravesó la verja de acceso a los terrenos de la academia. Como le sucedía con frecuencia últimamente, pensó en la última vez que estuvo allí, durante la ceremonia de graduación de la promoción de Reed, cuando vio a su madre y su padre recoger el diploma y la espada.

La mayoría de ex alumnos de Stonecroft estaban haciendo la gira por West Point. Tenían que reunirse a las doce y media para comer en el Thayer. Antes del partido, presenciarían el desfile de la bandera.

Antes de reunirse con sus ex compañeros, Jean se dirigió al cementerio para visitar la tumba de Reed. La caminata era larga, pero dio gracias por poder tener un rato para pensar. Encontré tanta paz aquí, pensó. ¿Cómo habría sido mi vida si Reed hubiera vivido, si mi hija estuviera conmigo, en lugar de con unos desconocidos? No se había atrevido a asistir al funeral. Fue el día que ella se graduaba en Stonecroft. Su madre y su padre no habían llegado a conocerle y prácticamente no sabían nada de él. Le hubiera resultado muy difícil explicar por qué no podía asistir a su propia graduación.

Al pasar por delante de la capilla recordó los conciertos a los que había asistido allí, primero sola, luego, unas cuantas veces, con Reed. Pasó ante monumentos con nombres cuajados de historia, de camino hacia la sección veintitrés, y se plantó ante una lápida que llevaba su nombre, teniente Carroll Reed Thornton hijo. Había una rosa solitaria apoyada contra la lápida con un sobre. Jean contuvo el aliento. Su nombre estaba escrito en el sobre. Cogió la rosa y sacó la tarjeta del sobre. Las manos empezaron a temblarle mientras leía aquellas pocas palabras: «Jean, esto es para ti. Sabía que pasarías por aquí».

Cuando caminaba de vuelta al Thayer, trató de sobreponerse. Esto significa que alguien en la reunión de ex alumnos sabe lo de Lily y está jugando al gato y al ratón conmigo, pensó. ¿Quién podía saber que hoy iba a estar aquí y que visitaría la tumba de Reed?

Han venido cuarenta y dos antiguos alumnos, se dijo. Eso limita el número de personas que pueden haberme enviado las notas a cuarenta y dos. Pienso descubrir quién es y dónde está Lily. Quizá no sabe que es adoptada. No me meteré en su vida, pero necesito saber que está bien. Me gustaría verla una vez, aunque sea de lejos.

Apretó el paso. Solo tenía ese día y el siguiente para tratar de mirarlos a todos cara a cara y averiguar quién había estado en el cementerio. Hablaré con Laura, decidió. A ella no se le escapa nada. Si estaba en el grupo que ha visitado el cementerio, quizá haya visto algo.

69

En cuanto entró en la sala reservada para la comida del grupo de Stonecroft, Mark Fleischman se acercó a ella.

—La visita ha sido muy interesante —comentó—. Es una pena que te la hayas perdido. Me avergüenza decir que cuando vivía en Cornwall las pocas veces que vine a West Point fue para hacer ejercicio. Pero tú viniste bastante por aquí el último año, ¿no? Me acuerdo de que escribiste algunos artículos para el periódico del instituto.

—Sí, venía —dijo ella con tiento. Un calidoscopio de recuerdos la asaltó. Los domingos por la tarde, en primavera, cuando paseaba por el sendero de Trophy Point y se sentaba a escribir en uno de los bancos. Bancos de granito rosa donados por la promoción de 1939. Jean recordaba las palabras que llevaban grabadas: DIGNIDAD, DISCIPLINA, CORAJE, INTEGRIDAD, LEALTAD. Incluso las palabras grabadas en aquellos bancos me hacían ser consciente de la vida tan absurda que llevaban mis padres, pensó.

Su atención volvió a Mark.

—Nuestro líder, Jack Emerson, ha decretado que hoy los homenajeados pueden sentarse donde quieran —decía en ese momento—, lo que va a suponer un problema para Laura. ¿Has visto cómo despliega sus encantos? Anoche estuvo flirteando con Gordon, nuestro director televisivo, con Carter, nuestro autor teatral, y con Robby, nuestro cómico. En el autobús se ha sentado junto a Jack Emerson y se ha deshecho en atenciones con él. Creo que se está convirtiendo en un magnate del negocio inmobiliario.

—Tú eres el experto en el comportamiento adolescente, Mark. A Laura siempre le gustaron los tíos con éxito. ¿No crees que es algo que uno traslada a la madurez? De todos modos, creo que hace bien en concentrarse en esos cuatro. Sus ex novios, como Doug Hanover, o no están aquí o han venido con sus mujeres. —Jean trató de mostrarse divertida.

Mark sonreía pero, mientras lo estudiaba, Jean notó un cambio sutil en su expresión, como si entrecerrara los ojos. ¿Tú también?, pensó, y se dio cuenta de que era decepcionante pensar que también Mark Fleischman había estado loco por Laura, y quizá todavía lo estaba. Bueno, Jean quería hablar con Laura y, si a él también le apetecía, pues perfecto.

—Vamos a sentarnos con Laura —propuso—. En el colegio siempre nos sentábamos juntas. —Por unos momentos, la imagen de la mesa del comedor en Stonecroft apareció vívidamente en su memoria. Y allí estaban Catherine, Debra, Cindy, Gloria y Alison.

Y Laura y yo.

Laura y... yo.

17

El Búho ya suponía que la desaparición de una mujer en Surrey Meadows, Nueva York, no sería comunicada a la prensa a tiempo para que apareciera en los periódicos del sábado por la mañana, pero le complació ver que informaban de ella en radio y televisión. Antes y después del desayuno, mientras tenía el brazo en remojo, estuvo escuchando la noticia. El dolor del brazo era por la herida que el perro le había hecho; lo consideró un castigo por su descuido. Tendría que haberse dado cuenta de que la mujer llevaba una cadena en la mano antes de detener el coche y cogerla. El pastor alemán apareció sin más y le saltó encima, gruñendo. Por suerte, él pudo aferrar un gato que siempre tenía en el asiento delantero para ese tipo de salidas.

Ahora Jean estaba sentada a la mesa frente a él, y era evidente que había encontrado la rosa de la tumba. Seguro que esperaba que Laura se hubiera fijado si alguien del grupo llevaba una rosa o se había separado de los demás durante la visita al cementerio. Eso no le preocupaba. Laura no se había dado cuenta de nada. El Búho apostaría su vida. Estaba demasiado ocupada tratando de decidir a cuál de nosotros podía utilizar. Está desesperada, pensó con gesto triunfal.

El hecho de que unos años atrás se hubiera enterado por casualidad de la existencia de Lily le había hecho comprender lo fácil que resultaba tener poder sobre los otros. A veces le divertía hacer uso de ese poder. Otras veces, se limitaba a esperar. Su nota anónima al fisco hacía tres años provocó una auditoría de las finanzas de Laura. Ahora esta tenía una orden de embargo sobre su casa. Pronto eso ya no importaría, pero al Búho le satisfacía saber que, incluso antes de matarla, a Laura le preocupaba la posibilidad de perder su casa.

La idea de ponerse en contacto con Jean surgió cuando conoció casualmente a los padres adoptivos de Lily. Aunque no estaba seguro de querer matarla, deseaba hacerla sufrir, pensó sin remordimiento.

Dejar la flor junto a la lápida había sido un detalle genial. En el hotel Thayer, en la mesa, había visto la expresión inquieta de los ojos de Jean. Durante el desfile de la bandera antes del partido, se aseguró de sentarse junto a ella.

—Es un espectáculo maravilloso, ¿verdad? —le había preguntado.

—Sí, lo es.

Pero él sabía que ella estaba pensando en Reed Thornton.

Los tambores y el servicio de transmisiones de los Hellcats desfilaban en ese momento ante ellos. Mira bien, Jeannie, pensó. Tu hija es la última de la segunda fila.

18

Cuando volvieron a Glen-Ridge House, en Cornwall, Jean se aseguró de subir con Laura en el ascensor y la siguió por el pasillo hasta su habitación.

—Laura, cielo, necesito hablar contigo —dijo.

—Oh, Jeannie. Es que quería darme un baño caliente y descansar —protestó la otra—. Las visitas guiadas por West Point y los partidos deben de estar muy bien, pero yo no estoy hecha para pasar tantas horas al aire libre. ¿No podemos vernos más tarde?

—No —respondió Jean con firmeza—. Tengo que hablar contigo.

—Bueno, pero solo porque eres mi amiga —dijo Laura con un suspiro. Introdujo la llave de plástico en la cerradura—. Bienvenida al Taj Mahal. —Abrió la puerta y dio un manotazo al interruptor de la luz. Las lámparas de los lados de la cama y la mesa se encendieron; arrojaban una luz vacilante en la habitación, que empezaba a quedar en sombras por el sol de media tarde.

Jean se sentó en el borde de la cama.

—Laura, esto es muy importante. Has pasado por el cementerio en la visita guiada, ¿verdad?

Laura empezó a desabrocharse la chaqueta de ante que había llevado en West Point.

—Ajá. Sé que tú solías ir mucho cuando estábamos en Stonecroft, pero yo es la primera vez que voy. Dios, cuando piensas en toda la gente famosa que hay enterrada allí… el general Custer. Yo creía que todos sabrían que la cagó con aquel ataque que dirigió, pero supongo que gracias a su mujer han decidido que es un héroe. Hoy, cuando estaba ante su tumba, me he acordado de una cosa que me dijiste hace mucho tiempo, que los indios lo llamaban Jefe Pelo Amarillo. Siempre se te ocurrían cosas así.

—¿Estaban todos en la visita al cementerio?

—Los que hemos ido en el autobús sí. Algunos de los que han traído a sus hijos han preferido ir en coche y cada uno se ha montado su propia visita. Los he visto paseando por allí. Cuando eras pequeña, ¿te gustaba ver tumbas? —Laura colgó la chaqueta en el armario ropero—. Jeannie, te quiero mucho, pero necesito echarme un poco. Y tú tendrías que descansar también. Esta noche será la gran noche. Nos darán la medalla, la placa o lo que sea. Espero que no nos hagan cantar el himno de la escuela, ¿eh?

Jean se levantó y puso las manos en los hombros de su amiga.

—Laura, esto es importante. ¿Te fijaste si en el autobús había alguien que llevara una rosa, o si alguien sacó una rosa en el cementerio?

—¿Una rosa? No, claro que no. Había gente poniendo flores en algunas tumbas, pero nadie de nuestro grupo. ¿Quién de nosotros conocía a alguien que esté enterrado allí lo bastante bien como para llevarle flores?

Debí imaginarlo, pensó Jean. Laura no prestaba atención a nadie que no fuera importante para sus planes.

—Te dejo tranquila —le prometió—. ¿A qué hora tenemos que estar abajo?

—El cóctel será a las siete, la cena a las ocho. Nos harán entrega de las medallas a las diez. Y para mañana solo queda la ceremonia en recuerdo de Alison y la comida en Stonecroft.

—¿Volverás directamente a California, Laura?

Laura abrazó a Jean impulsivamente.

—Todavía no lo he decidido, pero digamos que quizá haya una opción mejor. Nos vemos.

Cuando la puerta se cerró detrás de Jean, Laura sacó la funda especial para trajes del armario. En cuanto la cena terminara, se escabullirían. Como él había dicho: «Ya me he cansado de estar en este hotel. Prepara una bolsa para esta noche, tendré mi coche en la puerta antes de la cena. Pero no le digas nada a nadie. A nadie le importa dónde pasemos la noche. Tenemos que reparar el que no te dieras cuenta de lo genial que soy hace veinte años».

Mientras guardaba en la bolsa de viaje su chaqueta de cachemira, Laura sonrió para sus adentros. Le dije que quería asistir a la ceremonia en memoria de Alison, pero no me importaría si nos saltáramos la comida.

Entonces frunció el ceño. Porque él había respondido: «No me perdería la ceremonia por nada del mundo», pero, claro, seguro que quería decir que asistiríamos juntos.

19

A las tres de la tarde, Sam Deegan se sorprendió al recibir una llamada de Alice Sommers.

—Sam, ¿está libre esta noche para ir a una cena de etiqueta conmigo? —le preguntó.

Sam vaciló un momento por pura sorpresa.

—Me doy cuenta de que es un poco precipitado —añadió la mujer con tono de disculpa.

—No, no; no pasa nada. La respuesta es sí, estoy libre, y tengo un esmoquin colgado en mi armario, limpio y planchado.

—Esta noche hay una cena de gala en honor de algunos de los graduados de la reunión de ex alumnos de Stonecroft, y han pedido que la gente de la ciudad reserve asientos. En realidad el motivo de todo esto es recaudar fondos para el nuevo anexo que quieren construir. No pensaba ir, pero conozco a una de las homenajeadas y quiero presentársela. Se llama Jean Sheridan. Durante una época fuimos vecinas, y la aprecio mucho. Tiene un problema grave y necesita que la orienten. Al principio pensé en pedirle que se pasara por casa mañana para hablar, pero creo que sería bonito estar allí cuando le den la medalla y…

Sam comprendió que la invitación de Alice Sommers era un gesto impulsivo. La mujer no solo empezaba a hablar con tono de disculpa, sino que hasta se arrepentía de haberle llamado.

—Alice, me gustaría mucho ir —dijo con tono amable. No le dijo que había estado trabajando desde las cuatro y media de la madrugada, por el caso de Helen Whelan, que acababa de volver a casa y que su idea era acostarse pronto. Un par de horas de siesta bastarían, pensó—. De todos modos, había pensado pasarme mañana.

Alice Sommers lo entendió.

—No sé por qué, pero lo imaginaba. Si puede estar en mi casa hacia las siete, tomaremos algo y luego saldremos para el hotel.

—Hecho. Hasta luego, Alice. —Sam colgó y, algo avergonzado, se dio cuenta de que se sentía muy satisfecho; luego se preguntó cuál sería el motivo de la invitación. ¿Qué clase de problema tendría la amiga de Alice? Fuera lo que fuese, seguro que no era tan grave como lo que le había pasado a Helen Whelan aquella madrugada cuando estaba paseando a su perro.

20

—Esto es todo un acontecimiento, ¿verdad, Jeannie? —le preguntó Gordon Amory.

Estaba sentado a su derecha, en la segunda fila del estrado donde se había instalado a los homenajeados. Debajo, el congresista local, el alcalde de Cornwall-on-Hudson, los patrocinadores del evento, el director de Stonecroft y varios miembros del consejo de administración observaban con satisfacción el salón atestado.

—Sí, lo es.

—¿No se te ha ocurrido invitar a tus padres a un acto tan importante?

De no haber notado el tonillo irónico de la voz de Gordon, Jean se hubiera sentido furiosa, pero lo notó, así que contestó con voz amable:

—Pues no. Y tú, ¿tampoco has invitado a los tuyos?

—Por supuesto que no. En realidad, como habrás notado, ninguno de los homenajeados ha traído a sus sonrientes papás para que compartan con ellos este momento de gloria.

—Por lo que veo, los padres de la mayoría de nosotros ya no viven aquí. Los míos se fueron el año que me gradué en Stonecroft. Se fueron y se separaron. Supongo que ya lo sabías —añadió Jean.

—Igual que los míos. Cuando pienso en las seis personas que estamos sentadas a esta mesa, en teoría el orgullo de nuestra promoción, creo que seguramente solo Laura lo pasó bien mientras vivió aquí. Me parece que tú eras bastante desgraciada, igual que yo, que

Robby, Mark y Carter. Robby era un alumno mediocre en una familia de intelectuales y siempre le estaban amenazando con retirarle la beca de Stonecroft. El humor se convirtió en su armadura y su refugio. Los padres de Mark proclamaron a los cuatro vientos que hubieran preferido que muriera Mark en lugar de su hermano. Su respuesta fue convertirse en psiquiatra especializado en adolescentes. Me pregunto si alguna vez ha intentado tratar al adolescente que lleva dentro.

Un médico que necesita curarse a sí mismo, pensó Jean. Sospechaba que Gordon tenía razón.

—El padre de Howie, o Carter, como insiste en que lo llamemos, siempre estaba dándoles palizas a él y a su madre —continuó Gordon—. Howie procuraba estar lejos de su casa siempre que podía. Ya sabrás que lo cogieron varias veces espiando por las ventanas del vecindario. ¿Qué pretendía? ¿Ver cómo era la vida de la gente normal? ¿No crees que esa podría ser la razón de que sus obras sean tan negras?

Jean decidió eludir aquella pregunta.

—Ahora quedamos tú y yo —dijo muy tranquila.

—Mi madre era una mujer descuidada. Seguro que recuerdas lo que se decía por el pueblo cuando nuestra casa se incendió: que era la única forma de que quedara limpia. Ahora tengo tres casas y confieso que estoy sanamente obsesionado con la limpieza, que es la razón por la que mi matrimonio ha fracasado. En fin, eso fue un error desde el principio.

—Y mi madre y mi padre discutían en público. ¿No es eso lo que recuerdas de mí, Gordon? —Sabía que eso era exactamente lo que estaba pensando.

—Estaba pensando en lo fácil que es que un niño se sienta avergonzado y que, con la excepción de Laura, que siempre fue la niña bonita de nuestro curso, tú, Carter, Robby, Mark y yo siempre lo tuvimos muy difícil. Desde luego, lo que menos falta nos hacía era que nuestros padres nos pusieran las cosas más difíciles, pero de un modo u otro lo hicieron. Mira, yo deseaba tanto cambiar que me he hecho la cara nueva, pero a veces me despierto y descubro que sigo siendo Gordie, el muermo con cara de tonto de quien todos se burlaban. Tú te has labrado un nombre y has publicado un libro que no solo ha sido aclamado por la crítica, sino que se ha convertido en un *best seller*. Pero ¿quién eres por dentro?

Sí, ¿quién? Por dentro, con demasiada frecuencia sigo siendo la niña marginada y necesitada, pensó Jean, pero no tuvo que contestar porque de pronto Gordon sonrió como un crío y agregó:

—Me parece que no es bueno ponerse tan filosófico cuando uno está cenando. Quizá me sentiré diferente cuando me pongan esa medalla. ¿Tú qué opinas, Laura?

Gordon empezó a hablar con Laura, y Jean se volvió hacia Jack Emerson, a quien tenía a su izquierda.

—Parece que Gordon y tú teníais una conversación muy seria —comentó él.

Jean notó la expresión de curiosidad de su rostro. Lo último que quería era continuar con él la conversación que había mantenido con Gordon.

—Oh, estábamos hablando de lo que significó criarnos aquí, Jack —dijo con naturalidad.

Me sentía muy insegura, pensó. Era muy delgada y torpe... Con mi pelo basto. Siempre con el miedo de que mis padres empezaran a gritarse. Me sentía muy culpable cuando me decían que la única razón de que siguieran juntos era yo... Lo único que quería era crecer de una vez y marcharme muy lejos. Y lo hice.

—Cornwall es un sitio estupendo para criarse —dijo Jack con tono cordial—. Nunca he entendido por qué la mayoría de vosotros os marchasteis; al menos podríais haber comprado una segunda residencia, ahora que todo os va tan bien. Por cierto, Jeannie, si alguna vez decides comprar, tengo algunas propiedades en cartera que son auténticas joyas.

Jean recordó que Alice Sommers le había dicho que corría el rumor de que Jack Emerson era el nuevo propietario de su antigua casa.

—¿Hay algo en mi antiguo barrio? —preguntó.

Él negó con la cabeza.

—No. Yo me refería a sitios con vistas espectaculares al río. ¿Cuándo quieres que te lleve a verlas?

Nunca, pensó Jean. No pienso volver aquí. Lo único que quiero es marcharme. Pero primero tengo que averiguar quién me ha mandado esas notas sobre Lily. Solo es una intuición, pero apostaría mi vida a que esa persona está sentada en la sala en estos momentos. Quiero que esta cena se acabe de una vez para poder reunirme con Alice y el policía que ha traído esta noche. Necesito creer que puede ayudarme a encontrar a Lily y eliminar cualquier posible amenaza que haya sobre su vida. Y, cuando esté segura de que se encuentra bien y es feliz, volveré a mi vida. Las veinticuatro horas que llevo aquí han hecho que comprenda que, para bien o para mal, lo que soy ahora es consecuencia de lo que viví en este lugar, y tengo que aceptarlo.

—Oh, creo que no me interesa comprar una casa en Cornwall —le dijo a Jack Emerson.

—Quizá ahora no, Jeannie —repuso él con los ojos haciéndole chiribitas—, pero apuesto a que algún día no muy lejano encontraré un lugar para ti. Estoy completamente seguro.

21

En estas cenas normalmente se presenta a los homenajeados por orden de importancia creciente, pensó el Búho sarcásticamente cuando oyó pronunciar el nombre de Laura. Ella fue la primera en recibir su medalla, entregada conjuntamente por el alcalde de Cornwall y el director de Stonecroft.

La funda especial para trajes y la pequeña maleta de Laura estaban en su coche. Él las había sacado a escondidas por las escaleras de emergencia y había salido por la puerta de servicio sin que le vieran. Como precaución, había roto la luz que había sobre la entrada de servicio y se había puesto una gorra y una chaqueta que podían pasar por un uniforme, por si alguien le veía.

Como era de esperar, Laura estaba muy guapa. Llevaba un traje dorado que, como se suele decir, no dejaba nada a la imaginación. Su maquillaje era impecable. La gargantilla de diamantes seguramente era falsa, pero quedaba bien. Los pendientes tal vez fueran auténticos. Seguro que eran las últimas o casi las últimas joyas que le quedaban de las que recibió de su segundo marido. Un talento mediano, ayudado por un aspecto espectacular, había dado a Laura sus quince minutos de gloria. Y, afrontémoslo, tenía una personalidad seductora... es decir, siempre y cuando no fueras la víctima de sus burlas.

En aquellos momentos estaba dando las gracias al alcalde, el director de Stonecroft y los invitados.

—Fue bonito crecer en un lugar como Cornwall-on-Hudson

—dijo con excesiva efusión—. Y los cuatro años que pasé en Stonecroft fueron los más felices de mi vida.

Con un cosquilleo de expectación, el Búho imaginó el momento en que llegaran a la casa, se imaginó cerrando la puerta, y la mirada de terror que aparecería en los ojos de Laura cuando se diera cuenta de que estaba atrapada.

Todos aplaudieron las palabras de Laura, y luego el alcalde pasó a anunciar al siguiente homenajeado.

Por fin aquello terminó y pudieron levantarse. Intuía que Laura le estaba observando, pero no quiso mirarla. Habían quedado en alternar durante un rato con los otros; luego cada uno se iría a su habitación por separado mientras todos se daban las buenas noches. Se reunirían en el coche.

Los otros dejarían el hotel por la mañana y acudirían en sus coches particulares al cementerio para asistir a la ceremonia en memoria de Alison y luego a la comida de despedida. Hasta ese momento, nadie echaría a Laura de menos, y seguramente todos pensarían que se había cansado de la reunión y se había ido antes de tiempo.

—Supongo que ahora es el momento de las felicitaciones —dijo Jean apoyando una mano en su brazo, a unos centímetros de la muñeca. Estaba tocando la más profunda y dolorosa de las heridas que le había causado el perro. El Búho notó que la sangre de la herida le empapaba la manga de la chaqueta, y se dio cuenta de que la manga del vestido azul marino de Jean estaba en contacto con ella.

Con un esfuerzo sobrehumano, consiguió disimular el dolor que le recorría el brazo. Evidentemente, Jean no se percató de nada, y se volvió para saludar a una pareja de sesenta y pocos que se acercó a ella.

Por un momento, el Búho pensó en la sangre que había goteado al suelo cuando el perro le mordió. ADN. Le preocupaba, porque era la primera vez que dejaba una prueba física... aparte de su símbolo, por supuesto, pero en todos aquellos años nadie había reparado en él en ningún sitio. En cierto modo, tanta ineptitud le decepcionaba, pero por otro lado se alegraba. Si alguien relacionaba las muertes de todas aquellas mujeres, le sería mucho más difícil continuar. Si es que decidía continuar después de Laura y Jean.

Incluso si Jean se daba cuenta de que la mancha que tenía en la manga era de sangre, no sabría de dónde había salido. Además, ni el mismísimo Sherlock Holmes hubiera relacionado la mancha de sangre de la manga de un homenajeado de la Academia Stonecroft con la sangre encontrada en una calle a treinta y dos kilómetros de allí.

Ni en un millón de años, pensó el Búho, descartando la idea por lo absurdo.

22

En cuanto conoció a Sam Deegan, Jean entendió por qué Alice le había hablado tan bien de él. Le gustaba su aspecto: rostro de rasgos duros realzado por unos ojos azul oscuro. También le gustaba la calidez de su sonrisa y la firmeza con la que estrechaba la mano.

—Le he contado a Sam lo de Lily y lo del fax que recibiste ayer —dijo Alice en voz baja.

—Ha habido otro —susurró Jean—. Alice, tengo miedo por Lily. Casi he tenido que obligarme a bajar a la cena. Se me ha hecho muy difícil tratar de hablar con los demás cuando no sé si le ha pasado algo.

Antes de que Alice pudiera decir nada, Jean notó que le tiraban de la manga y una voz alegre exclamó:

—¡Jean Sheridan! Vaya, qué alegría verte. Cuando tenías trece años solías hacer de canguro para mis hijos.

Jean consiguió sonreír.

—Oh, señora Rhodeen, me alegra volver a verla.

—Jean, la gente quiere hablar con usted —le dijo Sam—. Alice y yo nos adelantaremos y cogeremos mesa en el salón. Reúnase con nosotros cuando pueda.

Pasaron quince minutos antes de que Jean pudiera deshacerse de las personas que habían asistido a la cena y que la conocieron de pequeña o habían leído sus libros y querían que les hablara de ellos. Al cabo, se reunió con Sam y Alice en una mesa de un rincón, donde podían hablar sin que nadie les oyera.

Mientras tomaban el champán que Sam había pedido, Jean les habló de la rosa y la nota que había encontrado en el cementerio.

—No podía hacer mucho que estaba ahí —dijo con nerviosismo—. Tiene que haber sido alguien de la reunión de ex alumnos que sabía que iría a West Point y que pasaría a ver la tumba de Reed. Pero ¿por qué está jugando conmigo? ¿Qué significan estas amenazas veladas? ¿Por qué no me dice de una vez por qué se ha puesto en contacto conmigo?

—Y a mí, ¿me dejas que me ponga en contacto contigo? —preguntó Mark Fleischman con tono agradable. Estaba en pie ante la silla vacía que Jean tenía a su lado, con un vaso en la mano—. Esperaba poder tomar una última copa contigo, Jean —explicó—. No te encontraba, y entonces he visto que estabais aquí.

Reparó en la expresión de duda de todos los que estaban en la mesa. Ya lo imaginaba. Se había dado perfecta cuenta de que estaban enfrascados en una conversación muy seria, pero quería saber quiénes eran aquellas personas que estaban con Jean y de qué hablaban.

—Claro. Siéntate con nosotros —repuso ella tratando de mostrarse amable. ¿Cuánto había oído?, se preguntó mientras se lo presentaba a Alice y Sam.

—Mark Fleischman —dijo Sam—. El doctor Mark Fleischman. He visto su programa y me gusta mucho. Da usted muy buenos consejos. Lo que más me gusta es la forma en que lleva a los adolescentes. Cuando los tiene como invitados, siempre consigue que se desahoguen y se sientan a gusto. Si hubiera más chicos que se sinceraran y recibieran buenos consejos, se darían cuenta de que no están solos y sus problemas no se les harían tan insoportables.

Jean vio que el rostro de Mark Fleischman se iluminaba con una sonrisa ante la evidente sinceridad de Sam Deegan.

Era tan callado de pequeño, pensó. Tan tímido... Nunca hubiera pensado que se convertiría en una celebridad televisiva. ¿Tenía Gordon razón y Mark se había especializado en psiquiatría adolescente por el problema que tuvo después de la muerte de su hermano?

—Sé que se crió aquí, Mark. ¿Aún tiene familia en el pueblo? —preguntó Alice Sommers.

—Mi padre. Nunca se ha movido de la vieja casa familiar. Está retirado pero, según me han dicho, viaja mucho.

Jean pareció sorprendida.

—Durante la cena, Gordon y yo precisamente comentábamos que ninguno de nosotros ha conservado los vínculos con Cornwall.

—Yo no tengo ningún vínculo con Cornwall, Jean —dijo él muy serio—. Hace años que no sé nada de mi padre. Aunque es evidente que tiene que saber que estoy aquí por la publicidad que se ha dado a esta reunión y porque soy uno de los homenajeados, no he tenido noticias suyas.

Mark percibió un deje de amargura en su propia voz y sintió vergüenza. ¿Por qué me he sincerado de esta forma ante dos completos desconocidos y Jean Sheridan?, pensó. Se supone que soy yo quien escucha. «Alto, delgado, alegre, divertido y juicioso, el doctor Mark Fleischman», así es como lo presentaban en televisión.

—Quizá su padre esté fuera de la ciudad —aventuró Alice.

—Pues si es así, entonces está malgastando electricidad, porque anoche tenía las luces encendidas. —Mark se encogió de hombros, luego sonrió—. Lo siento. No era mi intención contar mis problemas. Si les he interrumpido es porque quería felicitar a Jean por los comentarios que ha hecho en el estrado. Se ha mostrado agradable y espontánea, y ha compensado con su intervención las payasadas de un par de los homenajeados.

—Usted también —apuntó Alice Sommers con tono sincero—. El descanso de Robby Brent me ha parecido fuera de lugar, y las palabras de Gordon Amory y Carter Stewart han sonado muy amargas. Pero, si lo que quería era felicitar a Jean, no olvide mencionar lo guapa que está.

—Con Laura aquí, dudo que nadie se haya fijado en mí —afirmó Jean, aunque en realidad aquel cumplido inesperado de Mark le había gustado.

—Estoy seguro de que todos te han visto perfectamente y estarían de acuerdo en que estás guapísima —aseguró Mark poniéndose en pie—. También quería que supieras que me alegro de haberte visto, por si mañana no nos vemos. Asistiré a la ceremonia en memoria de Alison, pero no creo que pueda quedarme a la comida. —Dedicó una sonrisa a Alice Sommers y tendió la mano a Sam Deegan—. Ha sido un placer conocerles. Bueno, hay por allí un par de personas a las que me gustaría saludar, por si acaso no las veo mañana. —Y, dando grandes zancadas, se fue al otro lado de la sala.

—Es un hombre muy atractivo, Jean —señaló con mucho énfasis Alice Sommers—. Y es evidente que le gustas.

Pero puede que no sea esa la única razón por la que se ha acercado a la mesa, pensó Sam Deegan. Nos estaba observando desde la barra. Quería saber de qué hablábamos.

Me pregunto por qué le interesaba tanto.

23

El Búho estaba casi fuera de la jaula. Se estaba separando de ella. Siempre era consciente cuando se producía la separación completa. Su yo amable y atento —la persona en la que hubiera podido convertirse en otras circunstancias— empezaba a recular. Se oía y se veía a sí mismo sonreír y bromear, aceptar los besos que algunas de las mujeres del grupo de antiguos alumnos le daban en la mejilla.

Después se escabulló. Veinte minutos más tarde, cuando se sentó en el coche a esperar a Laura, percibía el tacto aterciopelado de su plumaje. La vio salir a escondidas por la puerta trasera del hotel, después de asegurarse de que no había nadie. Hasta había sido lo bastante lista para ponerse un chubasquero con capucha sobre el traje.

Un momento después, ya la tenía ante la portezuela del coche, la estaba abriendo. Se instaló en el asiento del acompañante.

—Sácame de aquí, cariño —le dijo entre risas—. ¿No te parece divertido?

24

Jake Perkins se quedó levantado hasta tarde para escribir su artículo sobre el banquete para la *Gaceta de Stonecroft*. Su casa en Riverbank Lane daba al río y él valoraba aquella vista como pocas otras cosas en su vida. A sus dieciséis años, ya se consideraba una especie de filósofo, además de un buen escritor y un estudiante avezado del comportamiento humano.

En un momento de honda meditación, había decidido que las corrientes del río simbolizaban las pasiones y los estados de ánimo de los humanos. Le gustaba dar un tono profundo a sus artículos. Por supuesto, sabía que las columnas que quería escribir nunca recibirían la aprobación del señor Holland, el profesor de inglés que hacía de asesor y censor para la *Gaceta*, pero, para divertirse un rato, Jake escribió la columna que le hubiera gustado publicar y después se puso con la que presentaría.

> La sala de baile algo desangelada de Glen-Ridge House quedó un tanto animada por los estandartes blancos y azules de Stonecroft y los centros de flores. Cabe suponer que la comida fue espantosa, empezando por un supuesto cóctel de marisco, seguido por un *filet mignon* tan frito que crujía, aunque solo estaba tibio, patatas asadas que podían haber sido perfectamente armas letales y puré de judías verdes pasadas. El intento del cocinero por ofrecer una comida de gourmet se completaba con helado derretido con salsa de chocolate.

Los habitantes de la localidad apoyaron el evento acudiendo a homenajear a los graduados, todos los cuales vivieron en Cornwall en el pasado. Es de todos sabido que Jack Emerson, el presidente y motor de esta reunión, tiene un propósito que nada tiene que ver con el deseo de abrazar a sus antiguos compañeros de clase. El banquete ha sido también el lanzamiento del proyecto de Stonecroft, un anexo que se construirá en unos terrenos actualmente propiedad de Emerson, bajo la dirección del reconocido contratista que Emerson tiene en su cartera.

Los seis homenajeados se sentaron juntos en la tarima, acompañados por el alcalde, Walter Carlson; el director de Stonecroft, Alfred Downes, y miembros del consejo de administración...

Sus nombres no importan en esta versión de la historia, decidió.

Laura Wilcox fue la primera en recibir la medalla de alumna distinguida. Su vestido de lamé dorado hizo que la mayoría de hombres reunidos no se enteraran de las palabras que balbuceó sobre lo feliz que había sido su vida en esta localidad. Dado que jamás ha vuelto y nadie ha visto nunca a la glamourosa señorita Wilcox pasear por Main Street o entrar en el centro de tatuajes abierto recientemente para hacerse uno, sus comentarios fueron recibidos con aplausos educados y unos cuantos silbidos.

El doctor Mark Fleischman, psiquiatra y ahora celebridad televisiva, pronunció un discurso discreto y bien acogido donde advertía a padres y maestros que fortalecieran la moral de sus hijos. «El mundo estará encantado de destrozarlos —afirmó—. Es vuestra labor hacer que se sientan bien consigo mismos incluso cuando les enseñáis a respetar unos límites.»

Carter Stewart, el autor teatral, pronunció un discurso con dos posibles lecturas. Dijo que estaba seguro de que los ciudadanos y estudiantes que habían acabado por convertirse en prototipos de muchos de los personajes de sus obras estaban presentes en el banquete. También dijo que, a diferencia de lo que había afirmado el doctor Fleischman, su padre era de los que creían que ahorrarle los palos a un hijo es malcriarlo. A continuación dio las gracias a su difunto padre por ser así, ya que eso le hizo tener una visión negra de la vida que le ha sido muy útil.

Los comentarios de Stewart fueron recibidos con risas nerviosas y pocos aplausos.

El cómico Robby Brent hizo reír al público con su divertida imitación de los profesores que siempre estaban amenazando con suspenderle, lo que le hubiera hecho perder su beca en Stonecroft. Una de estas profesoras estaba presente y sonrió valientemente ante la parodia despiadada que Brent hizo de sus gestos y la imitación de su voz. En cambio, la señorita Ella Bender, el pilar del departamento de matemáticas, estuvo a punto de echarse a llorar mientras el resto del público se moría de risa por la perfecta parodia que Brent hizo de su voz chillona y su risita nerviosa.

«Yo era el último y el más tonto de los Brent —dijo para terminar—. Y usted nunca dejó que lo olvidara. Mi defensa fue el humor, y por eso debo darle las gracias.»

Dicho esto, pestañeó y frunció los labios exactamente igual que hace el director Downes y le tendió un cheque por valor de un dólar, su contribución al fondo para construir el anexo.

Ante la expresión de sorpresa del público, gritó: «Eh, que era broma», y agitó en el aire un cheque de diez mil dólares, que entregó ceremoniosamente al director.

A algunos de los presentes les pareció divertidísimo. Otros, como la doctora Jean Sheridan, se sintieron abochornados por las payasadas de Brent. Más tarde se la oyó comentar a alguien que en su opinión el humor no debía ser tan cruel.

Gordon Amory, nuestro as de la televisión por cable, fue el siguiente en hablar. «En Stonecroft nunca conseguí entrar en ninguno de los equipos deportivos que quería —dijo—. No podéis imaginar la pasión con la que rezaba para tener al menos una oportunidad de ser un atleta... lo que demuestra que es cierto el dicho: "Ten cuidado con lo que pides en tus oraciones; podrías conseguirlo". En vez de eso, me convertí en un adicto a la televisión y un día empecé a analizar lo que veía. No tardé mucho en darme cuenta de que sabía por qué algunos programas, especiales, comedias de situación o docudramas funcionaban y otros no. Fue el inicio de mi carrera. Y se asentaba en el rechazo, la decepción y el dolor. Y, ah, sí, antes de terminar, quería aclarar un rumor. Yo no prendí fuego deliberadamente a la casa de mis padres. Estuve fumando un cigarrillo y, cuando apagué el televisor y subí a acostarme, no me di cuenta de que la colilla encendida se había caído detrás de la caja vacía de pizza que mi madre había dejado encima del sofá.»

Antes de que el público pudiera reaccionar, el señor Amory sacó un cheque de cien mil dólares para el fondo de construcción y bromeó con el director del instituto: «Que el gran trabajo de moldear mentes y corazones continúe en la Academia Stonecroft en el futuro».

Podía haber dicho perfectamente que se tirara de cabeza al lago, pensó Jake al recordar la sonrisa de satisfacción de Amory cuando volvió a su sitio en el estrado.

La última homenajeada, la doctora Jean Sheridan, habló de lo que significó crecer en Cornwall, una localidad que fue cuna de los acaudalados y los privilegiados hace ciento cincuenta años. «Como estudiante becada, sé que recibí una educación excepcional en Stonecroft. Sin embargo, fuera de las paredes del instituto, había otro lugar de aprendizaje, el pueblo y los campos que lo rodean. Aquí desarrollé el interés por la historia que ha condicionado mi vida y mi actividad profesional. Por ello estaré siempre agradecida.»

La doctora Sheridan no dijo que fuera feliz aquí, ni mencionó que los que vivían aquí en aquella época recordarán perfectamente las discusiones domésticas de sus padres que animaban tanto a los vecinos, pensó Jake Perkins, o que se decía que a veces se echaba a llorar en la clase después de alguno de aquellos publicitados episodios entre sus padres.

Bueno, mañana se acaba, pensó desperezándose y acercándose a la ventana. Las luces de Cold Spring, la población que había al otro lado del Hudson, apenas se veían, porque empezaba a formarse la niebla. Esperemos que mañana se disipe, pensó. Iría a la ceremonia en memoria a Alison Kendall por la mañana y por la tarde vería una película. Había oído que durante el acto también se leería el nombre de las otras cuatro graduadas que habían muerto.

Jack volvió a su mesa y miró la fotografía que había encontrado en los archivos. Por una de esas casualidades de la vida, las cinco graduadas fallecidas no solo compartían la mesa del comedor en el último curso junto con dos de las homenajeadas, Jean Sheridan y Laura Wilcox, sino que además habían muerto en el mismo orden en el que aparecían sentadas en la fotografía.

Lo que significa que seguramente Laura Wilcox será la próxima, pensó. ¿Es posible que esto no sea más que una extraña coincidencia o tendría que investigarlo alguien? No, era una locura. Aquellas mujeres habían muerto en un período de veinte años, de formas distintas, en distintos lugares del país. Una de ellas hasta estaba esquiando cuando le sorprendió un alud.

El destino, eso es, pensó. Nada más que el destino.

25

—He pensado quedarme unos días más —informó Jean al recepcionista que contestó al teléfono aquel domingo por la mañana—. ¿Hay algún problema?

Jean sabía que no lo habría. Sin duda, el resto de los invitados a la reunión de ex alumnos volverían a sus casas después de la comida, así que habría muchas habitaciones libres.

Aunque solo eran las ocho y cuarto, ya estaba levantada y vestida, y se había tomado el café, el zumo y el panecillo del desayuno continental que había pedido. Había quedado en volver a casa de Alice Sommers después de la comida en Stonecroft. Sam Deegan estaría allí, y podrían hablar sin miedo a interrupciones. Sam le había dicho que, por muy privada que hubiera sido la adopción, tenía que haber algún registro en algún sitio, y que los papeles debían de haber pasado por un abogado. Le preguntó a Jean si tenía alguna copia del papel que firmó renunciando a la niña.

«El doctor Connors no me entregó ningún documento —explicó ella—. O quizá fui yo, que no quería tener nada que me recordara lo que estaba haciendo. La verdad es que no me acuerdo. Estaba como entumecida. Me sentí como si me hubieran arrancado el corazón cuando se la llevó de mi lado.»

Aquella conversación había abierto otra vía de pensamiento. Quería asistir a la misa de las nueve en Saint Thomas of Canterbury, antes de la ceremonia en memoria de Alison. Saint Thomas había sido su parroquia de pequeña. Al hablar con Sam Deegan, recordó que el doctor Connors también era feligrés de esa iglesia. En uno de sus momentos de insomnio durante la noche, se le ocurrió que al menos cabía la posibilidad de que las personas que adoptaron a la niña fueran también parroquianos de Saint Thomas.

Le dije al doctor Connors que quería que Lily fuera educada en la fe católica, recordó. Y si los padres adoptivos eran católicos y parroquianos de Saint Thomas of Canterbury en aquella época, lo lógico sería que la hubieran bautizado allí. Si pudiera echar un vistazo al registro de los bautizos celebrados entre finales de marzo y mediados de junio de aquel año, quizá sería un avance.

Cuando despertó a las seis notó que las lágrimas le corrían por las mejillas y recitó una oración que se estaba convirtiendo en una parte inconsciente de su ser: «No dejes que nadie le haga daño. Cuida de ella, por favor».

Sabía que la rectoría de la iglesia no estaría abierta en domingo. No obstante, quizá después de la misa podría hablar con el párroco y concertar una entrevista. Necesito sentir que estoy haciendo algo, pensó. Puede que incluso haya algún cura que estuviera en la parroquia hace veinte años y que recuerde a algún parroquiano que adoptara a una niña.

La sensación, la creciente certeza de que Lily corría un peligro inminente era tan fuerte que Jean supo que no podría soportar aquel día si no hacía algo.

A las ocho y media bajó por las escaleras al aparcamiento y subió a su coche. El trayecto hasta la iglesia solo duraba cinco minutos. Había decidido que el mejor momento para hablar con el cura sería después de la misa, cuando el hombre estuviera fuera despidiendo a los parroquianos.

Enfiló Hudson Street, pero se dio cuenta de que llegaría al menos con veinte minutos de adelanto y, de forma impulsiva, se desvió hacia Mountain Road para echar un vistazo a su antigua casa.

La casa estaba casi hacia la mitad de aquella calle empinada y llena de curvas. Cuando vivía allí, el revestimiento exterior era marrón con postigos de color beige. Los actuales propietarios no solo habían ampliado la casa; también habían colocado tablillas blancas en el tejado y pintado el marco de los postigos de color verde bosque. Evidentemente, eran conscientes de lo que los árboles y las plantas pueden llegar a realzar y embellecer una vivienda relativamente modesta. Casi parecía una joya en medio de la bruma de la mañana.

La casa de ladrillo y estuco donde antaño vivían los Sommers también parecía bien arreglada, pensó Jean, aunque se notaba que ahora no vivía nadie allí. Las persianas estaban bajadas en todas las ventanas, pero los marcos estaban recién pintados, los setos se veían bien podados y el largo sendero de piedra que comunicaba la entrada principal con el camino de acceso era nuevo.

Siempre me encantó esta casa, pensó Jean, y detuvo el coche para mirarla con más detenimiento. Los padres de Laura la cuidaron muy bien mientras vivieron aquí, y los Sommers también. Recuerdo que cuando teníamos nueve o diez años Laura me dijo que nuestra casa le parecía muy fea. A mí tampoco me gustaba el marrón, pero nunca le hubiera dado la satisfacción de reconocerlo. Me pregunto si le gustaría cómo está ahora.

En realidad no importaba. Jean dio la vuelta con el coche y empezó a bajar en dirección a Hudson Street. Laura nunca quiso herirme deliberadamente, pensó. Le enseñaron a ser egocéntrica, y creo que a la larga eso no le ha hecho ningún bien. La última vez que hablé con Alison, me dijo que estaba tratando de conseguirle un papel en una comedia de situación, pero que lo tenía difícil.

Dijo que Gordie —y aquí se rió y lo cambió por Gordon— podía arreglarlo, pero que no creía que quisiera. Laura siempre había sido la niña mimada, pensó Jean. Había resultado casi patético verla adular de aquella forma a todos los hombres, incluso a Jack Emerson, por el amor de Dios. Hay algo en él que resulta muy poco atractivo, pensó con un estremecimiento. ¿Por qué está tan seguro de que algún día compraré una casa aquí?

Un rato antes había parecido que la niebla se iba a disipar pero, como solía ocurrir en octubre, las nubes se habían hecho más densas y la niebla se había convertido en una llovizna fría. Era el mismo tiempo que hacía el día que supo que estaba embarazada. Su madre y su padre acababan de tener otra de sus discusiones, aunque aquella terminó en algo que pasó por una tregua. Jean tenía que ir a la universidad con una beca. Ya no habría necesidad de que siguieran aguantándose. Ya habían cumplido como padres, por fin podrían hacer su vida.

Pondrían la casa en venta... con un poco de suerte, ya se habrían deshecho de ella para agosto.

Jean recordó cómo bajó por las escaleras, sin hacer ruido, y salió a escondidas de la casa, y caminó, caminó y caminó. Ignoraba qué diría Reed, pero sabía que sentiría que había defraudado las esperanzas que su padre había puesto en él.

Veinte años atrás, el padre de Reed era un teniente general destinado en el Pentágono. Esa fue una de las razones por las que nunca nos relacionamos con sus compañeros de clase. Reed no quería que su padre se enterara de que salía en serio con nadie.

Y yo no quería que él conociera a mis padres.

Si hubiera vivido y nos hubiéramos casado, ¿habría durado? Era una pregunta que se había hecho muchas veces en los últimos veinte años, y la respuesta era siempre la misma: habría durado. A pesar de la desaprobación de su familia, a pesar de que seguramente yo hubiera tardado muchos años en terminar mis estudios, habría durado.

Estuvimos juntos muy poco tiempo, se dijo cuando entraba ya en el aparcamiento de la iglesia. Ni siquiera había tenido otro novio antes que él. Un día, yo estaba sentada en los escalones del monumento de West Point y él se sentó a mi lado. Mi nombre estaba escrito en la tapa de la libreta que llevaba conmigo. Él dijo: «Jean Sheridan. —Y añadió—: Me gusta la música de Stephen Foster. ¿Sabes en qué canción estaba pensando ahora?». Yo no lo sabía, claro. Así que él dijo: «Empieza así "*I dream of Jeannie with the light brown hair...*"».

Jean aparcó. Tres meses después estaba muerto, pensó, y ella estaba embarazada. Y cuando vi al doctor Connors en esta iglesia y recordé que había oído decir que él llevaba el tema de las adopciones, fue como un regalo, como una señal de lo que tenía que hacer.

Necesito un regalo como ese otra vez.

26

Jake Perkins estableció el número de personas reunidas ante la tumba de Alison en menos de treinta. El resto había preferido ir directamente a la comida. Le pareció lógico. La lluvia empezaba a arreciar. Los pies se le hundían en la hierba suave y cenagosa. No hay cosa peor que estar muerto en un día lluvioso, pensó, y decidió que estaría bien si más tarde se acordaba de anotar aquella frase tan sabia.

El alcalde se había saltado la ceremonia. Downes, el director del instituto, que ya había elogiado la generosidad y el talento de Alison Kendall, estaba pronunciando una oración que sin duda satisfaría a todo el mundo, salvo a un ateo recalcitrante si es que había alguno allí.

Quizá sí fuera una mujer con talento, pensó Jake, pero es su generosidad lo que ha hecho que estemos todos aquí arriesgándonos a coger una neumonía. Aunque sé de una persona que ha preferido no arriesgarse. Miró alrededor para asegurarse de que había visto bien; no, ciertamente Laura Wilcox no estaba allí. El resto de los homenajeados sí habían acudido. Jean Sheridan estaba cerca del director Downes y no había duda de que su tristeza era sincera. En un par de ocasiones se había dado unos toquecitos en los ojos con un pañuelo. El resto parecía no ver la hora de que Downes terminara para entrar y tomarse un *bloody Mary*.

—Nos acordamos también de las otras amigas y compañeras de clase de Alison a las que el Señor ha llamado a Su lado —prosiguió

Downes con tono solemne—. Catherine Kane, Debra Parker, Cindy Lang y Gloria Martin. El curso que se graduó hace veinte años ha dado grandes triunfadores, pero nunca antes una promoción había conocido tan gran pérdida.

Amén, pensó Jake, y decidió que definitivamente utilizaría la fotografía de las siete chicas en la mesa del comedor para su crónica de la reunión de ex alumnos. Ya tenía el titular, Downes se lo acababa de proporcionar: «Nunca antes una promoción había conocido tan gran pérdida».

Al inicio de la ceremonia, un par de estudiantes habían entregado una rosa a la gente que iba llegando. Ahora, cuando Downes terminó su discurso, uno a uno todos fueron colocando su rosa sobre la tumba y se dirigieron hacia los terrenos adyacentes al instituto. Cuanto más se alejaban de la tumba, más deprisa caminaban. Jake sabía lo que pensaban: «Bueno, menos mal que ya se ha terminado. Pensé que me moría de frío».

La última en marcharse fue Jean Sheridan. Se quedó allí de pie, no solo triste, sino muy pensativa. Jake se dio cuenta de que el doctor Fleischman se había detenido y la esperaba. Sheridan se inclinó y tocó el nombre de Alison en la lápida, luego se dio la vuelta, y Jake observó que se alegraba de ver al doctor Fleischman. Empezaron a alejarse en dirección al instituto, juntos.

Antes de que pudiera decir que no, uno de aquellos alumnos que repartían las rosas le había dado una a él. Jake no era muy amante de las ceremonias, pero decidió depositarla junto a las otras. Cuando estaba a punto de dejarla, se fijó en algo que había en el suelo y se agachó para recogerlo.

Era un pin de peltre con la forma de un búho, de unos dos centímetros y medio de largo. No debía de costar más de un par de pavos. Era el tipo de objeto que hubiera llevado un niño o un amante de la naturaleza en una cruzada para salvar a los búhos. Jake estuvo a punto de tirarlo, pero en el último segundo cambió de opinión. Lo limpió y se lo guardó en el bolsillo. Pronto llegaría Halloween. Se lo daría a su primo pequeño y le diría que lo había cogido junto a una tumba.

27

A Jean le decepcionó ver que Laura no se había molestado en asistir al servicio en memoria de Alison, aunque en realidad no le sorprendía. Laura nunca hacía nada por nadie, y era absurdo pensar que iba a empezar a hacerlo a aquellas alturas. Conociendo a Laura, era impensable que se expusiera al frío y la lluvia... iría directamente a la comida.

Hacia la mitad de la comida, cuando vio que Laura seguía sin aparecer, Jean empezó a sentir una profunda inquietud. Confió sus temores a Gordon Amory.

—Gordon, sé que ayer hablaste bastante rato con Laura. ¿Te dijo que no iba a venir hoy?

—Ayer hablamos durante la comida y durante el partido —la corrigió él—. Trataba de convencerme de que la convirtiera en la protagonista de nuestra nueva comedia. Yo le dije que nunca me entrometo en el trabajo de las personas que contrato para elegir el reparto de mis programas. Y, como ella seguía insistiendo, le recalqué de forma bastante brusca que nunca hago excepciones, y menos con compañeras de estudios sin talento. En este punto, ella utilizó una expresión bastante poco femenina y dedicó sus encantos al insufrible presidente de nuestra reunión, Jack Emerson. Como tal vez sabrás, no ha dejado de alardear de sus considerables bienes financieros. Además, anoche anunció alegremente que su mujer acababa de dejarle, así que imagino que a Laura le pareció una pieza suculenta.

Durante la cena, Laura parecía de muy buen humor, pensó Jean. Y cuando traté de hablar con ella en su habitación antes de la cena, estaba bien. ¿Le habría ocurrido algo después de dejarla ella? ¿O simplemente había decidido quedarse hasta tarde en la cama?

Al menos eso puedo comprobarlo, se dijo. Estaba sentada junto a Gordon y Carter Stewart en la mesa.

—Vuelvo en un minuto —musitó, y caminó entre las hileras de mesas procurando no mirar a nadie. La comida se celebraba en el auditorio. Jean salió al pasillo que llevaba a la tutoría de los alumnos de primero y marcó el número del hotel.

Laura no contestaba al teléfono. Jean vaciló y entonces pidió que la pusieran con recepción. Dio su nombre y preguntó si por casualidad Laura Wilcox se había ido ya del hotel.

—Estoy un poco preocupada —explicó—. La señorita Wilcox tenía que reunirse con algunos de nosotros hoy y no se ha presentado.

—Bueno, no ha dejado el hotel —repuso el recepcionista con amabilidad—. Si le parece, puedo mandar a alguien para que compruebe si se ha quedado dormida, doctora Sheridan. Pero si se enfada, usted se hace responsable.

Es el hombre del pelo a juego con el mostrador de recepción, pensó Jean reconociendo la voz y el tono.

—Me hago responsable —le aseguró.

Mientras esperaba, Jean echó un vistazo por el pasillo. Dios, me siento como si nunca me hubiera ido de aquí, pensó. La señorita Clemens fue nuestra tutora en el primer curso, y mi pupitre era el segundo de la cuarta fila. Oyó que la puerta del auditorio se abría y al volverse vio a Jake Perkins, el reportero del periódico del instituto.

—Doctora Sheridan. —La voz del recepcionista había perdido el tono jocoso.

—Sí. —Jean notó que cogía el auricular con fuerza. Algo va mal, pensó. Algo va mal.

—La doncella ha entrado en la habitación de la señorita Wilcox. No ha dormido en su cama. Su ropa está aún en el armario, pero la doncella se ha fijado en que algunas de las cosas que tenía en el tocador ya no están. ¿Cree que puede haber ocurrido algo?

—Oh, si se ha llevado algunas cosas yo diría que no. Gracias.

Justo lo que Laura querría, pensó, que vaya preguntando por ahí si se fue con alguien anoche. Apretó el botón de finalizar llamada del móvil y bajó la tapa. Pero ¿con quién pudo estar? Si Gordon dice la verdad, él la rechazó y luego la vio flirtear con Jack Emerson, pero lo que está claro es que Laura tampoco se olvidó de Mark, de Robby ni de Carter. Durante la cena estuvo bromeando con Mark sobre el éxito de su programa, diciendo que quizá tendría que hacer terapia con él. También la oí decirle a Carter que le encantaría participar en algún espectáculo de Broadway y, más tarde, la vi tomar una última copa con Robby en el bar.

—Doctora Sheridan, ¿podría hablar un momento con usted?

Jean se volvió, sobresaltada. Se había olvidado de Jake Perkins.

—Siento molestarla —añadió él, aunque su tono no era de disculpa—, pero me preguntaba si podía decirme usted si la señorita Wilcox piensa venir a la comida.

—No conozco sus planes —dijo ella con una sonrisa desdeñosa—. Ahora debo volver a mi mesa.

Seguramente Laura intimó con alguno de los hombres que asistieron a la cena y se fue a su casa con él. Si no ha dejado el hotel, seguro que aparece más tarde.

Jake Perkins estudió la expresión de Jean cuando pasó a su lado. Está preocupada, observó. ¿Será porque Laura Wilcox no se ha presentado? Dios, ¿es posible que haya desaparecido? Sacó su teléfono móvil, marcó el número de Glen-Ridge House y pidió que le pasaran con recepción.

—Tengo que entregar un ramo para la señorita Wilcox —dijo—, pero me han pedido que me asegure de que no ha dejado ya el hotel.

—No, no ha dejado el hotel —aseguró el recepcionista—, pero no ha pasado aquí la noche, así que no puedo decirle a qué hora vendrá a recoger sus cosas.

—¿Tenía pensado quedarse todo el fin de semana? —preguntó Jake tratando de parecer indiferente.

—En principio tenía que irse a las dos. Había encargado un taxi para que la llevara al aeropuerto para las dos y cuarto, así que no sé qué decirle sobre las flores.

—Creo que lo consultaré con mi cliente. Gracias.

Jake apagó el teléfono y volvió a guardárselo en el bolsillo. Sé perfectamente dónde voy a estar a las dos, pensó... Estaré en el vestíbulo del Glen-Ridge, esperando para ver si Laura Wilcox vuelve para recoger sus cosas y marcharse.

Caminó por el pasillo de vuelta al auditorio. Supongamos que no se presenta, se dijo. Supongamos que desaparece. Si es así... Notó que un escalofrío de expectación le recorría el cuerpo. Y él sabía qué era... era su olfato de reportero, que le decía que aquella historia podía ser buena. Es demasiado importante para la *Gaceta de Stonecroft*, pensó, pero al *New York Post* le encantaría. Haré ampliar la fotografía de la mesa del comedor y la tendré lista para enviarla con el artículo. Ya se imaginaba el titular: «Nueva víctima en la clase de la mala suerte». Bastante bueno.

O quizá «Y entonces solo queda una». ¡Mucho mejor!

Tomaré un par de buenas fotografías de Jean Sheridan, pensó. También las tendré listas para mandarlas al *Post*.

Cuando abrió la puerta del auditorio, los invitados estaban entonando las primeras notas del himno del instituto. «Te saludamos, querido Stonecroft; el lugar de nuestros sueños...»

La reunión del vigésimo aniversario de aquella promoción había terminado.

28

—Supongo que esto es un adiós, Jean. Me ha encantado volver a verte. —Mark Fleischman tenía su tarjeta de visita en la mano—. Te daré la mía si tú me das la tuya —añadió sonriendo.

—Por supuesto. —Jean rebuscó en su bolso y sacó una tarjeta del monedero—. Me alegro de que al final hayas podido quedarte a la comida.

—Yo también. ¿Cuándo te vas?

—Me quedaré unos días en el hotel. Un pequeño proyecto de investigación. —Jean trató de mostrarse despreocupada.

—Mañana yo tengo que grabar algunos programas en Boston. Si no, me quedaría y te pediría que cenaras conmigo esta noche. —Vaciló, luego se inclinó y le dio un beso en la mejilla—. Bueno, como dice todo el mundo, me alegro de haberte visto.

—Adiós, Mark. —Jean se contuvo cuando estaba a punto de añadir: «Llámame si algún día te pasas por Washington». Por un momento, sus manos permanecieron unidas, luego Mark se fue.

Carter Stewart y Gordon Amory estaban juntos, despidiéndose de sus antiguos compañeros de clase, que empezaban a dispersarse. Jean se acercó a ellos. Antes de que pudiera decir nada, Gordon preguntó:

—¿Sabes algo de Laura?

—Todavía no.

—No se puede confiar en ella. Esa es otra de las razones por las que su carrera se ha estancado. Siempre deja a la gente colgada. Alison removió cielo y tierra para conseguirle un trabajo. Lástima que Laura no haya sido capaz de recordarlo hoy.

—Bueno... —Jean prefirió no darle ni quitarle la razón. Se volvió hacia Carter Stewart—. ¿Vuelves a Nueva York, Carter?

—No. Dejo este hotel, pero me voy al Hudson Valley, al otro lado del pueblo. Pierce Ellison dirige mi nueva obra. Vive a unos diez minutos de aquí, en Highland Falls. Tenemos que revisar juntos el texto y me propuso que me pasara por su casa para que podamos trabajar tranquilos si me quedaba por aquí. Pero no pienso seguir en este hotel, no se han gastado ni un penique en hacer ninguna mejora en cincuenta años.

—Doy fe de ello —coincidió Amory—. Me acuerdo muy bien de cuando trabajé aquí de ayudante de camarero y después de botones. Yo me voy al club de campo. Algunos miembros de mi equipo van a venir. Estamos buscando una sede para la empresa en esta zona.

—Habla con Jack Emerson —le aconsejó Stewart con tono sarcástico.

—Con quien sea menos con él. Los del equipo me han señalado algunos sitios para que les eche un vistazo.

—Entonces esto no es una despedida —dijo Jean—. Es posible que nos veamos por el pueblo. En todo caso, me alegro de haberos visto.

No vio a Robby Brent ni a Jack Emerson, pero no quería esperar más. Había quedado en reunirse con Sam Deegan en casa de Alice Sommers a las dos, y casi era la hora.

Con una última sonrisa, se dirigió apresuradamente hacia la salida y saludó con un escueto adiós a los compañeros con los que se cruzó de camino al aparcamiento. Cuando subió al coche, miró más allá de la parcela donde estaba el instituto, hacia el cementerio. La muerte de Alison seguía pareciendo tan irreal... Le resultaba extraño dejarla allí en aquel día frío y húmedo... Siempre le decía a Alison que debía haber nacido en California, pensó al girar la llave en el contacto. Alison odiaba el frío. Para ella el paraíso era levantarse por la mañana, abrir la puerta y salir a nadar.

Eso fue lo que hizo la mañana que murió.

Fue el pensamiento que la acompañó mientras conducía hasta la casa de Alice Sommers.

29

Carter Stewart había reservado una suite en el hotel Hudson Valley, cerca de Storm King State Park. Posado sobre una ladera de la montaña, de cara al río Hudson, con su edificio central y dos torres gemelas, le recordaba un águila con las alas desplegadas.

El águila, símbolo de la vida, la luz, el poder y la majestad.

El título provisional de su nueva obra era *El águila y el búho*.

El búho. Símbolo de oscuridad y muerte. Ave de presa. A Pierce Ellison, el director, le gustaba el título. No estoy seguro, pensó Stewart cuando detuvo el coche a la entrada del hotel y bajó. No estoy seguro.

¿Es demasiado obvio? Los símbolos están para que los reconozca la persona que reflexiona profundamente, no para servirlos en bandeja a los miembros del club de bridge de los miércoles. Y, desde luego, tampoco es que en ese grupo de gente haya nadie interesado en ver mis obras.

—Nosotros nos encargaremos de su equipaje, señor.

Carter Stewart puso un billete de cinco dólares en la mano del botones. Al menos no me ha dicho «Bienvenido a casa», pensó.

Cinco minutos después, estaba de pie ante la ventana de su suite, con un whisky escocés del minibar en la mano. El Hudson estaba revuelto y agitado. En octubre, pocas horas después de mediodía, el invierno ya se intuía en el ambiente. Pero al menos, gracias a Dios, la reunión ha terminado. Hasta me ha gustado ver a algunas de esas personas otra vez, pensó, aunque solo sea porque me han recordado lo lejos que he llegado desde que me fui de aquí.

Pierce Ellison consideraba que había que reforzar el papel de Gwendolyn en la obra. «Consigue una rubia tonta —insistía—. No una actriz que interprete a una rubia tonta.»

Carter Stewart se rió entre dientes al pensar en Laura.

—Dios, hubiera sido perfecta para el papel —dijo en voz alta—. Beberé por eso, aunque no hubiera podido ser ni en un millón de años.

30

A Robby Brent no se le escapó que muchos de sus antiguos compañeros de clase lo evitaban después de las palabras que había pronunciado en la cena. Unos cuantos le habían felicitado con el mordaz comentario de que era un mimo excepcional, aunque hubiera sido un poco duro con sus antiguos profesores y el director. También recordó que Jean Sheridan había dicho que el humor no debía ser tan cruel.

Todo lo cual le resultaba enormemente satisfactorio a Robby Brent. Al parecer, después de la cena habían visto a la señorita Ella Bender, la profesora de matemáticas, llorar en el aseo de señoras. Parece olvidar usted, señorita Bender, las muchas veces que me recordaba que no tenía ni una décima parte de la capacidad para la alta matemática de mis hermanos y hermanas. Yo era su chivo expiatorio, señorita Bender. El último y menos importante de los Brent. Y ahora tiene el descaro de sentirse ofendida cuando muestro sus modales remilgados y su lamentable hábito de pasarse con frecuencia la lengua por los labios. Muy mal.

Había insinuado a Jack Emerson que quizá le interesaría invertir en propiedades inmobiliarias, y él se le había enganchado después de la comida. Emerson podía ser un fanfarrón en muchos sentidos, pensó Robby cuando entró con el coche en el camino de acceso al Glen-Ridge, pero cuando estuvieron hablando de propiedades inmobiliarias y de lo aconsejable de invertir en aquella zona tenía toda la razón.

«Tierras —le había explicado—. Por aquí su valor no hace más que aumentar. Los impuestos son bajos porque están sin urbanizar. Las conservas durante veinte años y habrás hecho una fortuna. Lánzate antes de que pase la ocasión, Robby. Tengo algunas parcelas fabulosas, todas con vistas al río, y algunas en la misma orilla. Ya verás como te gustan. Las compraría yo mismo, pero ya tengo demasiadas. No quiero que mi hijo sea demasiado rico cuando se haga mayor. Quédate y mañana te las enseño.»

«Es la tierra, Escarlata, la tierra.» Robby sonrió al recordar la expresión desconcertada de Emerson cuando citó esta frase de *Lo que el viento se llevó*. Pero el hombre enseguida se quedó con la idea cuando le explicó que lo que el padre de Escarlata quería decir con aquello era que la tierra es la base para la seguridad y la riqueza.

«Pues recuérdalo, Robby —había afirmado Emerson—. Es una gran verdad. La tierra es un dinero real, un valor real. La tierra no se evapora.»

La próxima vez trataré de citar a Platón, pensó Robby cuando detuvo el coche ante la entrada del hotel. Creo que hoy dejaré que aparque el mozo, decidió. No voy a ninguna parte hasta mañana, y eso será en el coche de Emerson.

Jack Emerson debería saber que ya poseo muchas tierras, pensó. W. C. Fields solía dejar dinero en los bancos de todo el país, en cada localidad donde actuaba. Yo compro tierras sin urbanizar por todo el país, y entonces hago colocar carteles que dicen PROHIBIDO EL PASO.

Durante mi infancia y adolescencia viví siempre en una casa alquilada, pensó. Incluso entonces, esos dos grandes intelectuales que eran mi padre y mi madre no fueron capaces de arañar el dinero suficiente para dar la entrada de una casa de verdad. En cambio yo, además de mi casa en Las Vegas, si quisiera podría construirme una casa en mis propiedades en Santa Barbara, Mineápolis, Atlanta, Boston, los Hamptons, Nueva Orleans, Palm Beach o Aspen, por no hablar de las hectáreas de terrenos que poseo en Washington. La tierra es mi secreto, pensó con orgullo cuando entraba en el vestíbulo del hotel.

Y la tierra guarda mis secretos.

31

—Esta mañana he estado en el cementerio —explicó Alice Sommers a Jean—. He visto al grupo de Stonecroft en el servicio en memoria de Alison. La tumba de Karen no está muy lejos.

—No ha asistido tanta gente como esperaba —dijo Jean—. La mayoría fueron directamente a la comida.

Estaban sentadas en el acogedor estudio de la casa de Alice Sommers. La anciana había encendido el fuego, y las llamas no solo calentaban la habitación sino que también les levantaban el ánimo. Jean se dio perfecta cuenta de que Alice Sommers había estado llorando. Tenía los ojos hinchados, pero su cara tenía una expresión de paz que no le había visto el día anterior.

Como si le leyera el pensamiento, Alice dijo:

—Como te dije ayer, los días que preceden al aniversario de su muerte son los peores. Vuelvo a repasar cada minuto de aquel último día, preguntándome si hubiéramos podido hacer algo para protegerla. Evidentemente, entonces no teníamos sistema de alarma. En cambio ahora a la mayoría ni se nos pasaría por la imaginación acostarnos sin haberlo conectado. —Cogió la tetera y volvió a llenar las tazas—. Pero ya estoy bien —agregó enseguida—. De hecho, he decidido que quizá la jubilación no sea tan buena idea. Una de mis amigas tiene una floristería y necesita ayuda. Me ha pedido que trabaje con ella un par de días por semana, y voy a aceptar.

—Es una gran idea —dijo Jean sinceramente—. Su jardín siempre estaba precioso.

—Michael siempre se burlaba y me decía que si hubiera pasado tantas horas en la cocina como en el jardín habría sido una cocinera de renombre mundial. —Miró hacia la ventana—. Oh, mira, ya llega Sam. Puntual, como siempre.

Sam Deegan restregó los pies meticulosamente en el felpudo antes de llamar al timbre. Camino de la casa de Alice, se había pasado a ver la tumba de Karen, pero se sintió incapaz de decirle que iba a dejar de buscar a su asesino. Algo le impedía pronunciar las palabras de disculpa que había pensado. Finalmente había dicho: «Karen, me retiro. Tengo que hacerlo. Hablaré de tu caso con alguno de los agentes más jóvenes. Quizá alguien más listo que yo pueda atrapar al hombre que te mató».

Alice abrió la puerta antes de que su dedo pudiera tocar el timbre. Sam no dijo nada de sus ojos hinchados, se limitó a cogerla de las manos.

—Espere, no quiero mancharle el suelo de barro —dijo.

Ha estado en el cementerio, pensó Alice, agradecida. Lo sé.

—Pase —le dijo—. No se preocupe por eso. —Había algo tan fuerte y tranquilizador en Sam, pensó cuando le cogió el abrigo. He hecho bien al pedirle que ayude a Jean.

Sam había traído un cuaderno de notas y, después de saludar a Jean y aceptar el té que Alice le ofrecía, se puso manos a la obra.

—Jean, he pensado mucho en lo que me contó. Tenemos que considerar seriamente la posibilidad de que la persona que le manda estas notas pueda hacer daño a Lily. Ha estado lo bastante cerca de ella para coger su cepillo, así que quizá se trate de alguien de la familia que la adoptó. Tal vez ese hombre (aunque también podría ser una mujer) trate de sacarle dinero, cosa que, como bien ha dicho, casi sería un alivio. Pero esta situación podría prolongarse durante años. Así que está claro que debemos encontrarle cuanto antes.

—Esta mañana he estado en la iglesia de Saint Thomas of Canterbury —explicó Jean—, pero el cura que dijo la misa solo viene los domingos. Me ha dicho que lo mejor es que vaya mañana a la rectoría y pida al párroco que me enseñe el registro de bautizos. He estado dándole vueltas y creo que es posible que no quiera enseñarme esos registros, que piense que hago esto porque quiero conocer a Lily. —Miró a Sam directamente—. Estoy segura de que a usted también se le ha ocurrido.

—Cuando Alice me lo contó, lo pensé, sí —admitió Sam—. Sin embargo, después de conocerla, estoy convencido de que la situación es exactamente la que nos ha dicho. Pero tiene razón, el párroco desconfiará, por eso creo que soy yo quien debe hablar con él. Es más probable que se preste a hablar conmigo si recuerda alguna niña adoptada que fuera bautizada por aquella época.

—Yo también lo había pensado —dijo Jean con voz queda—. Durante estos años, me he preguntado muchas veces si hubiera debido quedarme a Lily. Hasta hace no mucho, ver a una chica de dieciocho años con un hijo no era muy común. Ahora que tengo que encontrarla, comprendo que si pudiera verla de lejos me daría por satisfecha. —Se mordió el labio—. O eso creo —musitó.

Sam miró a Jean, luego a Alice. Dos mujeres que, de una forma distinta, habían perdido una hija. El cadete estaba a punto de graduarse y conocer su destino. Si no hubiera muerto en aquel accidente, Jean se habría casado con él y habría criado a su hija. Si Karen no hubiera venido a visitar a sus padres aquel día de hacía veinte años, Alice aún la tendría a su lado, y seguramente tendría nietos.

La vida nunca es justa, pensó, pero hay cosas que podemos mejorar. No había sido capaz de resolver el asesinato de Karen Sommers, pero al menos podría ayudar a Jean.

—El doctor Connors debía de colaborar con algún abogado para el papeleo de las adopciones —dijo—. Alguien tiene que saber quién era. ¿Vive aún por aquí la mujer o algún familiar del doctor?

—No lo sé —respondió Jean.

—Bueno, pues empezaremos por ahí. ¿Ha traído el cepillo y los faxes?

—No.

—Me gustaría que me los trajera.

—El cepillo es de los que se suelen llevar en un bolso —explicó Jean—. De los que se compran en un supermercado. En los faxes no hay nada que pueda indicar de dónde proceden, pero se los daré, por supuesto.

—Cuando hable con el párroco será de gran ayuda que los lleve conmigo.

Unos minutos más tarde, Jean y Sam se fueron. Quedaron en que él la seguiría con su coche hasta el hotel. Desde la ventana de su casa, Alice los vio alejarse y luego metió la mano en el bolsillo de su jersey. Aquella mañana había encontrado una baratija junto a la tumba de Karen. Seguro que se le había caído a algún niño. De pequeña a Karen le gustaban los animales disecados, y tenía varios. Alice pensó en el búho, que siempre fue uno de sus favoritos, mientras observaba con una sonrisa melancólica el pequeño búho de peltre de dos centímetros y medio de largo que tenía en la mano.

32

Jake Perkins estaba sentado en el vestíbulo del Glen-Ridge, observando, mientras los últimos ex alumnos abandonaban el hotel para volver a sus vidas. La pancarta de bienvenida había desaparecido y el bar estaba vacío. Nada de despedidas, pensó. A estas alturas seguramente ya estaban hartos los unos de los otros.

Lo primero que había hecho al llegar al hotel fue preguntar en recepción para asegurarse de que la señorita Wilcox no había vuelto aún a recoger sus cosas, y de que no había llamado para cancelar el servicio de coche que había pedido para ir al aeropuerto a las dos y cuarto.

Justo a esa hora, vio al chófer uniformado entrar en el vestíbulo y encaminarse hacia el mostrador de recepción. Jake se acercó rápidamente para oír por sí mismo que aquel hombre venía a recoger a Laura Wilcox.

A las dos y media el chófer se fue, visiblemente contrariado. Jake le oyó comentar que estaba muy mal que nadie le hubiera avisado de que la mujer no se iba, porque hubiera podido aceptar otro trabajo, y que no se molestara en llamarlo la próxima vez que necesitara un chófer.

A las cuatro, Jake seguía en el vestíbulo. A esa hora la doctora Sheridan regresó con el hombre mayor con el que había estado hablando después de la cena de homenaje. Fueron directamente al mostrador de recepción. Está preguntando por Laura Wilcox, pensó Jake. Su intuición había resultado acertada: Laura Wilcox había desaparecido.

Decidió que no había nada malo en tratar de conseguir una declaración de la doctora Sheridan. Cuando se acercó a ellos, el hombre que la acompañaba decía:

—Jean, estoy de acuerdo. Esto no me gusta, pero Laura es una persona adulta y tiene derecho a cambiar de opinión sobre el hotel o el avión que quiere coger.

—Disculpe, señor. Soy Jake Perkins. Reportero del periódico de Stonecroft —los interrumpió Jake.

—Sam Deegan.

Jake notó que su presencia no era bien recibida ni por la doctora Sheridan ni por Sam Deegan. Ve directo al grano, se dijo.

—Doctora Sheridan, sé que está preocupada porque la señorita Wilcox no se ha presentado a la comida y ahora ha perdido el coche que debía llevarla al aeropuerto. ¿Cree que puede haberle sucedido algo? Es decir... teniendo en cuenta lo sucedido con las mujeres que se sentaban juntas en el comedor en Stonecroft...

Captó la mirada asustada que Jean dedicó a Sam Deegan. No le ha hablado del grupo de la mesa del comedor, pensó. Jake no tenía ni idea de quién era aquel tipo, pero consideró interesante comprobar su reacción ante lo que ahora creía que sería una historia sensacional. Sacó del bolsillo la fotografía de las chicas sentadas a la mesa.

—Mire, señor, este era el grupo de chicas que compartían mesa con la doctora Sheridan a la hora de comer en su último curso en Stonecroft. En los veinte años transcurridos desde que se graduaron, cinco han muerto. Dos murieron en accidentes, una se suicidó y otra desapareció, al parecer a causa de un alud en Snowbird. Y el mes pasado, la quinta, Alison Kendall, murió en su piscina. Por lo que he leído, existe la posibilidad de que no fuera una muerte accidental. Y ahora parece que Laura Wilcox ha desaparecido. ¿No cree que es una coincidencia un tanto extraña?

Sam cogió la fotografía y, mientras la estudiaba, su semblante se ensombreció.

—Yo no creo en esta clase de coincidencias —dijo con tono desabrido—. Y ahora, si nos disculpa, señor Perkins.

—Oh, no se preocupen por mí. Voy a esperar por si aparece la señorita Wilcox. Me gustaría hacerle una entrevista.

Sin hacerle caso, Sam sacó su placa y se la enseñó al recepcionista.

—Quiero una lista de los empleados que estuvieron de servicio anoche —dijo con voz autoritaria.

33

—Ya tendría que haberme ido, pero cuando volví de la comida me encontré un montón de mensajes esperándome —explicó Gordon Amory a Jean—. Vamos a rodar un episodio de nuestra nueva serie en Canadá y han surgido algunos problemas. Me he pasado las dos últimas horas al teléfono.

Se había acercado al mostrador y dejado las maletas en el suelo cuando el recepcionista enseñaba a Sam las fichas de trabajo de los empleados del hotel. Entonces escrutó el rostro de Jean.

—Jean, ¿pasa algo?

—Laura ha desaparecido —dijo ella, consciente del temblor de su voz—. No estaba aquí cuando a las dos y cuarto pasó el chófer que había pedido para que la llevara al aeropuerto. No ha dormido en su cama y la doncella dice que se ha llevado algunas cosas de su tocador. Quizá decidió pasar la noche con alguien, eso no tiene nada de raro, pero sé que quería estar con nosotros esta mañana y estoy muy preocupada.

—Sí, anoche estuvo hablando con Jack Emerson y dijo que pensaba venir a la comida —explicó Gordon—. Como te conté, se mostró muy fría conmigo cuando le dije que no tenía ni la más mínima posibilidad de conseguir un papel en la nueva serie, pero después de la cena estuve oyendo lo que hablaba con Jack.

Sam, que había estado escuchándolos, se volvió hacia Gordon y se presentó.

—Laura Wilcox es una persona adulta. Tiene todo el derecho

del mundo a escaparse con un amigo y cambiar de opinión. De todos modos, creo que sería conveniente investigar y ver si alguien, algún empleado del hotel o algún amigo, conocía sus planes.

—Siento haberle hecho esperar, señor Amory —dijo el recepcionista—. Ya tengo su cuenta preparada.

Gordon Amory vaciló y miró a Jean.

—Crees que puede haberle pasado algo, ¿verdad?

—Sí. Laura estaba muy unida a Alison. Al margen de los planes que tuviera para ayer por la noche, sé que de ninguna manera se hubiera perdido la ceremonia.

—¿Mi habitación sigue libre? —preguntó Amory al recepcionista.

—Por supuesto, señor.

—Entonces me quedaré, al menos hasta que sepamos alguna cosa de la señorita Wilcox. —Se volvió hacia Jean, que, por un momento, a pesar de su preocupación por Laura, se sorprendió pensando que Gordon Amory se había convertido en un hombre muy atractivo. Antes me daba pena, se dijo. Era un personaje patético, y mira en qué se ha convertido—. Jean, sé que anoche ofendí a Laura y me mostré muy grosero... Supongo que fue una especie de venganza por la forma en que me despreciaba cuando éramos pequeños. Podía haberle prometido algún papel en la serie, aunque no fuera el de protagonista. Tengo la sensación de que está desesperada. Puede que por eso no se haya presentado esta mañana. Estoy seguro de que volverá, y cuando lo haga le ofreceré un trabajo. Y pienso quedarme aquí para ofrecérselo personalmente.

34

Jake Perkins se quedó en el vestíbulo del Glen-Ridge y observó cómo, uno tras otro, todos los empleados que estaban de servicio el sábado por la noche entraban en la pequeña oficina que había detrás de recepción y hablaban con Sam Deegan. Conforme salían, los azuzaba para sonsacarles, y le dijeron que tenían la impresión de que Deegan también llamaría a todos los que libraban ese día pero habían estado en el hotel la noche anterior.

De lo que oyó, Jake dedujo que nadie había visto a Laura Wilcox salir del hotel. El portero y los mozos encargados de aparcar los coches estaban totalmente seguros de que no había salido por la puerta principal.

No se equivocó al suponer que la joven con uniforme de doncella debía de ser la mujer que limpiaba la habitación de Laura. Cuando salió de hablar con Deegan, Jake la siguió por el vestíbulo, entró detrás de ella en el ascensor y bajó en la cuarta planta como ella.

—Soy reportero del periódico de Stonecroft —le explicó entregándole su tarjeta— y colaboro con el *New York Post*. —Se acercaba mucho a la verdad. Muy pronto, sería verdad.

No le resultó difícil hacerla hablar. Se llamaba Myrna Robinson. Era alumna del centro de estudios de la comunidad y trabajaba a media jornada en el hotel. Es un alma cándida, pensó Jake con suficiencia al ver la expresión entusiasmada de la chica porque la había interrogado un policía.

Jake abrió su cuaderno de notas.

—¿Qué te ha preguntado exactamente el detective Deegan, Myrna?

—Quería saber si estaba segura de que faltaban algunos de los objetos de tocador de la señorita Wilcox, y yo le he dicho que sí —explicó ella sin aliento—. Le he dicho: «Señor Deegan, no tiene idea de cuántas cosas puso encima del tocador del cuarto de baño, que es pequeñísimo, y la mitad habían desaparecido. Cosas como el desmaquillador, la crema hidratante, el cepillo de dientes y la bolsa de maquillaje».

—El tipo de artículos que una mujer se lleva cuando va a pasar fuera la noche —apuntó Jake—. ¿Y la ropa?

—No he hablado de la ropa con el señor Deegan. —La chica vaciló y se toqueteó con nerviosismo el último botón de su uniforme negro—. Quiero decir que... bueno, le he dicho que estoy segura de que falta una maleta, pero no quería que pensara que soy una fisgona ni nada de eso, así que no he mencionado que la chaqueta y los pantalones azules de cachemira y los botines no estaban en el armario.

Myrna tenía más o menos la misma talla que Laura. Apuesto a que se estuvo probando su ropa, pensó Jake. Faltaban un traje y unos pantalones... seguramente la ropa que Laura pensaba llevar a la ceremonia en memoria de Alison y la comida.

—¿Le has hablado al señor Deegan de la maleta que falta?

—Ajá. La señora trajo muchísimo equipaje. La verdad, casi parecía que pensaba dar la vuelta al mundo. El caso es que la maleta pequeña no estaba esta mañana. Era distinta de las otras. Es una Louis Vuitton, por eso me he dado cuenta de que no estaba. Me encanta el diseño, ¿a ti no? Es muy elegante. Las dos maletas grandes son de cuero color crema.

Jake se enorgullecía de tener buen oído para el francés, así que se estremeció al oír cómo Myrna pronunciaba «Vuitton».

—Myrna, ¿podría echar un vistazo a la habitación de Laura? —preguntó—. Te prometo que no tocaré nada.

Se había excedido. Vio que una expresión de alarma borraba el entusiasmo de la cara de la chica. Myrna miró más allá, al pasillo, y Jake supo lo que estaba pensando. Si la jefa de personal la descubría alguna vez metiendo a alguien en la habitación de algún cliente, la despediría. Jake se desdijo enseguida.

—No tendría que habértelo pedido. Olvídalo. Mira, tienes mi tarjeta. Si te enteras de alguna cosa sobre Laura y me llamas, eso bien valdría veinte dólares. ¿Qué me dices? ¿Te gustaría hacer de reportera?

Myrna se mordió el labio mientras consideraba la posibilidad.

—No es por el dinero —empezó a decir.

—Por supuesto —concedió él.

—Si publicas la historia en el *Post*, tendrás que citarme como fuente confidencial.

Es más lista de lo que parece, pensó Jake asintiendo con entusiasmo. Se dieron la mano para cerrar el trato.

Casi eran las seis. Cuando Jake volvió al vestíbulo, estaba prácticamente vacío. Se acercó al mostrador de recepción y preguntó si el señor Deegan había abandonado el hotel.

El recepcionista parecía cansado e inquieto.

—Mira, amigo, se ha ido, y a menos que quieras una habitación, te aconsejo que tú también te vayas.

—Estoy seguro de que le pidió que le avisara si la señorita Wilcox vuelve o si tiene noticias de ella —dijo Jake—. ¿Puedo dejarle mi tarjeta? Me he hecho muy amigo de la señorita Wilcox durante el fin de semana y también estoy preocupado.

El recepcionista cogió la tarjeta y la examinó.

—Reportero de la *Gaceta de Stonecroft*, escritor y periodista, ¿eh? —La partió en dos—. Esto te va grande, amigo. Así que hazme un favor y piérdete.

35

Descubrieron el cuerpo de Helen Whelan a las cinco y media de la tarde del domingo, en una zona boscosa de Washingtonville, una localidad a unos veinticuatro kilómetros de Surrey Meadows. Lo encontró un niño de doce años que iba a casa de un amigo por un atajo a través del bosque.

Sam recibió el aviso cuando estaba terminando con las entrevistas a los empleados del Glen-Ridge. Llamó a Jean a su habitación. Había subido para telefonear a Mark Fleischman, Carter Stewart y Jack Emerson, con la esperanza de que alguno de ellos estuviera al corriente de los planes de Laura. Ya había visto a Robby Brent en el vestíbulo, y él había negado saber nada sobre el paradero de Laura.

—Jean, tengo que irme —le dijo Sam—. ¿Ha conseguido hablar con alguien?

—He hablado con Carter. Está muy preocupado, pero no tiene ni idea de dónde puede estar Laura. Le he dicho que Gordon y yo vamos a cenar juntos, y ha decidido acompañarnos. Quizá si elaboramos una lista con la gente con la que Laura ha pasado más tiempo consigamos algo. Jack Emerson no está en su casa. Le he dejado un mensaje en el contestador. Y lo mismo con Fleischman.

—Creo que por el momento es lo único que puede hacer. Legalmente tenemos las manos atadas. Si para mañana nadie sabe nada de ella, trataré de conseguir una orden para entrar en su habitación y ver si hay alguna pista que pueda indicarnos adónde ha ido. Por lo demás, habrá que esperar.

—¿Irá a la rectoría por la mañana?

—Desde luego —prometió él. Bajó la tapa del móvil y se fue a toda prisa a buscar su coche. No había necesidad de decirle a Jean que iba al lugar donde se había encontrado el cuerpo de otra mujer desaparecida.

Helen Whelan había recibido un golpe en la parte posterior de la cabeza y luego le habían asestado diversas puñaladas.

—Seguramente la golpearon por detrás con el mismo objeto que utilizaron con el perro —explicó Cal Grey, el forense, a Sam cuando llegó al escenario del crimen. Estaban retirando el cadáver, y los investigadores peinaban la zona acordonada con la ayuda de focos tratando de encontrar alguna pista sobre el asesino—. No lo sabré con seguridad hasta que haga la autopsia, pero creo que la herida de la cabeza le dejó inconsciente. Las heridas de arma blanca se las infligieron después de traerla hasta aquí. Espero que la pobre mujer no se enterara de lo que le estaba pasando.

Sam observó cómo colocaban aquel cuerpo delgado en una bolsa.

—La ropa no parece manipulada.

—No, no lo está. Supongo que la persona que la atacó la trajo aquí directamente y la mató. Aún lleva la correa del perro alrededor de la muñeca.

—Espere un momento —ordenó Sam al ayudante que estaba abriendo la camilla. Se acuclilló y notó que los pies se le hundían en el suelo enfangado—. Déjame la linterna, Cal.

—¿Qué has visto?

—Hay una mancha de sangre en un lado de los pantalones. Dudo que sea de las heridas que tiene en el cuello y el pecho. Supongo que el asesino sangraba, por alguna mordedura del perro. —Se incorporó—. Lo que significa que tal vez tuvo que acudir a una sala de urgencias. Daré aviso a los hospitales de la zona para que nos informen si durante el fin de semana o en los próximos días alguien acude por una mordedura de perro. Y que analicen la sangre en el laboratorio. Nos veremos en tu oficina, Cal.

Cuando se dirigía hacia la oficina del forense, Sam sintió un nudo en el estómago al pensar en la muerte de Helen Whelan. Siempre le pasaba cuando se encontraba ante actos de violencia como ese. Quiero atrapar a ese tipo, pensó, y ser la persona que le ponga las esposas. Espero por Dios que donde sea que ese perro le mordió le duela espantosamente.

Aquel pensamiento le dio otra idea. Quizá es demasiado listo para ir a una sala de urgencias, pero tendrá que curarse la herida de algún modo. Es como buscar una aguja en un pajar, pero quizá valga la pena notificar a las farmacias de la zona que estén alerta por si alguien compra agua oxigenada, vendas o cremas antibacterianas.

Claro que, si es lo bastante listo para no acudir a un hospital, seguramente también lo será para comprar lo que necesita para las curas en unos grandes almacenes, donde las colas para pagar son tan largas que en caja nadie se fija en lo que los clientes llevan en la cesta.

Aun así, vale la pena intentarlo, decidió Sam con el ánimo sombrío, recordando la fotografía de Helen Whelan sonriendo que había visto en su piso. Tenía veinte años más que Karen Sommers, pensó, pero había muerto del mismo modo, apuñalada de forma brutal.

La niebla, que no había dejado de bajar y disiparse durante todo el día, se convirtió en una lluvia torrencial. Sam encendió los limpiaparabrisas con el ceño fruncido. Pero no es posible que haya ninguna conexión entre los dos casos, pensó. No ha habido ningún apuñalamiento de esas características en la zona desde hace veinte años. Karen murió en su casa. Helen Whelan estaba en la calle, paseando a su perro. Aun así, ¿no es posible que sea obra del mismo maníaco, que ha estado sin actuar durante todos esos años?

Podía ser cualquier cosa, decidió Sam. Por favor, que haya tenido algún descuido, que se le haya caído alguna cosa que pueda llevarnos hasta él. Con un poco de suerte, tendremos su ADN. La sangre que el perro tenía en los bigotes podría ser suya, y también la de los pantalones de la víctima.

Al llegar a la oficina del forense, condujo hacia la zona de aparcamiento, bajó del coche, lo cerró y entró en el edificio. Iba a ser una larga noche, y el siguiente sería un día muy largo. Tenía que visitar al párroco de Saint Thomas y tratar de convencerlo de que le permitiera revisar los registros de los bautizos que se celebraron veinte años atrás. Tenía que ponerse en contacto con las familias de las cinco mujeres de Stonecroft que habían muerto en el orden en el que se sentaban a la mesa del comedor... necesitaba conocer más detalles sobre sus muertes. Y tenía que averiguar qué le había sucedido a Laura Wilcox. Si no fuera por la muerte de esas otras cinco mujeres de la mesa, pensaría simplemente que se ha ido con algún hombre, se dijo. Por lo que me ha parecido entender, es una mujer muy activa y no pasa mucho tiempo sin la compañía de un hombre si puede evitarlo.

El forense y la ambulancia con el cadáver de Helen Whelan llegaron unos segundos después que él. Media hora más tarde, Sam estaba examinando los efectos personales que acompañaban al cuerpo de la víctima. El reloj y un anillo. Seguramente no llevaba bolso, porque habían encontrado la llave de la casa en el bolsillo derecho de su chaqueta, junto con un pañuelo.

Sobre la mesa, junto con la llave de la casa, había otro objeto: un búho de peltre de unos dos centímetros y medio. Sam alcanzó las pinzas que el ayudante había utilizado para manipular las llaves y el búho, cogió aquel pequeño objeto y lo estudió detenidamente. Sus ojos, fijos, fríos y grandes, se clavaron en los de Sam.

—Lo llevaba en el bolsillo de los pantalones —le explicó el ayudante—. Casi no reparo en él.

Sam recordó que en el vestíbulo del piso de Helen Whelan había visto, dentro de una caja, una calabaza y un esqueleto de papel que seguramente pensaba colgar en algún sitio.

—Estaba preparando la decoración para Halloween —dijo—. Seguramente esto era para eso. Ponlo todo en una bolsa y lo llevaré al laboratorio.

Cuarenta minutos después, Sam observaba cómo la ropa de Helen Whelan se examinaba bajo el microscopio por si había algo que pudiera ayudarles a identificar al asesino. Otro ayudante estaba examinando las llaves por si había huellas.

—Son todas de la víctima —comentó, y se dispuso a coger el

búho de peltre con las pinzas. Un momento después, añadió—: Qué extraño. Aquí no hay ninguna huella, ni siquiera manchas. ¿Cómo es posible? No se metió solo en el bolsillo. Tuvo que meterlo alguien que llevara guantes.

Sam pensó un momento. ¿Había dejado el asesino aquel búho deliberadamente? Estaba seguro de que sí.

—De momento no diremos nada del búho —indicó. Quitó las pinzas al ayudante para coger el búho y lo observó—. Tú vas a llevarme hasta ese tipo —prometió—. Aún no sé cómo, pero lo harás.

36

Habían quedado a las siete en el comedor. En el último momento Jean decidió ponerse unos pantalones azul oscuro y un jersey color celeste que había comprado en las rebajas en Escada. En todo el día no había sido capaz de desprenderse de la sensación de frío del cementerio. Incluso la chaqueta y los pantalones que había llevado parecían retener el frío y la humedad.

Es ridículo, por supuesto, se dijo mientras se retocaba el maquillaje. Cuando se estaba cepillando el pelo delante del espejo del cuarto de baño, se quedó mirando el cepillo un momento. ¿Quién podía estar tan próximo a Lily para cogerle el cepillo del bolso o de su casa?

¿Es posible que Lily haya conseguido encontrarme y me esté castigando por haberla dado en adopción?, pensó angustiada. Ahora tiene diecinueve años y medio. ¿Qué clase de vida ha tenido? ¿Las personas que la adoptaron eran tan maravillosas como me dijo el doctor Connors, o al final resultó que eran unos malos padres? Pero su instinto le dijo enseguida que Lily no estaba jugando con ella para atormentarla. Es otra persona, alguien que quiere hacerme daño a mí. Que me pida dinero, suplicó en silencio. Te daré dinero, pero no le hagas daño.

Volvió a mirar al espejo y estudió su reflejo. Le habían dicho varias veces que se parecía a la presentadora del programa *Today*, Katie Couric, y la comparación la halagaba. ¿Se parece Lily a mí?, se preguntó. ¿O es como Reed? Sus hebras de pelo son tan rubias... y

Reed siempre bromeaba porque su madre le decía que tenía el pelo del color del trigo en invierno. Eso significa que Lily tiene su pelo. Reed tenía los ojos azules, como yo, así que seguramente Lily los tiene azules también.

Aquella clase de elucubraciones eran algo familiar para ella. Meneando la cabeza, dejó el cepillo sobre el mármol, apagó la luz del cuarto de baño, cogió su monedero y bajó a reunirse con los otros para la cena.

Gordon Amory, Robby Brent y Jack Emerson ya estaban a la mesa, en el comedor prácticamente vacío. Cuando se pusieron en pie para saludarla, Jean se fijó en cuán diferentes eran el aspecto y el atuendo de aquellos tres hombres. Amory vestía una camisa abierta por el cuello y una chaqueta de tweed cara. Todo en él transmitía la imagen de un ejecutivo con éxito. Robby Brent se había cambiado el jersey de ganchillo que llevaba durante la comida. En opinión de Jean, con el jersey de cuello vuelto que se había puesto se notaba aún más que tenía el cuello corto y el cuerpo más bien achaparrado. Un toque de sudor le cubría la frente y las mejillas con un brillo que le resultaba desagradable. La chaqueta de pana de Jack Emerson era de buen corte, pero no lucía a causa de la camisa de cuadros rojos y blancos y la corbata de colores chillones que llevaba. Jean pensó que, con aquella cara mofletuda y coloradota, Jack Emerson era la viva imagen de los viejos anuncios políticos que se utilizaron en contra de Nixon: «¿Le compraría usted un coche de segunda mano a este hombre?».

Jack apartó la silla vacía que había a su lado y le dio a Jean una palmadita en el brazo cuando rodeó la mesa para sentarse. En un acto reflejo, ella se puso rígida y retiró el brazo.

—Hemos pedido algo para beber, Jeannie —dijo Emerson—. Yo me he arriesgado y te he pedido un chardonnay.

—Bien. ¿Habéis llegado muy pronto o soy yo que llego con retraso?

—Hemos venido un poco pronto. Tú llegas a la hora exacta, y aún falta Carter.

Veinte minutos después, cuando estaban tratando de decidir si pedían ya la comida, Carter apareció.

—Siento haberos hecho esperar, pero no imaginaba que tendríamos otra reunión de ex alumnos tan pronto —comentó con tono seco. Ahora vestía tejanos y una sudadera con capucha.

—Ninguno de nosotros lo imaginaba —concedió Gordon Amory—. ¿Por qué no pides algo? Luego propongo que vayamos directos al asunto que nos ha traído aquí.

Carter asintió. Buscó la mirada del camarero y señaló el martini de Emerson.

—Continúa —dijo a Gordon con el mismo tono seco.

—Para empezar, quería decir que lo he estado pensando y creo que nuestra preocupación por Laura es innecesaria. Recuerdo haber oído decir que hace unos años Laura aceptó la invitación de un pez gordo, cuyo nombre no diré, en el estado de Palm Beach, y se cuenta que se fue en mitad de una cena para largarse con él en su avión privado. Aquella vez, parece que no se molestó en recoger su cepillo de dientes ni el maquillaje.

—No creo que ninguno de nosotros haya venido a Stonecroft en un avión privado —observó Robby Brent—. En realidad, por la pinta que tenían algunos, yo diría que han venido en plan mochilero.

—Vamos, Robby —protestó Jack Emerson—, a muchos de nuestros graduados les ha ido bastante bien. Esa es la razón por la que algunos han comprado terrenos por la zona, por si deciden tener una segunda residencia.

—Olvídate por una noche de las dichosas ventas, Jack —replicó Gordon, irritado—. Mira, tú tienes pasta y, que nosotros sepamos, eres el único que tiene casa en el pueblo y que puede haber invitado a Laura a acompañarle.

Jack Emerson, que ya tenía la cara coloradota, se sonrojó.

—Imagino que te estás haciendo el gracioso, Gordon.

—No me gustaría desbancar a Robby como cómico oficial —dijo Gordon, y cogió una oliva del plato que el camarero acababa de dejar sobre la mesa—. Lo de Laura era una broma, desde luego, pero lo de las ventas no.

Jean decidió que había llegado el momento de cambiar el rumbo de la conversación.

—Le he dejado un mensaje a Mark en el buzón de voz —explicó—. Me llamó justo antes de que bajara. Si mañana seguimos sin saber nada de Laura, cambiará su agenda y vendrá.

—Siempre sintió algo por Laura cuando éramos jóvenes —comentó Robby—. Y no me extrañaría que siguiera sintiéndolo. La otra noche, se sentó expresamente a su lado en el estrado. Hasta cambió las tarjetas de sitio.

Así que por eso va a volver a toda prisa, pensó Jean, y se dio cuenta de que había querido entender demasiadas cosas en su llamada. «Jeannie —le había dicho—, me gustaría pensar que Laura está bien pero, si le ha pasado algo, eso significaría que hay algo terrible detrás de la muerte de las chicas que os sentabais a la misma mesa a comer. No lo olvides.»

Y yo que pensé que estaba preocupado por mí. Hasta se me pasó por la cabeza contarle lo de Lily. Como es psiquiatra, creí que podría tener cierta idea sobre la clase de persona que me está haciendo esto.

Fue un alivio cuando el camarero, un hombre delgado y algo mayor, les trajo la carta.

—¿Quieren saber qué platos especiales tenemos esta noche? —preguntó.

Robby Brent miró al camarero con una sonrisa esperanzada.

—Estoy impaciente.

—*Filet mignon* con champiñones, filete de lenguado con cangrejo...

Cuando el hombre terminó de recitar, Robby le dijo:

—¿Puedo hacerle una pregunta?

—Desde luego, señor.

—¿Es una costumbre de este establecimiento convertir las sobras de la noche en el plato especial del día siguiente?

—Oh, señor, le aseguro... —contestó el hombre con nerviosismo y tono de disculpa—. Hace veinte años que trabajo aquí y estamos muy orgullosos de nuestra cocina.

—No importa, no importa. Solo estaba bromeando un poco para animar la conversación. Jean, tú primero.

—La ensalada césar y cuello de cordero, poco hecho —dijo Jean en voz baja. Robby no es solo sarcástico, pensó; es desagradable y cruel. Le gusta herir a la gente que no puede devolverle el golpe, como la pobre señorita Bender, la profesora de matemáticas, y ahora este pobre hombre. Dice que Mark estaba colado por Laura, pero si a alguien le gustaba de veras era a él.

De pronto, tuvo un pensamiento inquietante. Robby ha hecho una fortuna. Es famoso. Si invitara a Laura a ir con él a algún sitio, ella iría, estoy segura. Le horrorizó darse cuenta de que estaba considerando seriamente que Robby hubiera podido seducir a Laura para que fuera con él y le hubiera hecho algo.

Jack Emerson fue el último en pedir. Cuando devolvió la carta al camarero, dijo:

—He prometido a unos amigos que me pasaría a tomar algo esta noche, así que propongo que empecemos a hablar de a quién puede haber prestado más atención Laura este fin de semana. —Lanzó una mirada a Gordon—. Aparte de a ti, claro. Tú estabas el primero en su lista.

Señor, pensó Jean, si esto se alarga mucho van a acabar tirándose al cuello. Se volvió hacia Carter Stewart.

—Carter, ¿por qué no empezamos por ti? ¿Alguna idea?

—La vi hablar bastante rato con Joel Nieman, más conocido como el Romeo que olvidó la mitad de sus diálogos en la representación escolar. Su mujer solo estuvo aquí para el cóctel y la cena del viernes, luego se fue. Es una ejecutiva de Target y tenía que salir hacia Hong Kong el sábado por la mañana.

—¿No viven por aquí cerca, Jack? —preguntó Gordon.

—Viven en Rye.

—No está lejos.

—Estuve hablando con Joel y su mujer el viernes por la noche —apuntó Jean—. Y no me parece la clase de hombre que invitaría a Laura a acompañarlo a su casa en cuanto su mujer se da la vuelta.

—Pues no lo parecerá, pero resulta que sé de buena tinta que ha tenido un par de amiguitas —dijo Emerson—. Y también que estuvo a punto de ser procesado por ciertos chanchullos en los que estuvo implicada su empresa de contabilidad. Por eso no estaba entre los homenajeados.

—¿Y qué hay de nuestro homenajeado ausente, Mark Fleischman? —preguntó Robby Brent—. Puede que sea «alto, delgado, alegre, divertido y juicioso», como dijeron al presentarlo en la cena de gala, pero no dejó de rondar a Laura cada vez que tenía ocasión. Y en el autobús que nos llevó a West Point casi se parte el cuello con las prisas por sentarse a su lado.

Jack Emerson se terminó su martini e indicó al camarero que le sirviera otro. Luego arqueó las cejas.

—Me acabo de dar cuenta... Mark tenía un sitio donde llevar a Laura. Casualmente sé que su padre está fuera de la ciudad. Conocí a Cliff Fleischman en la oficina de correos la semana pasada y le pregunté si asistiría a la fiesta para ver el homenaje a su hijo. Me dijo que hacía tiempo había quedado con unos amigos en Chicago, pero que telefonearía a Mark. Quizá le ofreció su casa. Me dijo que no volvería hasta el martes.

—Pues entonces creo que el señor Fleischman padre cambió de opinión —comentó Jean—. Mark me contó que había pasado ante su antigua casa y que había varias luces encendidas. Y no dijo que hubiera tenido noticias de su padre.

—Cliff Fleischman siempre deja un montón de luces encendidas cuando se va —explicó Emerson—. Hará unos diez años le entraron a robar en la casa cuando estaba de vacaciones, y él lo achacó a que siempre estaba a oscuras. Dijo que al no haber nadie en la casa se lo pusieron en bandeja.

Gordon partió una barrita de pan.

—Me dio la impresión de que Mark se había distanciado de su padre.

—Así es, y yo sé por qué —dijo Emerson—. Cuando su madre murió, el padre despidió a la asistenta y la mujer estuvo trabajando un tiempo para nosotros. Era una cotilla y nos contó muchas cosas de los Fleischman. Todo el mundo sabía que Dennis, el hermano mayor, era el favorito de la madre. La mujer nunca superó su pérdida y culpaba a Mark del accidente. Tenían el coche en lo alto de la pendiente, y Mark siempre estaba insistiendo en que su hermano le enseñara a conducir. Mark solo tenía trece años y no le dejaban arrancar el coche si Dennis no estaba con él. Aquella tarde lo hizo y olvidó poner el freno de mano antes de bajarse. Cuando el coche empezó a deslizarse hacia abajo, Dennis no lo vio venir.

—¿Y cómo lo descubrió ella? —inquirió Jean.

—Según la asistenta, una noche pasó algo y la madre se volvió en contra de Mark. Ocurrió poco antes de que muriera. Mark ni siquiera fue a su entierro. La mujer lo excluyó de su testamento. Había heredado bastante dinero de su familia. Por aquel entonces, Mark estudiaba en la facultad de medicina.

—Pero solo tenía trece años cuando se produjo el accidente —observó Jean.

—Y estaba muy celoso de su hermano —afirmó Carter Stewart con voz pausada—, de eso no cabe duda. De todos modos, puede que haya seguido en contacto con el padre, que tenga una llave de la casa y que supiera que iba a estar fuera.

¿Mintió Mark cuando me dijo que tenía que volver a Boston?, se preguntó Jean. Se desvió expresamente de su camino cuando yo estaba con Alice y Sam en el bar para decirnos que había pasado delante de la casa de su padre. ¿Es posible que aún esté aquí, en Cornwall, con Laura?

No quiero pensar eso, se dijo en el momento en que Gordon comentaba:

—Todos estamos dando por sentado que Laura se ha ido con alguien. También es posible que fuera a ver a alguien. No estamos tan lejos de Greenwich, Bedford o Westford, y muchos de sus amigos famosos tienen casas allí.

Jack Emerson había traído la lista de las personas que habían asistido a la reunión de ex alumnos. Al final, decidieron que cada uno se encargaría de llamar a unos pocos, explicarían lo que pasaba y preguntarían si tenían idea de dónde podía estar Laura.

Cuando salieron del comedor, después de quedar en llamarse por la mañana, Carter Stewart y Jack Emerson se fueron a buscar sus coches. En el vestíbulo, Jean dijo a Gordon Amory y Robby Brent que iba a preguntar en recepción.

—Entonces, buenas noches —dijo Gordon—. Yo aún tengo que hacer algunas llamadas.

—Es domingo por la noche, Gordie —observó Robby Brent—.

¿Qué puede haber tan importante que no puede esperar hasta mañana?

Gordon Amory miró el rostro engañosamente inocente de Robby.

—Como ya sabes, prefiero que me llamen Gordon —masculló—. Buenas noches, Jean.

—Está tan pagado de sí mismo... —comentó Robby mientras veía a Gordon atravesar el vestíbulo y llamar al ascensor—. Apuesto a que subirá a su habitación y encenderá el televisor. Hoy estrenan una serie en una de sus cadenas. O a lo mejor solo quiere mirarse al espejo. De verdad, Jeannie, ese cirujano plástico debe de ser un genio. ¿Te acuerdas de la cara de tonto que tenía de pequeño?

Me importa un comino lo que haga Gordon en su habitación, pensó Jean. Yo solo quiero saber si por casualidad Laura ha llamado y subir a acostarme.

—Más a favor de Gordon, haber sido capaz de cambiar su vida. Lo pasó bastante mal de pequeño.

—Como todos —repuso Robby con aire desdeñoso—. Excepto nuestra desaparecida reina de la belleza, claro. —Se encogió de hombros—. Yo voy a coger una chaqueta y a dar una vuelta. Soy un fanático de la salud y, aparte de un par de paseos, no he hecho nada de ejercicio en todo el fin de semana. El gimnasio de aquí es un asco.

—¿Hay algo en el pueblo, en el hotel o en la gente con la que has estado que no te parezca un asco? —preguntó Jean, y no le importó que su voz tuviera un tono cortante.

—Muy poco —contestó él alegremente—, excepto tú, claro. Lamento que te hayas sentido molesta cuando comentábamos que Mark ha estado rondando a Laura todo el fin de semana. Por cierto, me ha parecido que a Mark también le gustas tú. Es un hombre complicado pero, claro, la mayoría de los psiquiatras están más locos que sus pacientes. Si es verdad que Mark no puso el freno del coche que mató a su hermano, habría que preguntarse si no lo haría a propósito, aunque fuera de forma inconsciente. Después de todo, era el coche nuevo de su hermano, un regalo de mamá y papá por su graduación en Stonecroft. Piénsalo.

Dicho esto, le guiñó un ojo, dijo adiós con la mano y se dirigió hacia los ascensores. Jean, furiosa y humillada al ver que Robby había interpretado tan acertadamente su reacción ante los comentarios sobre Mark y Laura, se acercó al mostrador de recepción. La recepcionista que estaba de servicio se llamaba Amy Sachs, una mujer menuda, de voz dulce, pelo corto y canoso, con unas gafas enormes que le caían sobre el puente de la nariz.

—No, no hemos sabido nada de la señorita Wilcox —dijo a Jean—, pero ha llegado un fax para usted, doctora Sheridan. —Se dio la vuelta y cogió un sobre que había en el estante, detrás del mostrador.

Jean sintió que se le secaba la boca. Aunque trató de convencerse de que lo mejor era esperar a llegar a su habitación para abrirlo, rompió el sobre allí mismo.

El mensaje rezaba: «Más que las malas hierbas hiede el lirio podrido».

Lirio podrido, pensó Jean. Un lirio muerto. Lily.

—¿Hay algún problema, doctora Sheridan? —preguntó con inquietud la discreta recepcionista—. Espero que no sean malas noticias.

—¿Cómo? Oh... no. No pasa nada, gracias. —Jean subió por las escaleras, aturdida, entró en su habitación, abrió el bolso y rebuscó en el monedero el número de Sam Deegan.

El hombre dijo «Sam Deegan» con una voz tan débil que Jean se dio cuenta de que casi eran las diez y quizá lo había despertado.

—Sam, le he despertado...

—No, no —la interrumpió él—. ¿Qué pasa, Jean? ¿Sabe algo de Laura?

—No, es Lily. Otro fax.

—Léamelo.

Con la voz temblorosa, Jean le leyó el fax.

—Sam, son los versos de un soneto de Shakespeare. Está hablando de lirios muertos. Quien sea que lo envía está amenazando con matar a mi hija. —Jean se daba perfecta cuenta de que su voz sonaba cada vez más histérica—. ¿Qué puedo hacer para detenerle? ¿Qué puedo hacer?

37

Seguramente ya tiene el fax. No sabía por qué, pero lo cierto es que disfrutaba acosándola, sobre todo ahora que había decidido matarla. ¿Por qué complicar las cosas amenazando a Meredith, o Lily, como ella la llamaba? Durante veinte años, haber sabido en secreto del nacimiento de aquella hija y conocer la identidad de los padres adoptivos había sido otro de tantos pequeños detalles que parecen inservibles, como un regalo que no se puede devolver pero que nunca quitaremos del estante.

Hacía un año había conocido casualmente a los padres adoptivos en una comida y, cuando se dio cuenta de quiénes eran, decidió trabar amistad con ellos. En agosto hasta los había invitado a pasar un largo fin de semana con él y traer a Meredith, que estaba de vacaciones. Entonces se le ocurrió coger algo que permitiera demostrar su identidad genética.

La oportunidad de robarle el cepillo se la pusieron en bandeja. Estaban todos en la piscina, y el móvil de Meredith sonó cuando se estaba cepillando el pelo después de darse un chapuzón. La chica contestó y se alejó para hablar en privado. Así que él se metió el cepillo en el bolsillo y se puso a alternar con sus otros invitados. Al día siguiente mandó el cepillo a Jean, junto con el primer mensaje.

El poder de decidir sobre la vida y la muerte... hasta el momento lo había empleado con cinco de las chicas de la mesa del comedor, además de otras muchas mujeres elegidas al azar. Se preguntó cuánto tardarían en encontrar el cuerpo de Helen Whelan. ¿Había sido un error dejar el búho en su bolsillo? Hasta ahora, siempre había dejado su tarjeta de visita discretamente, de forma que no llamara la atención. Como el mes anterior, cuando puso uno de sus búhos en un cajón de la cocina de la caseta de la piscina donde esperó a Alison.

Las luces de la casa estaban apagadas. Sacó las gafas de visión nocturna del bolsillo, se las puso, metió la llave en la cerradura, abrió la puerta trasera y entró. Cerró y echó la llave. Luego se dirigió a la escalera cruzando la cocina y subió sin hacer ruido.

Laura estaba en la habitación que fue suya antes de que su familia se mudara a Concord Avenue cuando tenía dieciséis años. Le había atado las manos y los pies, y le había puesto una mordaza en la boca. Estaba tendida sobre la cama, y su traje de noche dorado brillaba en la oscuridad.

No le había oído entrar y, cuando se inclinó sobre ella, la respiración aterrada de Laura se hizo perfectamente audible.

—He vuelto, Laura —le susurró—. ¿No estás contenta?

Ella trató de apartarse.

—So-o-oy un bú-úho y viv-vivo en en en un árbol —susurró—. Te parecía muy gracioso imitarme, ¿verdad? Y ahora, ¿te parece divertido, Laura? ¿Te lo parece?

Con sus gafas de visión nocturna podía ver la mirada de terror de sus ojos. Laura movió la cabeza a un lado y a otro, y unos gemidos brotaron de su garganta.

—No es la respuesta correcta, Laura. Sí te parece divertido. A todas os parece divertido. Demuéstrame lo divertido que te parece. Demuéstramelo.

Laura agitó la cabeza arriba y abajo. Con un rápido movimiento, él le quitó la mordaza.

—No levantes la voz, Laura —susurró—. Nadie te oirá. Y si gritas te cubriré la cara con la almohada. ¿Me has entendido?

—Por favor —musitó Laura—. Por favor...

—No, Laura, no quiero que me digas «por favor». Quiero que

me imites, que pronuncies la frase que yo pronuncié en el escenario, y luego quiero que te rías.

—So-so soy un búho y y y v-vvivo en en un á-árbol.

Él asintió con gesto aprobador.

—Así. Lo haces muy bien. Ahora haz como si estuvieras con las otras chicas en la mesa del comedor y ríe y búrlate. Quiero ver la gracia que les hacía a todas cuando me ridiculizabas.

—No puedo... lo siento.

Él levantó la almohada y la mantuvo sobre la cara de Laura. Desesperada, ella se puso a reír; una risa entrecortada, chillona, histérica.

—Ja... ja... ja... —Las lágrimas le caían por la cara—. Por favor...

Él le tapó la boca con la mano.

—Estabas a punto de decir mi nombre. Eso está prohibido. Solo puedes llamarme el Búho. Tendrás que empezar a practicar cómo imitar a las chicas cuando se reían. Ahora voy a desatarte las manos y dejaré que comas. Te he traído sopa y un panecillo. ¿No te parece un detalle generoso por mi parte? Luego te dejaré ir al baño.

»Después, cuando vuelvas a estar tumbada en una posición segura, llamaré al hotel con mi móvil y le dirás al recepcionista que estás con unos amigos, que no sabes cuándo vas a volver y que te guarden la habitación. ¿Lo entiendes, Laura?

La respuesta de ella apenas se oyó.

—Sí.

—Si tratas de pedir ayuda de la forma que sea, morirás. ¿Lo entiendes?

—Sí.

—Muy bien.

Veinte minutos después, el sistema informatizado de recepción de llamadas del hotel Glen-Ridge House atendía a una persona que había marcado el 3, para reservar habitación.

El teléfono del mostrador de recepción sonó. La recepcionista contestó y se identificó.

—Recepción, le habla Amy. —Luego lanzó una exclamación—. ¡Señorita Wilcox, me alegro de oírla! Todos estábamos muy preocupados. Sus amigos se alegrarán cuando sepan que ha llamado.

Por supuesto que le guardaremos la habitación. ¿Seguro que está usted bien?

El Búho cortó la conexión.

—Lo has hecho muy bien, Laura. Se te notaba un poco tensa pero supongo que es natural. A lo mejor resulta que tienes madera de actriz. —Le puso de nuevo la mordaza—. Volveré más tarde. Trata de dormir un poco. Te doy permiso para soñar conmigo.

38

Jake Perkins sabía que el recepcionista que le había echado del hotel terminaba su turno a las ocho de la tarde. Así pues, podía volver cuando quisiera después de esa hora y quedarse cerca del mostrador con la otra recepcionista, Amy Sachs, por si había novedades.

Después de cenar con sus padres, que escucharon entusiasmados su relato de lo que estaba sucediendo en el hotel, revisó las notas que quería pasar al *Post*. Había decidido esperar a la mañana para llamar al periódico. Para entonces, Laura llevaría un día desaparecida.

A las diez ya estaba de nuevo en el hotel. Entró en el vestíbulo desierto. Podrías hacer volar un avión en este sitio y no toparía con nadie, pensó cuando se acercaba al mostrador. Amy Sachs estaba allí.

A Amy le caía bien, Jake lo sabía. El año anterior, cuando él estaba cubriendo una comida para Stonecroft, le había dicho que le recordaba a su hermano menor. «La única diferencia es que Danny tiene cuarenta y seis años y tú dieciséis —añadió, y se echó a reír—. Siempre ha querido trabajar en el mundo de la edición, y en cierto modo lo hace. Tiene una empresa de transporte que se encarga del reparto de los periódicos.»

Jake se preguntó si la gente se daba cuenta de que, bajo su apariencia tímida y complaciente, Amy era una mujer con un gran sentido del humor y muy audaz.

Amy lo saludó con una sonrisa tímida.

—Hola, Jake.

—Hola, Amy. Me pasaba para ver si se sabe ya algo de Laura Wilcox.

—Nada de nada. —En ese momento sonó el teléfono que tenía al lado—. Recepción, le habla Amy —susurró. Jake la observaba, y vio que la expresión le cambiaba—. ¡Señorita Wilcox!

Jake se inclinó sobre el mostrador e indicó a Amy que se apartara un poco el auricular de la oreja para que él pudiera oír también. Oyó que Laura decía que estaba con unos amigos, que no sabía cuándo volvería y que le guardaran la habitación, por favor.

Su voz no es la de siempre. Está preocupada. Le tiembla la voz, pensó.

La conversación solo duró veinte segundos. Cuando Amy colgó el auricular, ella y Jake se miraron.

—Esté donde esté, no lo está pasando muy bien —dijo él, categórico.

—Puede que solo tenga resaca —apuntó Amy—. El año pasado leí un artículo sobre ella en la revista *People* y decía que había estado en rehabilitación por un problema con la bebida.

—Supongo que eso lo explicaría —concedió él. Se encogió de hombros. Adiós a mi gran historia, pensó—. ¿Adónde crees que ha ido, Amy? Has estado de servicio todo el fin de semana. ¿Te fijaste en si frecuentó la compañía de alguien en particular?

Las enormes gafas de Amy Sachs se movieron sobre su nariz cuando frunció el ceño.

—La vi cogida del brazo del doctor Fleischman un par de veces —explicó—. Y él fue el primero en dejar el hotel el domingo por la mañana, antes de la comida de despedida en Stonecroft. Quizá la había dejado recuperándose de la borrachera en algún sitio y tenía prisa por volver con ella. —Amy abrió un cajón y sacó una tarjeta de visita—. Le prometí a ese policía, Deegan, que le llamaría en cuanto supiera algo de la señorita Wilcox.

—Yo me voy —dijo Jake—. Nos vemos. —Se despidió con la mano y se dirigió a la puerta principal mientras ella marcaba el número. Cuando estuvo fuera, se quedó unos momentos indeciso y echó a andar hacia su coche, pero enseguida se dio la vuelta y volvió a recepción.

—¿Has conseguido hablar con el señor Deegan? —preguntó.

—Sí. Le he dicho que había llamado. Él ha dicho que era una buena noticia y que le avisara en cuanto volviera a por sus cosas.

—Eso es lo que me temía. Amy, dame el teléfono de ese Sam Deegan.

Ella pareció asustada.

—¿Por qué?

—Porque creo que Laura Wilcox estaba asustada, no borracha. Y creo que el señor Deegan tendría que saberlo.

—Si alguien se entera de que te he dejado escuchar la llamada, podría perder mi trabajo.

—No, no lo perderás. Diré que te arrebaté el auricular cuando mencionaste su nombre y lo volví para poder oír. Amy, cinco de las amigas de Laura están muertas. Si alguien la está reteniendo contra su voluntad, es posible que no le quede mucho tiempo.

Sam Deegan acababa de hablar con Jean por teléfono cuando recibió la llamada de la recepcionista del Glen-Ridge. Su primer pensamiento fue que Laura Wilcox tenía que ser muy egoísta para no haber asistido al servicio en memoria de su amiga muerta, haber preocupado de esa forma a sus amigos y haber hecho perder al chófer de la limusina un viaje por no molestarse en cancelar el servicio. Pero incluso entonces tuvo la inquietante sensación de que había algo sospechoso en lo que Laura había contado a la recepcionista, y en el hecho de que esta hubiera dicho que parecía nerviosa o borracha.

La llamada de Jake Perkins reforzó esta impresión, sobre todo porque el joven insistió en que, por la voz, Wilcox parecía asustada.

—Entonces ¿estás de acuerdo con la señorita Sachs en que la llamada de Laura Wilcox se ha hecho a las diez treinta? —le preguntó Sam.

—Sí, a las diez y media exactamente —confirmó él—. ¿Está pensando en localizar la llamada, señor Deegan? Si utilizó su móvil, se podría averiguar desde qué zona se ha hecho, ¿verdad?

—Sí, eso es —contestó Sam, irritado. Ese crío era un sabelotodo. Pero solo quería ayudar, así que Sam decidió darle una oportunidad.

—Con mucho gusto estaré atento a cualquier novedad —afirmó el chico con voz alegre. Pensar que Laura Wilcox podría estar en peligro y que él estaba ayudando en la investigación le hacía sentirse importante.

—Sí, hazlo —repuso Sam y, de mala gana, añadió—: Y gracias, Jake.

Sam apretó el botón de finalizar llamada de su móvil, se sentó y bajó las piernas de la cama. Sabía que, al menos durante las próximas horas, era impensable que se pusiera a dormir. Tenía que avisar a Jean de que Laura había llamado al hotel, y conseguir una orden del juez para comprobar el registro de llamadas del hotel. Sabía que el Glen-Ridge tenía servicio de identificación de llamadas. Cuando tuviera el número, tendría que acudir a la compañía telefónica para averiguar el nombre del usuario y la localización de la antena que había transmitido la llamada.

Seguramente el juez más próximo del condado de Orange con autoridad para emitir esa orden era el juez Hagen, de Goshen. Cuando estaba llamando a la oficina del fiscal del distrito para pedirle su número, se dio cuenta de que el hecho de que hubiera decidido perturbar el sueño de un juez de reconocido mal genio, en lugar de esperar a la mañana para empezar a buscar a la desaparecida, indicaba claramente hasta qué punto le inquietaba la suerte de Laura.

39

Jean puso el volumen de su móvil al máximo, porque tenía miedo de no oírlo si llamaban mientras dormía. Sam había insinuado que la persona que estaba amenazándola con el asunto de Lily posiblemente iría un paso más allá y la llamaría. «Esperemos que se trate de dinero —le había dicho—. Alguien quiere hacerle creer que Lily está en peligro. Esperemos que su siguiente movimiento sea hablar con usted. Si lo hace, podremos localizar la llamada.»

De alguna forma, había conseguido tranquilizarla un poco. «Jean, si deja que el miedo la domine, se convertirá en su peor enemigo. Me ha dicho que no contó a nadie lo de su embarazo y que en Chicago utilizó el apellido de soltera de su madre. Sin embargo, alguien lo descubrió. Puede que lo haya averiguado hace poco, o hace diecinueve años y medio, cuando la niña nació. ¿quién sabe? Debe poner todo lo que pueda de su parte. Trate de recordar si vio a alguien en la consulta del doctor Connors cuando la visitó, una enfermera o una secretaria que pudiera sospechar por qué estaba allí y fuera lo bastante metijona para averiguar dónde fue a parar la niña. No lo olvide, se ha convertido usted en una persona famosa, ha escrito un *best seller*. En las entrevistas que le han hecho se ha mencionado el nuevo contrato que le ha ofrecido su editor. Quizá ese alguien con acceso a Lily quiere hacerle chantaje amenazando a su hija. Por la mañana iré a ver al párroco de Saint Thomas, y usted me hará una lista con el nombre de todas las personas con las que entabló algún tipo de relación en aquella época, sobre todo si podían tener acceso a su historial médico.»

Los razonamientos de Sam tuvieron el efecto de aplacar su pánico. Después de hablar con él, Jean se sentó a la mesa con un bolígrafo y un cuaderno, y en la primera página escribió: «Consulta del doctor Connors».

La enfermera era una mujer recia y alegre de unos cincuenta años, recordó. Peggy. Sí, ese era el nombre. El apellido era irlandés y empezaba por K. Kelly... Kennedy... Keegan... Ya me acordaré. Sé que me acordaré.

Era un principio.

El estridente timbrazo del móvil la sobresaltó. Al cogerlo, Jean miró el reloj. Eran casi las once. Laura, pensó, quizá haya vuelto.

Cuando Sam le dijo que Laura había llamado al hotel hubiera debido tranquilizarse, pero Jean notó la preocupación en su voz.

—No está convencido de que esté bien ¿verdad? —preguntó.

—Todavía no, pero al menos ha llamado.

Lo que significa que aún está viva, pensó Jean. Eso es lo que ha querido decir. Midió las palabras para preguntar:

—¿Cree que existe algún motivo por el que Laura no pueda volver?

—Jean, si la he llamado es porque quería tranquilizarla, pero le seré sincero. El hecho es que las dos personas que la oyeron cuando telefoneó dicen que parecía nerviosa. De las chicas que se sentaban juntas a la mesa del comedor Laura y usted son las únicas que siguen con vida. Hasta que sepamos exactamente dónde y con quién está, quiero que tenga mucho, mucho cuidado.

40

Laura sabía que iba a matarla. La única duda era cuándo. Aunque resultara increíble, se había quedado dormida después de que él se fuera. La luz se colaba a través de las persianas cerradas, así que debía de ser de día. ¿Estamos a lunes o a martes?, se preguntó mientras trataba de no despertar del todo.

El sábado por la noche, cuando llegaron allí, él había servido champán y habían brindado. A continuación él dijo: «Dentro de poco será Halloween. ¿Quieres ver la máscara que me he comprado?». Acto seguido se puso una máscara de búho. Unos ojos enormes, con una gran pupila negra en un iris de un amarillo enfermizo, bordeados de plumas grisáceas que se volvían de un marrón muy oscuro en torno al pico afilado. Yo me reí, recordó Laura, porque pensé que era lo que él esperaba. Pero intuí que algo le había pasado... que había cambiado. Incluso antes de que se quitara la careta y me aferrara de las manos, supe que estaba atrapada.

La había arrastrado al piso de arriba, atado manos y pies, y puesto una mordaza en la boca, aunque se aseguró de dejarla lo bastante suelta para que no se ahogara. Luego le pasó una cuerda por la cintura y la sujetó a la estructura de la cama. «¿Has leído *Queridísima mamá*? —le preguntó—. Joan Crawford solía atar a sus hijos a la cama para asegurarse de que no se levantaban por la noche. Ella lo llamaba "dormir seguro".»

Entonces le hizo repetir la frase del búho en el árbol, la de la obra que representaron en primaria. Le hizo repetirla una y otra vez, y luego la obligó a imitar a las chicas de la mesa del comedor riéndose de él. Y, cada vez, Laura veía la rabia asesina en sus ojos. «Todas os reíais de mí —dijo—. Te desprecio, Laura. Verte me da náuseas.»

Cuando se fue, dejó expresamente su móvil encima del tocador. «Piensa, Laura. Si lograras llegar a ese teléfono, podrías pedir ayuda. Pero no lo hagas. Si tratas de desprenderte de las cuerdas lo único que conseguirás es apretarlas. Créeme.»

Aun así, ella lo intentó, y ahora las muñecas y los tobillos le dolían terriblemente. Tenía la boca seca. Trató de mojarse los labios. Su lengua tocó la tela áspera del calcetín con el que le había tapado la boca, y notó el sabor de la bilis en la garganta. Si le daban arcadas se ahogaría. Oh, Dios, por favor, ayúdame, pensó tratando de reprimir las náuseas.

La primera vez que él volvió, había algo de luz en la habitación. Debió de ser el domingo por la tarde, supuso. Me desató las muñecas y me dio sopa y un panecillo. Y me dejó ir al cuarto de baño. Luego tardó mucho en volver. Estaba tan oscuro que seguro que era de noche. Fue cuando me obligó a hacer la llamada. ¿Por qué me está haciendo esto? ¿Por qué no se limita a matarme y acaba de una vez?

Notó que se le despejaba la cabeza. Trató de mover las manos y los tobillos, y la sensación general de malestar se convirtió en un intenso dolor. Sábado por la noche. Domingo por la mañana. Domingo por la noche. Debía de ser lunes por la mañana. Se quedó mirando el móvil. No podría alcanzarlo de ninguna forma. Si la obligaba a llamar otra vez, ¿debía arriesgarse y gritar su nombre?

Imaginó la almohada apagando el sonido de las palabras antes de que salieran de su garganta, apretándole las fosas nasales y la boca, asfixiándola. No puedo, pensó. No puedo. Tal vez si no le pongo nervioso alguien se dará cuenta de que estoy en apuros y me buscará. Pueden rastrear una llamada hecha desde un móvil. Lo sé. Y averiguar de quién es el móvil.

Aquella era su única esperanza, pero la alivió un poco. Jean, pensó. También quiere matarla. Dicen que se pueden comunicar los pensamientos. Trataré de mandarle los míos a Jean. Cerró los ojos y recordó la imagen de Jean en la cena, con su traje de noche azul marino. Moviendo los labios bajo la mordaza, empezó a pronunciar el nombre de su secuestrador en voz alta.

—Jean, estoy con él. Él mató a las otras. Va a matarnos. Ayúdame, Jean. Estoy en mi antigua casa. ¡Encuéntrame, Jean! —Y pronunció el nombre de su captor una y otra vez.

—Te he prohibido que uses mi nombre.

No le había oído entrar. Incluso con la mordaza en la boca, el grito de Laura rompió el silencio de aquella habitación que fue suya los primeros dieciséis años de su vida.

41

El lunes por la mañana, hacia el amanecer, Jean cayó por fin en un sueño profundo pero irregular y tuvo pesadillas nebulosas, llenas de situaciones apremiantes e inevitables que le hacían recuperar momentáneamente la conciencia. Cuando despertó, le sorprendió ver que casi eran las nueve y media.

Pensó en pedir que le subieran el desayuno, pero ni siquiera le apetecía tomar un par de tostadas y un café en aquella habitación. Le resultaba sofocante y deprimente, y los colores mortecinos de las paredes, la colcha y las cortinas hicieron que deseara poder estar en su cómoda casa de Alexandria. La había comprado hacía diez años, en una subasta pública, una vivienda de dos plantas de setenta años y estilo federal que había pertenecido a un tipo solitario durante cuarenta años. Estaba sucia, descuidada y llena de trastos, pero Jean se quedó prendada. Sus amigos trataron de disuadirla, le decían que aquello sería un pozo sin fondo, que le traería muchos problemas, pero ahora todos debían reconocer que se habían equivocado.

Detrás de los excrementos de los ratones, el papel roto de las paredes, la moqueta empapada, los grifos que goteaban y la cocina y el horno sucísimos, ella veía los techos altos, las ventanas enormes, las generosas habitaciones y la vista espectacular del Potomac, que en aquel entonces quedaba tapada por los árboles sin podar.

Así que fue a por todas. Compró la casa e hizo reparar el tejado. Después se ocupó personalmente de los pequeños arreglos: lijó las paredes, pintó y empapeló. Hasta pulió los suelos de parquet, otro punto inesperado a favor de la casa que descubrió cuando arrancó la moqueta raída.

Trabajar en ella tuvo un efecto terapéutico en mí, pensó mientras se duchaba, se lavaba el pelo y luego lo secaba con la toalla. Era el lugar con el que siempre soñé de pequeña. Su madre era alérgica a las flores y las plantas. Sin darse cuenta sonrió al pensar en el invernadero que tenía junto a la cocina, donde veía florecer las plantas a diario.

Los colores que había utilizado en la casa eran los que a ella le sugerían alegría y calidez: amarillos, azules, verdes y rojos. Ni una sola pared beige, le decían sus amigos bromeando. El adelanto que le habían dado de su último contrato le había permitido revestir de madera la biblioteca y el despacho, además de remodelar la cocina y los baños. Su casa era su refugio, su mayor logro. Y, como no estaba lejos de Mount Vernon, le puso el divertido nombre de Mount Vernon Junior.

Estar en aquel hotel, incluso dejando a un lado la angustia de saber que tenía que encontrar a Lily, le había hecho revivir el doloroso recuerdo de los años que pasó en Cornwall. Sentirse otra vez como la jovencita cuyos padres eran el hazmerreír de la ciudad.

Le hacía recordar lo que fue estar desesperadamente enamorada de Reed y tener que ocultar el dolor que le produjo su muerte. Durante todos estos años me he preguntado si hice mal al separarme de Lily, pensó, pero, ahora que he vuelto, empiezo a entender que, sin la ayuda de mis padres, hubiera sido prácticamente imposible que la retuviera a mi lado y la cuidara como es debido.

Mientras se secaba y cepillaba el pelo, se dio cuenta de que creía lo que había dicho Sam Deegan: que la persona que amenazaba a Lily solo quería dinero.

—Jean —le había dicho—, piénselo. ¿Hay alguna persona que tenga motivos para querer hacerle daño? ¿Ha conseguido alguna vez un puesto que quisiera otro? ¿Alguna vez ha hecho una putada a alguien, como dirían los jóvenes?

—Nunca —contestó ella sinceramente.

De alguna forma, Sam había logrado convencerla de que la persona que se había puesto en contacto con ella pronto pediría dinero. Si realmente se trata de dinero, pensó, significa que alguien de la zona supo que yo estaba embarazada y averiguó quién había adoptado a mi hija. Y, teniendo en cuenta toda la publicidad que se ha hecho sobre la reunión de ex alumnos y mi papel de homenajeada, quizá esa persona decidió que era el momento de sacar provecho de la información.

Mientras se miraba al espejo, vio que estaba muy pálida. Normalmente no se maquillaba mucho de día, pero esta vez se aplicó colorete en las mejillas y eligió un tono más intenso para los labios.

Como sabía que seguramente tendría que quedarse algunos días en Cornwall, había traído varias mudas de repuesto. Decidió ponerse un jersey de cuello vuelto de color arándano, uno de sus favoritos, con un pantalón gris oscuro.

La determinación de buscar a Lily activamente había eliminado en parte la terrible sensación de impotencia. Se puso unos pendientes y se pasó por última vez el cepillo por el pelo. Luego lo dejó en el tocador; tenía el mismo tamaño y la misma forma que el que había recibido por correo con los cabellos de Lily.

En aquel momento, el nombre de la enfermera que trabajaba en la consulta del doctor Connors le vino a la cabeza: Peggy Kimball.

Jean abrió de un tirón el cajón de la mesita de noche y sacó la guía telefónica. Tras una rápida ojeada descubrió que había varios Kimball, pero decidió probar primero con los que aparecían como «Kimball, Stephen y Margaret». No era demasiado temprano para llamar. Una voz de mujer le habló desde el contestador: «Hola. Steve y Peggy no están en casa. Por favor, cuando oiga la señal, deje su mensaje y su número de teléfono, y nosotros le llamaremos».

¿Se puede recordar una voz después de veinte años o es solo que necesito creer que la recuerdo?, pensó Jean mientras buscaba cuidadosamente las palabras. «Peggy, soy Jean Sheridan. Si hace veinte años trabajaba de enfermera en la consulta del doctor Connors es muy importante que hable con usted. Por favor, llámeme a este número lo antes posible.»

Ya que estaba con la guía telefónica, decidió buscar por la C. Si no hubiera muerto, el doctor Connors tendría al menos setenta y cinco años. Lo más probable es que su mujer tuviera más o menos la misma edad. Sam Deegan iba a preguntarle al párroco de Saint Thomas por ella, pero quizá podría encontrarla en el listín. En aquel entonces el doctor vivía en Winding Way; había una tal Dorothy Connors en Winding Way. Jean marcó el número esperanzada. Contestó una voz argentina. Cuando colgó el auricular unos minutos después, Jean tenía una cita en casa de la señora Dorothy Connors a las once y media de la mañana.

42

El lunes por la mañana, a las diez y media, Sam Deegan estaba en la oficina de Rich Stevens, el fiscal del distrito del condado de Orange, poniéndole al corriente sobre la desaparición de Laura Wilcox y las amenazas a Lily.

—Conseguí la orden para comprobar el registro de llamadas del Glen-Ridge a la una de la noche —dijo—. Tanto la recepcionista como ese crío de Stonecroft estuvieron de acuerdo en que era Laura Wilcox quien llamaba, pero también dijeron que parecía nerviosa. Según el registro del hotel, la llamada se efectuó desde un novecientos dieciséis, así que sabemos que se trata de un móvil. Al juez no le hizo mucha gracia que lo despertara en plena noche.

»Conseguí la orden para averiguar el nombre y la dirección del propietario, pero he tenido que esperar hasta que han abierto las oficinas de la compañía de teléfonos, a las nueve.

—¿Y qué has descubierto? —preguntó Stevens.

—Algo que confirma que Laura Wilcox tiene problemas. El teléfono era uno de esos que se compran con un saldo de cien minutos y luego se tiran.

—De los que utilizan los traficantes y los terroristas —observó Stevens.

—O, en este caso, un posible secuestrador. El repetidor está en Beacon, en el condado de Dutchess, y ya sabe que cubre un área muy extensa. Ya he hablado con nuestros técnicos y me han dicho que hay otras dos centrales en Woodbury y New Windsor. Si vuelve a llamar, podemos acotar la zona y descubrir desde dónde se efectúa la llamada. También podríamos hacerlo si el teléfono estuviera encendido, pero por desgracia lo han apagado.

—Yo nunca apago mi móvil —comentó Stevens.

—Yo tampoco. La mayoría de la gente no lo hace. Otra razón para pensar que alguien obligó a Laura Wilcox a hacer esa llamada. Ella tiene su móvil registrado a su nombre. ¿Por qué no utilizó el suyo y por qué lo tiene apagado? —A continuación propuso lo que debían hacer—. Quiero un informe sobre todos los graduados que asistieron a la reunión —dijo—, hombres y mujeres. Muchos no habían estado aquí desde hacía veinte años. Quizá descubramos algo en el pasado de alguno de ellos, alguien que tenga un historial violento o que haya estado recluido en algún tipo de centro. Quiero ponerme en contacto con los familiares de las cinco mujeres fallecidas para saber si hubo algo sospechoso en sus muertes. También estamos tratando de localizar a los padres de Laura. Están en un crucero.

—Cinco de las mujeres que compartían esa mesa están muertas y una ha desaparecido —dijo Stevens con incredulidad—. Si no se ha encontrado nada sospechoso es porque pasó inadvertido. Si fuera tú, empezaría por el último caso. Está tan reciente que si la policía de Los Ángeles se entera de lo de las otras mujeres quizá se lo pensarán dos veces antes de calificar la muerte de Alison Kendall de accidental. Pediremos los informes policiales de los otros casos.

—La oficina de Stonecroft nos mandará una lista de los graduados que asistieron a la reunión, y una lista de las personas que acudieron a la cena de gala —explicó Sam—. Tienen la dirección y el teléfono de todos los graduados y de parte de las personas de la localidad que asistieron. Por supuesto, algunos reservaron mesa pero no dieron su nombre, así que tardaremos un tiempo en averiguar quiénes eran. —Sam estaba agotado, y no pudo contener un bostezo.

Rich Stevens no propuso a su investigador más veterano que durmiera un poco, lo que demostraba que Sam le había transmitido la sensación de apremio que sentía. En vez de eso, le dijo:

—Que te ayuden algunos agentes con la investigación, Sam. ¿Adónde vas ahora?

Sam esbozó una sonrisa triste.

—Tengo una cita con un párroco —contestó—. Y espero que sea él quien se confiese.

43

El descubrimiento del cuerpo de Helen Whelan se convirtió en un reclamo para los medios de comunicación. Ya se había informado ampliamente de la desaparición de la popular maestra de cuarenta y ocho años, pero la confirmación de que había sido asesinada tuvo una gran repercusión, porque había suscitado la alarma en las pequeñas poblaciones del valle del Hudson.

El hecho de que el perro hubiera sido atacado salvajemente y que la víctima aún llevara su correa alrededor de la muñeca cuando encontraron el cuerpo añadía truculencia a la posibilidad de que hubiera un asesino en serie en aquella zona empapada de historia y tradición.

El Búho había pasado la noche del domingo dormitando de forma intermitente. Después de su primera visita a Laura a las diez y media, consiguió descansar unas horas. Luego, la visita del amanecer le produjo la satisfacción de ver cómo se deshacía en súplicas temblorosas, pero, como él mismo le recordó, ella nunca tuvo piedad de él en la escuela. Después de esta segunda visita, pasó un buen rato bajo la ducha, con la esperanza de que el agua caliente aliviara el terrible dolor que sentía en el brazo. La herida que le había hecho el perro supuraba. Había entrado en la antigua farmacia donde solía ir de pequeño, pero salió enseguida. Quería comprar agua oxigenada, algún antibiótico y vendas, pero entonces se le ocurrió que los policías no tenían por qué ser idiotas. Quizá habían alertado a las farmacias locales por si alguien compraba ese tipo de producto.

Así que fue a un gran supermercado y compró artículos para afeitar, pasta de dientes, vitaminas, galletitas saladas, galletas y refrescos; luego, en un momento de inspiración, añadió también cosméticos, crema hidratante, loción corporal y desodorante. Y fue después cuando finalmente cogió lo que necesitaba: el agua oxigenada, las vendas y la pomada.

Ojalá no le diera fiebre. Se notaba el cuerpo caliente, y sabía que tenía el rostro encendido. Había cogido tantas cosas para despistar que al final se había olvidado de las aspirinas, pero eso era algo que podía comprar sin levantar sospechas en cualquier sitio. La mayor parte del tiempo, una buena parte del mundo está con dolor de cabeza, pensó, y sonrió ante la imagen que aquel razonamiento le evocó.

Subió el volumen del televisor. Estaban mostrando el escenario del crimen. Observó que el lugar parecía un cenagal. No lo recordaba así. Eso significaba que seguramente los neumáticos de su coche alquilado estaban cubiertos de barro. Lo más seguro sería dejarlo en el garaje de la casa donde hasta el momento había permitido a Laura seguir con vida. Alquilaría otro sedán negro, de precio moderado, tamaño medio, poco llamativo. Así, si por alguna razón alguien empezaba a curiosear y comprobaba los coches de los que habían asistido a la reunión, no sospecharía nada.

Cuando el Búho estaba escogiendo una chaqueta del armario, apareció en pantalla una noticia de última hora: «Joven reportero de la Academia Stonecroft de Cornwall-on-Hudson revela que la desaparición de la actriz Laura Wilcox podría estar relacionada con un criminal que él llama "el asesino de la mesa del comedor"».

44

—Monseñor, no se imagina lo importante que es lo que le pido —decía Sam Deegan a monseñor Robert Dillon, el párroco de la iglesia de Saint Thomas of Canterbury. Estaban en su despacho, en la rectoría. El cura, un hombre delgado con el pelo prematuramente cano y unas gafas sin montura que iluminaban sus ojos grises e inteligentes, estaba detrás de su escritorio. Los faxes que Jean había recibido estaban desplegados ante él. Sam, sentado frente al cura, estaba devolviendo el cepillo de Lily a la bolsa de plástico—. Como puede ver, la última comunicación nos hace pensar que la hija de la doctora Sheridan corre un grave peligro. Nuestra intención es localizar la partida de nacimiento, pero ni siquiera sabemos si la inscribieron aquí o en Chicago, que es donde nació —prosiguió Sam.

Incluso mientras lo decía, Sam intuyó que sería imposible descubrir nada de inmediato. Monseñor Dillon debía de tener poco más de cuarenta años. Evidentemente no estaba allí hacía veinte, cuando bautizaron a Lily, y seguro que los padres adoptivos la inscribieron con su apellido y otro nombre.

—Lo entiendo perfectamente, y estoy seguro de que usted entiende mi posición. Debo actuar con cautela —dijo el cura lentamente—. Mire, Sam, el problema es que la gente ya no siempre bautiza a los niños a las pocas semanas de nacer, ni siquiera unos meses después. Antaño se les bautizaba antes de las seis semanas. Ahora nos los traen incluso que ya gatean. No vemos esta tendencia con buenos ojos, pero está ahí, y estaba ahí hace veinte años. Esta es una parroquia bastante extensa y concurrida, y no solo se bautizan aquí nuestros feligreses, nos traen hasta a los nietos.

—Lo comprendo, pero quizá si se concentra en los tres meses siguientes al nacimiento de la niña, al menos podríamos seguir algunas pistas. La mayoría de la gente no esconde el hecho de haber adoptado, ¿no?

—No, lo normal es que se sientan orgullosos.

—Entonces, a menos que sean los propios padres adoptivos los que estén detrás de esos faxes, creo que querrían saberlo si su hija corre algún peligro.

—Sí, querrían saberlo. Haré que mi secretaria prepare esa lista. Pero comprenderá que, antes de dársela, tengo que ponerme personalmente en contacto con todas las personas que aparezcan y explicarles que una niña adoptada en aquella época podría estar en peligro.

—Monseñor, eso requiere tiempo, que es algo que no tenemos —protestó Sam.

—El padre Arella me ayudará. Mi secretaria hará las llamadas y, mientras yo hablo con una familia, ella alertará a la siguiente para que esperen mi llamada. No tardaré tanto.

—¿Y qué hay de las que no pueda localizar? Monseñor, esa joven puede correr un grave peligro.

Monseñor Dillon cogió un fax, y mientras lo estudiaba su semblante se llenó de preocupación.

—Sam, como dice, este último fax asusta un poco, pero debe entender que debemos ser cautos. Para protegernos de posibles problemas legales, consiga una orden. Así podremos entregarle los nombres inmediatamente. Pero le pido que me deje hablar con todas las personas que pueda de la lista.

—Gracias, señor. De momento no le robaré más tiempo.

Los dos se pusieron en pie.

—Se me acaba de ocurrir que su corresponsal debe de ser un buen conocedor de la obra de Shakespeare —comentó monseñor Dillon—. No hay muchas personas que hubieran sabido utilizar adecuadamente una cita tan oscura como la de los lirios.

—Yo también lo había pensado, monseñor —Sam hizo una pausa—. Por cierto, hay una pregunta que debería haberle hecho nada más llegar: ¿Sigue en la diócesis alguno de los párracos que había aquí cuando nació la niña?

—El padre Doyle era el ayudante del párroco, y murió hace años. Monseñor Sullivan era el párroco. Se fue a vivir a Florida con su hermana y su cuñado. Puedo darle la última dirección que tenemos de él.

—Si no le importa.

—La tengo aquí mismo, en el cajón de archivos. Puedo dársela ahora. —El hombre abrió el cajón, sacó una carpeta, miró en el interior y anotó un nombre, dirección y teléfono en un papel. Se lo entregó a Sam diciendo—: La viuda del doctor Connors pertenece a esta parroquia. Si lo desea, puedo llamarla y pedirle que le reciba. Quizá ella recuerde algo de esa adopción.

—Gracias, pero no será necesario. He hablado con Jean Sheridan antes de venir hacia aquí. Ha localizado a la señora Connors en la guía de teléfonos y seguramente ahora va camino de su casa.

Cuando se dirigían hacia la puerta, monseñor Dillon dijo:

—Sam, acabo de recordar una cosa. Alice Sommers también es una de nuestras parroquianas. ¿Es usted el investigador que ha continuado trabajando en el caso de su hija?

—Sí, soy yo.

—Me ha hablado de usted. Espero que sepa el consuelo que ha supuesto para ella saber que no ha dejado de buscar al asesino de Karen.

—Me alegra haberle sido de ayuda. Alice Sommers es una mujer valiente.

Ya habían llegado a la puerta.

—Esta mañana me he quedado horrorizado. He oído por la radio que habían encontrado el cadáver de una mujer que había salido a pasear a su perro —comentó monseñor Dillon—. ¿Está investigando su oficina ese caso?

—Sí.

—Sé que, al igual que en el caso de Karen Sommers, parece que el asesino eligió a su víctima al azar, y que también la apuñalaron.

Le va a parecer una tontería, pero ¿cree que hay alguna posibilidad de que los dos casos estén relacionados?

—Monseñor, Karen Sommers murió hace veinte años —dijo Sam con tiento. No quería reconocer que él también había considerado aquella posibilidad, sobre todo porque las puñaladas se habían dado en la misma zona del pecho.

El párroco meneó la cabeza.

—Supongo que es mejor que le deje a usted las investigaciones. Era una idea, nada más, y como usted estaba con el caso de Karen Sommers, he pensado que debía decírselo. —Abrió la puerta y estrechó la mano de Sam—. Que Dios le bendiga, Sam. Rezaré por Lily y le entregaré esa lista lo antes posible.

—Gracias, señor. Rece por Lily y, ya que está, tenga también presente a Laura Wilcox.

—¿La actriz?

—Sí, sospechamos que también está en peligro. Nadie la ha visto desde el sábado por la noche.

Monseñor Dillon se quedó mirando la espalda de Sam cuando se alejaba. Laura Wilcox estuvo en la reunión de Stonecroft, pensó con incredulidad. ¿También le ha pasado algo a ella? Dios, ¿qué está ocurriendo?

Con una ferviente y silenciosa oración por la seguridad de Lily y Laura, monseñor Dillon volvió a su despacho y marcó el número de su secretaria.

—Janet, por favor, deje todo lo que esté haciendo y saque los registros de los bautizos de hace diecinueve años, de marzo hasta junio. En cuanto vuelva el padre Arella, dígale que tengo un trabajo para él, que cancele todos los compromisos que tenga para hoy.

—Por supuesto, monseñor. —Janet colgó el auricular y miró con deseo el sándwich de queso gratinado y beicon y el termo de café que acababan de dejarle en su despacho. Apartó su silla de la mesa y se puso en pie de mala gana, musitando—: Señor, por la voz que tenía cualquiera diría que es un asunto de vida o muerte.

45

Dorothy Connors era una frágil septuagenaria que, nada más verla, Jean supo que padecía de artritis reumatoide. Se movía muy despacio y tenía las articulaciones de los dedos hinchadas. Su rostro tenía arrugas de dolor, y llevaba el pelo cano muy corto, seguramente, pensó Jean, porque para ella levantar los brazos para peinarse suponía un terrible esfuerzo.

Su casa era una de las codiciadas propiedades que daban al Hudson. Invitó a Jean a acompañarla a la galería que había junto a la sala de estar, donde, según le explicó, pasaba la mayor parte del día.

Sus vivaces ojos marrones se iluminaron cuando habló de su marido.

—Edward era el hombre, esposo y médico más maravilloso que ha habido nunca sobre la capa de la tierra —dijo—. Fue ese terrible incendio lo que lo mató, perder su consulta y sus archivos. Le provocó un infarto.

—Señora Connors, por teléfono ya le he explicado que he recibido amenazas contra mi hija. Ahora tendrá diecinueve años y medio. Necesito desesperadamente encontrar a sus padres adoptivos y advertirles del peligro que corre. Yo vivía aquí. Por favor, ayúdeme. ¿Le habló el doctor Connors de mí? Hubiera sido comprensible. Mis padres eran el hazmerreír del pueblo, siempre peleándose en público, y solo permanecieron juntos el tiempo necesario para mandarme a la universidad. Por eso su marido entendió enseguida que no podía acudir a ellos en busca de ayuda. Él lo arregló todo y me buscó una excusa para que fuera a Chicago. Hasta fue allí y me asistió durante el parto en la sala de urgencias de la clínica.

—Sí, hizo eso por varias chicas. Quería ayudarlas a preservar su intimidad. Jean, hace cincuenta años no era fácil para una chica tener un hijo fuera del matrimonio. ¿Sabía que a Ingrid Bergman la denunciaron ante el Congreso porque dio a luz a una hija ilegítima? Las normas de comportamiento cambian, para bien o para mal, eso depende de cómo se mire. Hoy en día a nadie le extraña que una mujer tenga y eduque a un hijo sin estar casada, pero mi marido era un poco anticuado. Hace veinte años le preocupaba muchísimo proteger la intimidad de las jóvenes embarazadas, incluso de mí. Hasta que me lo ha dicho, no sabía que fue usted paciente suya.

—Pero usted conocía a mis padres.

Dorothy Connors se quedó mirando a Jean un buen rato.

—Sabía que tenían problemas. Los veía en la iglesia y hablaba con ellos algunas veces. En mi opinión, querida mía, usted solo recuerda los malos momentos. También eran personas atractivas e inteligentes que, por desgracia, no estaban hechas para estar juntas.

Jean se sintió como si la estuvieran reprendiendo y notó que se ponía a la defensiva.

—Eso se lo puedo asegurar —dijo, con la esperanza de que la ira que sentía no se le notara en la voz—. Señora Connors, aprecio que me haya permitido visitarla tan precipitadamente, pero voy a ir al grano. Mi hija podría correr un grave peligro. Sé que guarda usted la memoria de su marido con gran celo, pero si sabe algo sobre el destino de mi hija creo que, por el bien de las dos, debería ser sincera.

—Le juro ante Dios que Edward jamás habló conmigo de las pacientes que estaban en su situación, y jamás le oí mencionar su nombre.

—¿No tenía ninguna clase de registros en casa? ¿Todos sus registros de la consulta han desaparecido?

—Sí, han desaparecido. El edificio entero quedó destruido, y por eso se sospecha que el incendio fue provocado, aunque nunca se pudo demostrar. Desde luego, no se salvó ningún documento.

Era evidente que Dorothy Connors no podía ayudarla. Jean se puso en pie para irse.

—Recuerdo que Peggy Kimball era la enfermera de la consulta de su marido cuando fui a visitarlo. Le he dejado un mensaje y espero que me llame. Quizá ella sepa algo. Gracias, señora Connors. Por favor, no se levante. Encontraré la puerta.

Tendió la mano a Dorothy Connors y le asombró ver que la expresión de su rostro solo podía describirse como de extrema alarma.

46

Mark Fleischman se registró en el Glen-Ridge a la una en punto, dejó su maleta, llamó a la habitación de Jean, donde nadie contestó, y luego bajó al comedor. Le complació ver que Jean estaba sentada sola a una mesa de un rincón. Se dirigió hacia ella a grandes zancadas.

—¿Esperas a alguien o puedo acompañarte? —preguntó, y entonces reparó en su expresión sombría, que Jean sustituyó enseguida por una sonrisa cordial.

—¡Mark, no esperaba verte! Por supuesto, siéntate. Estaba a punto de pedir algo de comer, y no, no espero a nadie.

—Entonces considérate acompañada. —Se instaló en la silla que había frente a ella—. Dejé la cartera con el móvil en el maletero por error y no oí tu mensaje hasta que me puse a deshacer las maletas anoche. He llamado al hotel hoy a primera hora y la operadora me ha dicho que Laura no ha vuelto y que la policía estaba comprobando el registro de llamadas. Así que he decidido cambiar mi agenda y volver. He venido en avión y luego he alquilado un coche.

—Ha sido muy amable por tu parte —dijo Jean sinceramente—. Estamos muy preocupados por Laura. —A continuación le hizo un rápido resumen de lo que había pasado desde que se fue el día anterior después de la comida.

—¿Dices que volviste al hotel con Sam Deegan, el hombre con el que te vi tomando algo la otra noche, y cuando supiste que Laura no había vuelto puso en marcha una investigación? —preguntó Mark.

—Sí —respondió ella, consciente de que Mark tenía curiosidad por saber por qué motivo estaba con Sam Deegan—. Sam vino conmigo al hotel porque iba a darle algo que nuestra amiga Alice Sommers quería ver.

Alice quería ver los faxes, se dijo, así que no es del todo mentira. Cuando vio la mirada de preocupación de Mark tuvo ganas de contarle lo de Lily, preguntarle si como psiquiatra pensaba que las amenazas iban en serio o si se trataba solo de asustarla para sacarle dinero.

—¿Quieren la carta? —gorjeó la camarera.

—Sí, gracias.

Los dos pidieron un sándwich de pan tostado con pavo, lechuga y mayonesa y un té.

—Café para el desayuno, té en la comida y un vaso de vino antes de la cena —comentó Mark—. Por lo que he visto, esa parece ser también tu costumbre, Jeannie.

—Sí, eso creo.

—Me he fijado en muchas cosas de ti este fin de semana y me han recordado los años que pasamos en Stonecroft.

—¿Por ejemplo?

—Bueno, siempre fuiste muy lista. Y muy reservada. Y recuerdo que eras muy dulce... y sigues siéndolo. Y me acordé de una vez, durante nuestro primer año, que yo estaba muy deprimido y tú fuiste muy amable.

—No me acuerdo.

—No voy a entrar en detalles, pero te portaste muy bien, y también te admiraba porque mantenías la cabeza bien alta cuando estabas preocupada por tus padres.

—No siempre. —Por dentro Jean se encogió, porque recordaba las veces que se había echado a llorar en clase a causa de la tensión por las peleas que veía en casa.

Mark continuó, y fue como si le hubiera leído el pensamiento.

—Un día, estabas muy nerviosa y quise dejarte un pañuelo, pero tú meneaste la cabeza y te frotaste con furia los ojos con un pañuelo de papel sucio. Quería ayudarte entonces y quiero ayudarte ahora. Cuando venía del aeropuerto, he oído por la radio que ese crío reportero que nos estuvo persiguiendo durante la reunión está hablando a los medios de lo que él llama «el asesino de la mesa de comedor». Si a ti no te preocupa esa posibilidad, a mí sí. Y, si Laura ha desaparecido, tú eres la única de la mesa que queda.

—Ojalá solo tuviera que preocuparme por eso —dijo Jean.

—Entonces ¿qué te preocupa? Vamos, Jean, dímelo. He estudiado para reconocer los síntomas del estrés en la gente, y si alguna vez he visto una persona estresada, esa eras tú la noche que te vi hablando con ese Sam Deegan, que por lo que acabas de decirme es investigador de la oficina del fiscal del distrito.

El ayudante de camarero estaba echando agua en los vasos. Eso le dio a Jean un momento para pensar. Recuerdo cuando Mark me ofreció su pañuelo, pensó. Estaba tan enfadada conmigo misma por llorar... y con él, por haberse dado cuenta. Él quiso ayudarme. Quiere ayudarme. ¿Debo contarle lo de Lily?

Vio que él la observaba, que esperaba a que se decidiera. Quiere que hable con él. ¿Debo hacerlo? Le devolvió la mirada. Es uno de esos hombres que están tan bien con gafas como sin ellas. El marrón de sus ojos es precioso. Con motitas de amarillo que recuerdan al sol.

Se encogió de hombros y arqueó las cejas.

—Me recuerdas a un profesor que tuve en la universidad. Cuando te hacía una pregunta, se te quedaba mirando fijamente hasta que contestabas.

—Eso es exactamente lo que estoy haciendo, Jean. Uno de mis pacientes lo llama mirada de búho sabio.

La camarera volvió a la mesa con los sándwiches.

—Y ahora mismo traigo el té —dijo alegremente.

Jean esperó hasta que lo hubo servido. Luego dijo:

—Tu mirada de búho sabio me ha convencido, Mark. Creo que voy a hablarte de Lily.

47

Lo primero que hizo Sam al llegar a la oficina fue llamar al fiscal del distrito de Los Ángeles y pedirle que le pusiera en contacto con Carmen Russo, la investigadora que había llevado el caso de la muerte de Alison Kendall.

—Se determinó que la muerte había sido a causa de un ahogamiento accidental, y es lo que seguimos pensando —le explicó Russo—. Sus amigos dicen que cada mañana se bañaba en la piscina muy temprano. La puerta de la casa estaba abierta, pero no se echó en falta nada. Había joyas muy caras en su tocador. Y en la cartera tenía quinientos dólares en efectivo y sus tarjetas de crédito. Era una mujer extremadamente ordenada. No había nada fuera de sitio, ni en la casa, ni en los jardines ni en la caseta de la piscina. La mujer gozaba de buena salud. Tenía el corazón sano. No había indicios de que tomara alcohol ni drogas.

—¿Algo que hiciera pensar en el uso de la fuerza?

—Un ligero moretón en el hombro, nada más. Sin otras pruebas, no basta para pensar en un homicidio. Tomamos fotografías, por supuesto, pero entregamos el cuerpo a la familia.

—Sí, lo sé. Sus cenizas están enterradas aquí, en el panteón familiar —dijo Sam—. Gracias, Carmen. —Se dio cuenta de que no quería cortar la conexión—. ¿Qué se ha hecho con la casa?

—Sus padres viven en Palm Springs. Son personas de edad avanzada. Por lo que sé, tienen un ama de llaves que se ocupará de la casa de la hija hasta que se mentalicen y se decidan a venderla en una subasta pública. No creo que necesiten el dinero. En esa zona, la casa debe de costar por lo menos dos millones de dólares.

Finalmente, Sam colgó, desanimado. Su instinto le decía que Alison Kendall no había tenido una muerte natural. Al señalar que las cinco mujeres muertas de la clase de Stonecroft compartían la misma mesa en el comedor, Jake Perkins había dado con algo. Sam estaba seguro. Pero si la muerte de Kendall no había levantado sospechas, ¿qué esperanza tenía de poder establecer una relación con la de las otras cuatro, que habían muerto en un intervalo de casi veinte años?

Su teléfono sonó... era Rich Stevens, el fiscal del distrito.

—Sam, gracias a ese bocazas de Perkins tenemos que ofrecer una rueda de prensa para hacer alguna declaración. Ven y ya pensaremos algo.

Cinco minutos después, en la oficina de Stevens, estaban buscando la mejor forma de aplacar las iras de la prensa.

—Es posible que estemos ante un asesino en serie. Tenemos que hacer que el tipo se sienta seguro —argumentó Sam—. Decimos lo que hay. La muerte de Alison fue resultado de un ahogamiento accidental. Incluso sabiendo que otras cuatro mujeres que fueron muy amigas en otro tiempo han muerto, la policía de Los Ángeles no ha encontrado nada sospechoso en su muerte. Laura Wilcox llamó al hotel para decir que no sabía cuándo volvería. Lo de que estaba nerviosa no es más que una conjetura de la empleada del hotel. Laura Wilcox es una mujer adulta y tiene derecho a su intimidad. Estamos haciendo averiguaciones sobre la muerte de las otras cuatro mujeres que compartieron mesa en el comedor hace años, pero es obvio que los accidentes que acabaron con sus vidas, o en el caso de Gloria Martin, su suicidio, no siguen un patrón que indique que fueran víctimas de un asesino en serie.

—Creo que una declaración como esa nos haría parecer bastante ingenuos —dijo Rich Stevens, categórico.

—Es que quiero que parezcamos ingenuos —repuso Sam—. Quiero que quien sea que tenemos ahí fuera piense que somos un puñado de ineptos. Si Laura sigue con vida, no me gustaría que su captor se asustara antes de que tengamos ocasión de salvarla.

Alguien dio un toquecito en la puerta. Era uno de los nuevos investigadores del equipo, un joven, y estaba visiblemente exaltado.

—Señor, estamos revisando los expedientes de los alumnos que asistieron a la reunión en Stonecroft y creo que hemos encontrado algo sobre un tal Joel Nieman.

—¿Qué ocurre con él? —preguntó Stevens.

—Cuando estaba en el último curso le interrogaron por un incidente que hubo con la taquilla de Alison Kendall. Alguien había quitado las bisagras, y cuando ella abrió la puerta se le cayó encima. Tuvo una contusión leve.

—¿Y por qué sospecharon de él? —preguntó Sam.

—Porque estaba muy enfadado por algo que ella había escrito en el periódico del instituto. Los alumnos de último curso representaron *Romeo y Julieta*. Nieman hacía de Romeo y Kendall escribió un comentario muy desagradable porque no fue capaz de recordar el diálogo. Él se enorgullecía de memorizar los textos de Shakespeare, y se dedicó a ir por la escuela diciendo lo que le gustaría hacerle a Kendall. Dijo a todo el mundo que durante un par de segundos había sentido miedo escénico, que no tenía nada que ver con que pudiera o no pudiera recordar el diálogo. Y poco después pasó lo de la taquilla.

»Y hay más. Tiene muy mal carácter y un par de veces lo han arrestado por peleas de bar. El año pasado casi lo acusan por ciertas prácticas muy imaginativas con la contabilidad, y su mujer está fuera casi siempre, como ahora.

Tanto monseñor Dillon como yo reparamos en que la persona que se ha puesto en contacto con Jean citó un oscuro soneto de Shakespeare, pensó Sam.

Se puso en pie.

—Romeo, Romeo, ¿dónde estáis, Romeo?

Rich Stevens y el joven investigador se lo quedaron mirando.

—Eso es exactamente lo que voy a averiguar. Entonces veremos qué otros versos de Shakespeare es capaz de recitarnos Joel Nieman.

48

A las seis y media, el Búho volvió a la casa y subió sigilosamente por las escaleras. Esta vez, era evidente que Laura había intuido su presencia o le esperaba, porque cuando entró en la habitación y la enfocó con la linterna, vio que ya estaba temblando.

—Hola, Laura —susurró—. ¿Te alegras de que haya vuelto?

La respiración de Laura era trabajosa y superficial. El Búho observó cómo se pegaba al colchón.

—Laura, debes contestarme. Espera, te aflojaré la mordaza. No, mejor, te la quitaré. Te he traído algo de comer. Bueno, ¿te alegras de que haya vuelto?

—S-sí, me alegro —dijo ella en un susurro.

—Laura, estás tartamudeando. Me sorprendes. Tú ridiculizas a la gente que tartamudea. Enséñame cómo la ridiculizas. No, déjalo. No puedo quedarme mucho. Te he traído un sándwich de mermelada y mantequilla de cacahuete y un vaso de leche. Cuando estábamos en primaria comías eso todos los días. ¿Te acuerdas?

—Sí... sí.

—Me alegra que te acuerdes. Es importante que no olvidemos el pasado. Ahora te dejaré que vayas al baño. Luego podrás comerte el sándwich y beberte la leche.

Con un rápido movimiento, la sentó sobre la cama y le cortó las cuerdas de las muñecas. Lo hizo tan deprisa que Laura se tambaleó y tendió la mano. Sin darse cuenta se aferró al brazo del Búho.

Él jadeó de dolor y cerró el puño con fuerza, como si fuera a golpearla, pero se contuvo.

—No podías saber que me duele mucho el brazo, así que no te lo tendré en cuenta. Pero no vuelvas a tocarlo. ¿Lo has entendido?

Laura asintió.

—Levántate. Cuando salgas del baño, dejaré que te sientes en la silla para comer.

Con paso vacilante, Laura obedeció. La luz de emergencia del baño le permitió ver los grifos del lavamanos y abrirlos. Con un gesto rápido, se lavó la cara y las manos y se alisó el pelo. *Si consigo mantenerme con vida... Seguro que me están buscando,* pensó. *Por favor, Dios, que me estén buscando.*

El pomo de la puerta del baño giró.

—Laura, ya es la hora.

¡La hora! ¿Es que la iba a matar ya? Dios... por favor...

La puerta se abrió. El Búho señaló la silla que había ante el tocador. Laura fue arrastrando los pies, sin decir nada, y se sentó.

—Adelante —la apremió—. Come. —Cogió la linterna y enfocó el cuello de Laura, para poder observar su expresión sin deslumbrarla. Le complació ver que estaba llorando otra vez—. Laura, estás muerta de miedo, ¿verdad? Y apuesto a que te has estado preguntando cómo sé que me ridiculizabas. Deja que te cuente una historia. Este fin de semana hará veinte años que un grupo de ex alumnos vinimos a Cornwall desde nuestras respectivas universidades y nos reunimos una noche. Hubo una fiesta. Bien, como ya sabes, yo nunca me integré del todo. Al contrario. Pero por alguna razón me invitaron y tú estabas allí. La adorable Laura. Aquella noche, estabas sentada en el regazo de tu última conquista, Dick Gormley, nuestra antigua estrella del béisbol. Yo me consumía, Laura, porque seguía muy enamorado de ti.

»Alison también estaba en la fiesta, claro. Muy borracha. Se acercó a mí. Nunca me cayó bien. La verdad, me daba mucho miedo esa lengua que tenía, afilada como una navaja cuando la volvía contra ti. Alison me recordó que a principios del último curso yo había tenido la temeridad de pedirte que salieras conmigo. «Tú», me dijo con tono burlón, «el búho pidiendo a Laura que salga con él». Y entonces me hizo una demostración de cómo me imitabas cuando actué en la obra de primaria. «S-soy so-soy el b-b-búho y y y v-v-vivo en un un un...»

»Laura, tu imitación debía de ser soberbia. Alison me aseguró que las chicas de la mesa del comedor os moríais de risa cada vez que os acordabais. Y luego les recordabas que yo era tan tonto que hasta me mojé los pantalones antes de salir corriendo. Hasta eso tuviste que contarles.

Laura había estado dando mordisquitos al sándwich. Ahora el Búho vio que se le caía sobre la falda.

—Lo siento...

—Laura, veo que sigues sin entender que has vivido veinte años de prestado. Deja que te lo explique. La noche de la fiesta, yo también estaba borracho. Estaba tan borracho que olvidé que os habíais cambiado de casa. Aquella noche vine a matarte. Sabía que tu familia guardaba la llave de recambio debajo del conejo de piedra del patio. Los nuevos propietarios también la tenían allí. Entré en la casa y subí a esta habitación. Vi la melena esparcida sobre la almohada y pensé que eras tú. Laura, cometí un error cuando apuñalé a Karen Sommers. Te estaba matando a ti, Laura. ¡A ti!

»A la mañana siguiente me desperté con el vago recuerdo de haber estado aquí. Luego descubrí lo que había pasado y me di cuenta de que era famoso. —La voz del Búho se llenó de entusiasmo ante el recuerdo—. Yo no conocía a Karen Sommers. Nadie me hubiera podido relacionar con ella, pero ese error me liberó. Aquella mañana comprendí que tengo poder de decidir sobre la vida y la muerte. Y desde entonces he hecho uso de él. Desde entonces, Laura. Con mujeres de todo el país.

Se puso en pie. Laura tenía los ojos desorbitados por el miedo, la boca abierta, el sándwich en el regazo. El Búho se inclinó sobre ella.

—Ahora tengo que irme, pero piensa en mí, Laura. Piensa en la suerte que has tenido de poder disfrutar de veinte años más de vida.

Con movimientos bruscos y rápidos, el Búho le ató las manos, la amordazó, la levantó de la silla y la empujó contra la cama, luego la aseguró con la cuerda más larga.

—Todo empezó en esta habitación y acabará aquí, Laura —le dijo—. La última etapa del plan está a punto de desplegarse. Adivina en qué consiste.

Se había ido. Fuera, la luna empezaba a salir y desde la cama Laura veía la tenue silueta del móvil encima del tocador.

49

A las seis y media Jean estaba en su habitación del hotel, cuando por fin recibió la llamada que esperaba. De Peggy Kimball, la enfermera que trabajaba en la consulta del doctor Connors cuando ella fue su paciente.

—Parecía un mensaje urgente, señora Sheridan —dijo Kimball muy enérgica—. ¿Qué sucede?

—Peggy, nos conocimos hace veinte años. Fui paciente del doctor Connors; él tramitó la adopción particular de mi bebé. Necesito que hablemos sobre el tema.

Durante varios minutos, Peggy Kimball no dijo nada. Jean oía voces de niños de fondo.

—Lo siento, señora Sheridan —dijo Kimball con tono terminante—. No puedo hablar sobre las adopciones que gestionó el doctor Connors. Si desea volver a encontrar a su hija, hay procedimientos legales para eso.

Jean intuyó que la mujer estaba a punto de cortar la conexión.

—Me he puesto en contacto con Sam Deegan, investigador de la oficina del fiscal del distrito —se apresuró a explicar—. He recibido tres mensajes que solo pueden interpretarse como amenazas a mi hija. Debo avisar a sus padres adoptivos para que tengan cuidado. Por favor, Peggy. Siempre fue usted muy amable conmigo. Ayúdeme, se lo suplico.

Un grito de Peggy la interrumpió:

—Tommy, te lo advierto. ¡No tires ese plato!

Jean oyó sonido de cristales rotos.

—Oh, señor —dijo Peggy Kimball con un suspiro—. Mire, señora Sheridan, en estos momentos estoy con mis nietos y no puedo hablar.

—Peggy, ¿podríamos vernos mañana? Le enseñaré los faxes que he recibido amenazando a mi hija. Puede pedir referencias mías si quiere. Soy decana y profesora de historia en Georgetown. Le daré el número del rector. Y el número de Sam Deegan.

—¡Tommy, Betsy, no os acerquéis a esos cristales! Espere un momento... por casualidad no será usted la Jean Sheridan que ha escrito el libro sobre Abigail Adams, ¿verdad?

—Sí.

—¡Oh, señor! Me ha encantado. Lo sé todo de usted. La vi en el programa *Today*, con Katie Couric. Ustedes dos casi parecen hermanas. ¿Por la mañana estará aún en el Glen-Ridge?

—Sí.

—Trabajo en la unidad neonatal del hospital. El Glen-Ridge me coge de camino. No creo que pueda serle de ayuda, pero podemos tomar un café. ¿Hacia las diez le va bien?

—Me encantaría —dijo Jean—. Gracias, Peggy, muchas gracias.

—La llamaré cuando esté en el vestíbulo —indicó la mujer apresuradamente, y su voz se volvió apremiante—. Betsy, te lo advierto. ¡No le tires del pelo a Tommy! ¡Oh, Dios! Lo siento, Jean, esto se está convirtiendo en un campo de batalla. Hasta mañana.

Jean colgó el auricular lentamente. Menudo alboroto, pensó, pero en cierto modo la envidio. Envidio los problemas normales de la gente normal. Gente que cuida de sus nietos y tiene que recoger lo que destrozan, la comida que tiran, los platos rotos. Gente que puede ver y tocar a sus hijas y decirles que conduzcan con cuidado, que tienen que estar en casa a las doce.

Cuando Kimball llamó, estaba sentada a la mesa de escritorio de su habitación, donde tenía esparcidas las listas que había tratado de hacer con los nombres de personas relacionadas con la clínica con las que había trabado amistad y de los profesores de la universidad de Chicago, donde pasaba casi todo su tiempo libre haciendo cursos extraacadémicos.

Se masajeó las sienes, con la esperanza de ahuyentar un incipiente dolor de cabeza. Dentro de una hora, a las siete y media, a petición de Sam, cenarían juntos en una sala privada del entresuelo del hotel. Los invitados seremos Gordon, Carter, Robby, Mark y yo, pensó Jean, y por supuesto Jack, el anfitrión de aquella reunión dejada de la mano de Dios. ¿Qué espera conseguir Sam reuniéndonos a todos otra vez?

Se dio cuenta de que desahogarse contándoselo todo a Mark había sido una bendición.

—¿Me estás diciendo que el día de la graduación, cuando tenías dieciocho años y subiste al podio para recoger la medalla en historia y tu beca a Bryn Mawr, sabías que estabas embarazada y que la persona a la que querías estaba en un ataúd? —le había preguntado él con mirada de asombro.

—No espero ni que me elogies ni que me critiques —le dijo ella.

—Por Dios, Jean. Ni te critico ni te elogio, pero qué mal trago... Yo solía ir a hacer ejercicio a West Point y te vi un par de veces con Reed Thornton, pero no sabía que fuerais tan en serio. ¿Qué hiciste después de la ceremonia de graduación?

—Comí con mis padres. Fue una comida alegre. Ya habían cumplido con su deber como cristianos para conmigo y podían separarse con la conciencia tranquila. Cuando salimos del restaurante, cogí el coche y fui hasta West Point. La misa por Reed había sido aquella mañana. Puse las flores que mis padres me dieron en la ceremonia de graduación en la tumba de Reed.

—¿Y poco después visitaste al doctor Connors por primera vez?

—La semana siguiente.

—Jeannie —le había dicho Mark—, siempre he intuido que, al igual que yo, eres una superviviente, pero no me puedo ni imaginar lo que debiste de sentir estando tan sola en un momento así.

—No estaba sola. Deduzco que alguien lo sabía o lo averiguó.

Él asintió y dijo:

—Estoy más o menos al tanto de tu vida profesional, pero ¿qué hay de tu vida privada? ¿Hay alguien especial, alguna persona a quien le hayas confiado tu secreto?

Jean pensó en lo que le había contestado.

—Mark, ¿recuerdas los versos del poema de Robert Frost? «Tengo promesas que cumplir/ y millas que andar antes de poder dormir.» En cierto modo es así como me siento. Hasta ahora, si alguna vez he necesitado hablar de ella, nunca he encontrado a nadie a quien quisiera contárselo. Tengo una vida plena. Me encanta mi trabajo y me gusta escribir. Tengo muchos amigos, hombres y mujeres. Pero te seré sincera. Siempre he tenido la sensación de que en mi vida hay algo pendiente que tengo que resolver, que mi vida está en suspenso. Hay algo que tengo que terminar antes de poder dejar todo esto atrás. Y creo que empiezo a entenderlo. Aún sigo preguntándome si no hubiera debido quedarme con mi hija, y ahora que sé que me necesita me siento tan impotente que me gustaría poder volver atrás y conservarla a mi lado.

Y entonces había visto la expresión de los ojos de Mark, que parecían decir: «¿No será que te estás inventando esta situación porque necesitas encontrarla?». Se veía tan claramente como si lo hubiera dicho a gritos. Pero lo que dijo fue:

—Jean, por supuesto que debes insistir, y me alegro de que Sam Deegan te ayude, porque es evidente que te enfrentas a un desequilibrado. Sin embargo, como psiquiatra, te advierto que vayas con cuidado. Si a causa de esas amenazas implícitas tienes acceso a archivos confidenciales, es posible que te inmiscuyas en la vida de una joven que no está preparada o que no quiere conocerte.

—Crees que soy yo quien envía esos faxes, ¿verdad?

Jean pestañeó al recordar cuánto la había indignado pensar que algunas personas podían llegar a esa conclusión.

—Por supuesto que no —se había apresurado a aclarar él—. Pero dime una cosa: si recibieras una llamada diciendo que fueras ahora mismo a conocer a Lily, ¿irías?

—Sí.

—Jean, escúchame. Alguien que de alguna forma descubrió lo de Lily podría estar tratando de ponerte nerviosa para que te precipites en tu afán por llegar a ella. Debes tener cuidado. Laura ha desaparecido. Las otras chicas de la mesa del comedor están muertas.

Y no dijo más.

Ahora, en su habitación, Jean se puso en pie. Tenía que bajar para la cena al cabo de cuarenta minutos. Quizá una aspirina le ayudaría a evitar ese dolor de cabeza que empezaba a insinuarse, y un baño caliente la reanimaría.

A las siete y diez, cuando estaba saliendo de la bañera, el teléfono sonó. Por un momento pensó si dejar que sonara, pero enseguida cogió una toalla y corrió a la habitación.

—¿Diga?

—Hola, Jeannie —dijo una voz risueña.

—¡Laura! ¿Dónde estás?

—Bueno, me lo estoy pasando muy bien. Jeannie, diles a esos policías que recojan sus trastos y se vayan a casa. Me lo estoy pasando mejor que nunca. Te llamaré pronto. Adiós.

50

A media tarde del lunes, Sam Deegan fue a hablar con Joel Nieman en su oficina de Rye, Nueva York.

Después de hacerle esperar en recepción durante casi media hora, Nieman lo invitó a pasar a su suite privada, una habitación muy elegante. Todo en sus gestos indicaba una irritación mal disimulada por la interrupción.

No tiene pinta de Romeo, pensó Sam al observar su rostro regordete y su pelo teñido de color cobrizo.

Nieman desmintió alegremente que hubiera podido quedar con Laura durante la reunión.

—He oído en la radio esa tontería sobre el asesino de la mesa del comedor —explicó sin que nadie le preguntara al respecto—. Imagino que fue ese reportero de la escuela el que lo ha empezado todo, Perkins. Tendrían que ponerle una red en la cabeza y llevárselo de allí hasta que madure un poco. Escuche, yo iba a clase con esas chicas. Las conocía a todas. La idea de que sus muertes estén relacionadas es absurda. Catherine Kane, por ejemplo. Su coche patinó y cayó al Potomac cuando estudiábamos primero en la universidad. Cath siempre fue una loca del volante. Compruebe el número de multas que le pusieron en Cornwall durante el último curso y lo entenderá.

—Podría ser —dijo Sam—, pero ¿no le parece que es muchísima casualidad que hayan muerto no dos, sino cinco del mismo grupo?

—Pues sí, es un poco raro que cinco chicas que se sentaban a la misma mesa hayan muerto, pero si quiere le presento al tipo que nos suministra los ordenadores. Su madre y su abuela murieron de un ataque al corazón el mismo día, con treinta años de diferencia. El día después de Navidad. Quizá se dieron cuenta de lo mucho que se habían gastado en regalos y no lo pudieron soportar. Podría ser, ¿no cree?

Sam miró a Joel Nieman con un profundo desagrado, pero también con la sensación de que, bajo aquella manifestación de desdén, había una profunda inquietud.

—Tengo entendido que su esposa dejó la reunión el sábado por la mañana para salir en un viaje de negocios.

—Exacto.

—¿Estuvo usted solo en su casa el sábado por la noche después de la cena de ex alumnos, señor Nieman?

—Pues resulta que sí. Esas ceremonias interminables me producen mucho sueño.

No es de la clase de hombre que vuelve solo a su casa cuando su mujer no está, pensó Sam. Dio un palo a ciegas.

—Señor Nieman, le vieron salir del aparcamiento con una mujer en el coche.

Joel Nieman arqueó las cejas.

—Bueno, puede que me fuera con una mujer, pero tenía bastante menos de cuarenta años. Señor Deegan, si me investiga porque Laura se largó con un hombre y no ha aparecido, le aconsejo que llame a mi abogado. Y ahora, si me disculpa, tengo que hacer algunas llamadas.

Sam se levantó y se dirigió hacia la puerta, sin prisa. Al pasar ante la librería, se detuvo a mirar el estante central.

—Tiene usted una bonita colección de obras de Shakespeare, señor Nieman.

—Siempre me ha gustado el Bardo.

—Tengo entendido que hizo usted de Romeo en la obra de último curso en Stonecroft.

—Sí, así es.

Sam midió las palabras.

—¿No fue Alison Kendall muy crítica con su actuación?

—Dijo que olvidaba el diálogo. Y no es verdad. Solo tuve un momento de miedo escénico, nada más.

—Unos días después de la representación, Alison tuvo un accidente en la escuela, ¿no es así?

—Sí, lo recuerdo. La puerta de la taquilla le cayó encima. Nos interrogaron a todos los chicos. Yo siempre pensé que tendrían que haber hablado con las chicas. Había muchas que no la soportaban. Mire, con esto no va a conseguir nada. Como le he dicho, me juego lo que quiera a que las muertes de las otras chicas de la mesa del comedor fueron accidentes. No siguen ningún patrón concreto. Por otro lado, Alison siempre fue una mala persona. Pisaba a la gente. Y, por lo que he leído de ella, parece que no cambió. Entiendo perfectamente que alguien decidiera que ya había nadado bastante el día que se ahogó.

Caminó hasta la puerta y la abrió con toda la intención.

—Apremiar al huésped que parte —añadió—. Eso también es de Shakespeare.

Sam esperaba ser lo bastante profesional para que no se le notara en la cara lo que pensaba de Nieman y de su desdeñoso comentario sobre la muerte de Alison Kendall.

—También hay un proverbio danés que dice que el pescado y los invitados huelen mal a los tres días —comentó. Sobre todo los invitados muertos, pensó.

—Sí, es muy conocido porque lo citó Benjamin Franklin —apuntó Joel Nieman enseguida.

—¿Conoce los versos de Shakespeare sobre los lirios muertos? —preguntó Sam—. Están en la misma línea.

La risa de Nieman fue como un ladrido, desagradable y triste.

—Más que las malas hierbas hiede el lirio podrido. Es un verso de un soneto. Desde luego que lo conozco. De hecho, pienso mucho en ello. Mi suegra se llama Lily.

Sam condujo de Rye al hotel Glen-Ridge más deprisa de lo que debía, y dejó que el indicador de velocidad subiera. Había pedido a los homenajeados y a Jack Emerson que se reunieran con él para cenar a las siete y media. Hasta entonces, su instinto le había dicho que uno de aquellos cinco hombres —Carter Stewart, Robby Brent, Mark Fleischman, Gordon Amory o Emerson— tenía la clave de la desaparición de Laura. Sin embargo, después de entrevistarse con Joel Nieman, no estaba tan seguro.

En efecto, Nieman había reconocido que no había vuelto a casa solo la noche de la cena. En Stonecroft él había sido el principal sospechoso del incidente con la taquilla. Casi había acabado en la cárcel por atacar a un hombre en una pelea en un bar. Y no hacía ningún esfuerzo por disimular su satisfacción por la muerte de Alison.

Como mínimo, no estaría de más que estudiara a Joel Nieman más de cerca, pensó.

Eran exactamente las siete y media cuando Sam entró en el Glen-Ridge. Cuando se dirigía hacia el salón privado, pasó ante el omnipresente Jake Perkins, que estaba despatarrado en una silla del vestíbulo. El muchacho se levantó de un brinco.

—¿Alguna novedad, señor? —preguntó con tono jovial.

Si la hubiera, tú serías el último en saberlo, pensó Sam, pero trató de evitar que la irritación se le notara en la voz.

—Todavía nada, Jake. ¿Por qué no te vas a casa?

—Me iré enseguida. Oh, ahí viene la doctora Sheridan. Me gustaría hablar con ella.

En ese momento Jean salía del ascensor. Incluso a esa distancia, Sam se dio cuenta de que había algo en ella que indicaba una profunda inquietud. La precipitación con que cruzó el vestíbulo en dirección al salón privado. Ese aire de apremio hizo que Sam apretara también el paso para alcanzarla.

Se encontraron en la puerta del salón. Jean empezó a hablar.

—Sam, he tenido noticias de... —Al reparar en la presencia de Jake Perkins se interrumpió.

Perkins la había oído.

—¿De quién ha tenido noticias, doctora Sheridan? ¿De Laura Wilcox?

—Vete —dijo Sam con firmeza. Cogió a Jean del brazo, la hizo pasar al salón privado y cerró la puerta.

Carter Stewart, Gordon Amory, Mark Fleischman, Jack Emerson y Robby Brent ya estaban allí. Se había improvisado un pequeño bar, y todos estaban en pie con un vaso en la mano. Al oír la puerta se volvieron para saludar a los recién llegados, pero en cuanto vieron la expresión de Jean los saludos quedaron olvidados.

—Acabo de hablar con Laura —explicó ella—. Acabo de hablar con Laura.

En el curso de la cena, el alivio que habían sentido en un primer momento fue dejando paso a la incertidumbre.

—Me sorprendió oír su voz —dijo Jean—, pero colgó antes de que tuviera tiempo de preguntar nada.

—¿Parecía nerviosa o preocupada? —inquirió Jack Emerson.

—No. Si acaso animada. Pero no me dio la oportunidad de preguntar nada.

—¿Estás segura de que era Laura? —Gordon Amory planteó la pregunta que Sam sabía que todos tenían en la cabeza.

—Creo que era ella —contestó Jean muy despacio—. Pero si me pidieras que lo jurara, no podría. Parecía ella, pero... —Vaciló—. En Virginia tengo unos amigos, una pareja, y cuando hablo con ellos por teléfono no consigo reconocerlos. Llevan casados cincuenta años y tienen exactamente el mismo timbre de voz. Yo digo: «Hola, Jane», y David se ríe y me dice: «Prueba otra vez». Después de los primeros momentos, enseguida veo que son diferentes. Con la llamada de Laura me ha pasado algo parecido. La voz era la misma, pero puede que no del todo. No hemos hablado lo suficiente para que sepa si es ella o no.

—La cuestión es que si la llamada era de Laura y sabe que se la da por desaparecida, ¿por qué no ha sido más concreta? —preguntó Gordon Amory—. No me extrañaría que ese Perkins esté tratando de mantener la historia utilizando una doble. Laura salió en aquella serie durante un par de años. Quizá Perkins conoce a alguna estudiante de teatro que la puede imitar.

—¿Usted qué opina, Sam? —preguntó Mark Fleischman.

—Si quiere la respuesta de un policía, le diré que tanto si ha sido Laura Wilcox quien la ha hecho como si no, la llamada no me convence.

Fleischman estuvo de acuerdo.

—Es exactamente lo mismo que pienso yo.

Carter Stewart estaba cortando su filete con gesto decidido.

—Hay otro factor que deberíamos tener en cuenta. Laura es una actriz que va de capa caída. Y da la casualidad de que sé que está a punto de perder su casa. —Miró alrededor y observó con aire de suficiencia la expresión de sorpresa de los demás—. Mi agente me ha llamado. Había un jugoso comentario sobre el particular en la sección de negocios del *L.A. Times* de hoy. El fisco va a embargar su casa por impago de impuestos. —Hizo una pausa para llevarse el tenedor a la boca, luego prosiguió—: Lo que significa que seguramente está desesperada. La publicidad es fundamental para una actriz. Buena publicidad o mala publicidad, eso da igual. Lo que sea por mantener tu nombre en las portadas. Quizá esta sea su forma de conseguirlo. Misteriosa desaparición. Misteriosa llamada. Sinceramente, creo que perdemos el tiempo al preocuparnos tanto por ella.

—En ningún momento se me ha pasado por la imaginación que puedas estar preocupado por ella, Carter —comentó Robby Brent—. Creo que, aparte de Jean, la única persona que seguramente está preocupada por Laura es nuestro presidente, Jack Emerson. ¿Me equivoco, Jack?

—¿Eso qué significa? —se preguntó Sam en voz alta.

Robby sonrió inocentemente.

—Jack y yo quedamos esta mañana para ver algunas propiedades en las que podría invertir, o en las que hubiera considerado la posibilidad de invertir de no ser porque están tan sobrevaloradas. Jack estaba al teléfono cuando llegué a su casa, y mientras esperaba a que terminara de hablar con unos cuantos memos, estuve mirando la colección de fotografías que tiene. Había una nota muy sentimental en una fotografía de Laura, fechada exactamente hace dos semanas. «Amor, besos y abrazos a mi compañero favorito de clase.» Lo que me lleva a preguntarme: ¿cuántos besos y abrazos te dio durante la semana, Jack? ¿Está todavía en ello?

Por un momento, Jean pensó que Jack iba a agredir físicamente a Robby Brent. El primero se incorporó de un salto, golpeó con las manos la mesa y se quedó mirando a Robby. Luego, con un visible esfuerzo por controlarse, apretó los dientes y volvió a sentarse muy despacio.

—Hay una dama presente —masculló—. Si no, utilizaría el único lenguaje que entiendes, rata miserable. Puede que te ganes bien la vida ridiculizando a gente que ha logrado hacer algo en su vida pero, por lo que a mí se refiere, sigues siendo el mismo imbécil que no era capaz ni de encontrar el camino a los lavabos en Stonecroft.

Horrorizada ante este intercambio de hostilidades, Jean recorrió la habitación con la mirada para asegurarse de que no había ningún camarero que hubiera podido oír el exabrupto de Jack Emerson. Cuando posó la vista en la puerta, advirtió que estaba entreabierta. Y supo con toda seguridad quién estaría al otro lado, sin perder ripio de la conversación.

Ella y Sam Deegan se miraron. Sam se puso en pie.

—Si me disculpan, creo que me saltaré el café —dijo—. Tengo que rastrear una llamada.

51

Peggy Kimball era una mujer robusta de unos sesenta años que transmitía una sensación de calidez e inteligencia. Tenía el cabello entrecano y ondulado, la tez tersa, salvo por las leves arrugas alrededor de la boca y los ojos. Desde el primer momento, Jean tuvo la impresión de que era una mujer inteligente y de que no debía de ser fácil engañarla.

Las dos prescindieron de la carta y pidieron café.

—Mi hija vino a recoger a sus hijos hace una hora —explicó Peggy—. He tomado cereales y cacao con ellos a las siete, ¿o eran las seis y media? —Sonrió—. Ayer por la noche debió usted de pensar que estaba en medio de una guerra.

—Doy clases a alumnos de primero en la universidad —dijo Jean—. A veces parecen niños pequeños, y desde luego pueden ser mucho más ruidosos.

El camarero les sirvió el café. Peggy Kimball miró a Jean fijamente, ahora muy seria.

—La recuerdo, Jean —dijo—. El doctor Connors gestionó muchas adopciones con chicas que estaban en su misma situación. Pero me dio usted mucha pena porque fue una de las pocas que venían a la consulta solas. La mayoría venían acompañadas de algún pariente o algún adulto preocupado, o incluso con el padre de la criatura, que siempre era otro adolescente asustado.

—Sea como sea —repuso Jean—, estamos aquí porque soy una adulta preocupada por una chica de diecinueve años que es mi hija y que podría necesitar ayuda.

Sam Deegan se había llevado los faxes originales, pero Jean había hecho fotocopias, así como del informe de ADN que certificaba que las hebras de pelo del cepillo pertenecían a Lily. Las sacó del bolso y se las mostró a Kimball.

—Peggy, imagine que fuera su hija. ¿No estaría preocupada? ¿No interpretaría todo esto como una amenaza? —Miró a la mujer a los ojos.

—Sí, desde luego.

—Peggy, ¿sabe quién adoptó a Lily?

—No, no lo sé.

—Tuvo que haber un abogado que se ocupara del papeleo. ¿Sabe con qué abogado o bufete trabajaba el doctor Connors?

Peggy Kimball vaciló, luego dijo lentamente:

—Dudo que hubiera ningún abogado que trabajara en su caso, Jean.

Hay algo que le da miedo decirme, pensó Jean.

—Peggy, el doctor Connors se desplazó a Chicago unos días antes de que yo saliera de cuentas, provocó el parto y se llevó a Lily unas horas después de nacer. ¿Sabe si registró el nacimiento aquí o en Chicago?

Kimball miró con gesto reflexivo su taza, luego volvió a mirar a Jean.

—No recuerdo cómo actuó concretamente en su caso, Jean, pero sé que a veces el doctor registraba el nacimiento directamente a nombre de los padres adoptivos, como si la mujer fuera la madre biológica.

—Pero eso es ilegal —observó Jean—. No tenía derecho a hacerlo.

—Lo sé, pero el doctor tenía un amigo que sabía que era adoptado y se pasó toda su vida de adulto tratando de encontrar a su familia. Se convirtió en una obsesión. Aunque sus padres adoptivos lo querían muchísimo y lo trataban igual que a sus hijos biológicos, el doctor decía que era una pena que le hubieran dicho que era adoptado.

—Lo que me está diciendo es que quizá no haya una partida original de nacimiento y que no hubo ningún abogado. ¡Y que seguramente Lily cree que sus padres adoptivos son sus verdaderos padres!

—Es posible, sobre todo si tenemos en cuenta que el doctor viajó a Chicago para asistirla en el parto. Durante los años que ejerció, mandó a varias chicas a esa clínica de Chicago, y normalmente eso significaba que no se inscribía al niño con el nombre de la verdadera madre. Jean, hay otra cosa que debe tener en cuenta. El nacimiento de Lily no tuvo por qué registrarse necesariamente, ni aquí ni en Chicago. En Connecticut o New Jersey, por ejemplo, hubiera podido pasar como un parto natural, en casa. Y al doctor Connors se le conocía bien en la zona porque gestionaba adopciones privadas. —Estiró el brazo y aferró impulsivamente la mano de Jean—. Jean, en aquel entonces hablaba usted conmigo. Recuerdo que me dijo que quería que su hija fuera amada, que fuera feliz, y que tuviera unos padres que se quisieran y que la quisieran a ella con locura. Estoy segura de que le dijo eso mismo al doctor Connors. Quizá al evitarle a Lily la angustia de querer encontrar a su verdadera madre el doctor creyó que estaba haciendo lo que usted quería.

Jean se sentía como si le hubieran cerrado unas enormes puertas metálicas en la cara.

—Solo que ahora soy yo quien necesita encontrarla a ella —dijo lentamente. Las palabras se le atascaban en la garganta—. Tengo que encontrarla. Peggy, me ha parecido entender que el doctor Connors no llevaba todas las adopciones de esa forma.

—No, no lo hacía.

—Entonces, en algunos casos sí recurría a un abogado.

—Sí. Era Craig Michaelson. Sigue ejerciendo, pero se trasladó a Highland Falls hace años. Supongo que sabe dónde está.

Highland Falls era la localidad más cercana a West Point.

—Sí, lo conozco.

Peggy dio un último sorbo a su café.

—Tengo que irme. Debo estar en el hospital dentro de media hora —dijo—. Me gustaría haberle sido de más ayuda, Jean.

—Quizá aún pueda ayudarme —repuso Jean—. La cuestión es que alguien descubrió lo de Lily, y es posible que fuera en aquella época, cuando yo estaba embarazada. ¿Hay alguna otra persona que trabajase en la consulta del doctor Connors y que pudiera tener acceso a los historiales médicos?

—No. El doctor Connors los guardaba bajo llave.

El camarero dejó la cuenta sobre la mesa. Jean la firmó y las dos mujeres salieron al vestíbulo. Jack Emerson estaba sentado en una butaca cerca del mostrador de recepción, con un periódico. Saludó a Jean con un gesto cuando la vio junto a la entrada, despidiendo a Peggy, y la detuvo cuando pasó junto a él de camino al ascensor.

—Jean, ¿alguna noticia de Laura?

—No. —Sintió curiosidad por saber qué hacía Jack Emerson en el hotel. Seguro que después del desagradable encontronazo con Robby Brent de la noche anterior no le apetecía toparse con él. Cuando le habló, Jean pensó si no le habría leído el pensamiento.

—Quería disculparme por las palabras que tuvimos Robby Brent y yo anoche —le dijo—. Espero que comprendas que lo que Brent insinuó es una barbaridad. Yo no le pedí esa fotografía a Laura. Le escribí para pedirle que fuera una de las homenajeadas en la reunión y ella me mandó la fotografía con la nota donde aceptaba. Seguramente envía miles de fotografías como esa y en todas pone lo de los besos y los abrazos.

¿La estaba estudiando Jack Emerson para ver si se tragaba esa explicación de la presencia de la fotografía en su casa? No podía estar segura.

—Seguramente tienes razón —repuso Jean quitándole importancia—. Bueno, si me perdonas, tengo prisa. —Y entonces se detuvo, porque la curiosidad la venció—. Parece como si esperaras a alguien.

—Gordie, perdón, Gordon me ha pedido que le lleve a ver unos terrenos. No le gustó nada de lo que le enseñaron ayer los peces gordos del club de campo. Tengo en exclusiva un par de sitios que serían perfectos para la sede de una empresa.

—Buena suerte. Oh, el ascensor. Adiós, Jack.

Jean fue rápidamente hacia el ascensor y esperó a que bajara la gente que iba dentro. Gordon Amory fue el último en salir.

—¿Has sabido algo más de Laura? —preguntó precipitadamente.

—No.
—Bien. Tenme informado.

Jean entró en el ascensor y apretó el botón de su planta. Craig Michaelson, pensó. Lo llamaré en cuanto llegue a mi habitación.

Fuera del hotel, Peggy Kimball subió a su coche y se puso el cinturón. Con expresión concentrada, trató de situar la cara del hombre que había saludado a Jean Sheridan en el vestíbulo. Claro, pensó. Jack Emerson, el agente inmobiliario que compró la finca cuando el edificio se quemó hace diez años.

Metió la llave en el contacto y la giró. Jack Emerson, pensó con desprecio. Cuando sucedió, se insinuó que él podía haber tenido algo que ver. No solo quería la finca, sino que además se descubrió que conocía el edificio como la palma de su mano. Cuando estudiaba en el instituto, ganaba para sus gastos trabajando allí un par de noches por semana con los de la limpieza. ¿Trabajaba en el edificio cuando Jean visitó al doctor Connors?, se preguntó Peggy. Siempre citábamos a las jovencitas como ella por la tarde, para que no coincidieran con las otras pacientes. Quizá Emerson la vio alguna vez y solo tuvo que atar cabos.

Dio marcha atrás para salir de su plaza. Jean quería saber quién trabajaba en la consulta. Quizá debía mencionarle a Emerson, aunque estaba totalmente segura de que ni él ni nadie pudo tener acceso a los archivos.

52

La orden para comprobar los registros telefónicos y averiguar desde dónde había llamado Laura a Jean dio exactamente el mismo resultado que la emitida el día anterior. La segunda llamada se había efectuado desde el mismo tipo de móvil, los que se compran con un saldo de cien minutos sin necesidad de que se dé el nombre del comprador.

A las once y cuarto del martes por la mañana, Sam estaba en la oficina del fiscal del distrito poniéndolo al corriente.

—No es el mismo teléfono que Wilcox utilizó el domingo por la noche —informó a Rich Stevens—. Este lo compraron en el condado de Orange. Es la centralita 845. Eddie Zarro está comprobando las tiendas de la zona de Cornwall donde los venden. Evidentemente, lo han apagado, como el que Wilcox utilizó para llamar a la recepción del hotel el domingo por la noche.

El fiscal del distrito hacía girar un bolígrafo entre los dedos.

—Jean Sheridan no está completamente segura de que la persona con la que habló fuera Laura Wilcox.

—No, señor.

—Y la enfermera... (¿cómo se llama? ¿Peggy Kimball?) le dijo a Sheridan que es posible que el doctor Connors arreglara una adopción privada ilegal para su hija.

—Eso es lo que cree la señora Kimball.

—¿Has tenido noticias del párroco de Saint Thomas sobre los registros de los bautizos?

—Por el momento no ha habido suerte. Han localizado a bastantes de las personas que bautizaron una niña en aquel período, pero ni una sola que haya admitido que su hija era adoptada. El párroco, monseñor Dillon, es un hombre inteligente. Ha convocado a algunos de los feligreses que llevan tiempo en la junta parroquial y que estaban aquí hace veinte años. Conocían a familias con hijos adoptados, pero ninguna con una hija que ahora tenga diecinueve años y medio.

—¿Monseñor Dillon sigue trabajando en el asunto?

Sam se mesó el cabello y recordó una vez más que Katie le decía que eso debilitaba las raíces del pelo. Y supuso que si sus pensamientos pasaban de Kate a Alice Sommers sería por el cansancio. Solo hacía dos días que no la veía, pero era como si hubieran transcurrido dos semanas. Pero, claro, desde primera hora del domingo, cuando se denunció la desaparición de Helen Whelan, todo parecía haberse acelerado.

—¿Sigue monseñor Dillon comprobando los registros, Sam? —volvió a preguntar Rich Stevens.

—Perdone, Rich. Estaba distraído. La respuesta es sí, y ha llamado a algunas de las parroquias vecinas para pedirles que investiguen con discreción en su zona. Si creen que tienen algo, monseñor Dillon nos lo hará saber, y podremos pedir una orden para revisar esos registros.

—¿Jean Sheridan piensa seguir la pista de Craig Michaelson, el abogado que gestionó el papeleo de algunas de las adopciones del doctor Connors?

—Ha quedado con él a las dos.

—¿Qué piensas hacer ahora, Sam?

El sonido del móvil de Sam los interrumpió. Lo sacó del bolsillo, comprobó el número y de pronto el cansancio desapareció de su cara.

—Es Eddie Zarro —dijo al tiempo que apretaba el botón de aceptar la llamada—. ¿Qué hay, Eddie? —preguntó.

El fiscal del distrito lo observaba, y vio que se quedaba boquiabierto.

—¿Bromeas? Dios, soy un idiota. ¿Por qué no se me había ocurrido? ¿Qué se propone esa rata? De acuerdo. Me reuniré contigo en el Glen-Ridge. Esperemos que no haya decidido marcharse.

Sam cerró el teléfono y miró a su jefe.

—Un móvil con cien minutos de saldo se vendió anoche en Main Street, en Cornwall, unos minutos después de las siete. El dependiente recordaba perfectamente al hombre que lo compró porque lo había visto por televisión. Era Robby Brent.

—¿El cómico? ¿Crees que él y Laura están juntos?

—No, señor, no lo creo. El dependiente dice que, después de salir de la tienda, Brent se quedó en la acera e hizo una llamada. Según él, era exactamente a la misma hora en que Jean Sheridan recibió la supuesta llamada de Laura Wilcox.

—¿Quieres decir que...?

Sam le interrumpió.

—Según algunos, Robby Brent es un cómico, pero en lo que todo el mundo está de acuerdo es en que es un imitador de primera. Sospecho que él hizo esa llamada imitando la voz de Laura. Me voy al Glen-Ridge. Pienso encontrar a ese imbécil para que me explique qué pretendía.

—Sí, ve —dijo Rich Stevens—. Será mejor que tenga una buena explicación, porque si no le vamos a acusar de entorpecer una investigación policial.

53

¿Cuánto tiempo había pasado? Laura tenía la sensación de que entraba y salía continuamente de algo más que un simple sueño. ¿Cuánto tiempo había pasado desde que el Búho estuvo allí? No estaba segura. La noche anterior, cuando intuía que él estaba a punto de regresar, ocurrió algo. Había oído ruido en las escaleras, luego una voz... una voz que conocía.

«¡No!» Y entonces un hombre gritó el nombre que a ella le habían prohibido incluso susurrar.

Era Robby Brent quien gritaba, y parecía horrorizado.

¿Le había hecho daño el Búho?

Creo que sí, decidió Laura mientras trataba de volver a sumirse en un mundo donde no tenía que recordar que el Búho podía volver y que, una de las veces que volviera, quizá le pondría una almohada contra la cara y apretaría y...

¿Qué le había pasado a Robby? Un rato después de oírle, el Búho había entrado en la habitación y le había dado algo de comer. Cuando le dijo que Robby Brent había hecho una llamada imitando su voz estaba furioso, tan furioso que la voz le temblaba. «Me pasé toda la cena preguntándome si de alguna forma habrías conseguido llegar al teléfono, pero el sentido común me decía que, evidentemente, si hubieras cogido el teléfono, habrías llamado a la policía, no a Jean, y desde luego no para decir que estabas bien. Sospechaba de Brent, Laura, pero también estaba por allí ese crío reportero y pensé que quizá me habría puesto una trampa. Robby fue tan estúpido... Me siguió hasta aquí. Dejé la puerta abierta y entró. Oh, Laura, ha sido tan estúpido...»

¿Lo habré soñado?, pensó Laura, con la mente embotada. ¿Me he inventado todo esto?

Oyó un clic. ¿La puerta? Cerró los ojos con fuerza mientras el pánico se apoderaba de todo su cuerpo.

—Despierta, Laura. Levanta la cabeza y demuéstrame que te alegras de que haya vuelto. Tengo que hablar contigo y quiero asegurarme de que oyes bien lo que te digo. —La voz del Búho se hizo apremiante, aguda—. Robby sospechaba de mí y trató de tenderme una trampa. No sé en qué momento bajé la guardia, pero ya me he ocupado de él. Ya te lo dije. Bueno, Jean se está acercando demasiado a la verdad, Laura, pero sé lo que tengo que hacer para despistarla y luego atraparla. Y tú me vas a ayudar, ¿verdad, Laura? ¿Verdad? —repitió muy alto.

—Sí —susurró Laura en un esfuerzo por hacer que su voz se oyera a través de la mordaza.

El Búho pareció aplacarse.

—Laura, sé que tienes hambre. Te he traído algo de comer. Pero primero tengo que hablarte de Lily, la hija de Jean, y explicarte por qué le has estado mandando notas amenazadoras sobre ella. Te acuerdas de esas notas, ¿verdad?

¿Jean? ¿Una hija? Laura lo miró.

El Búho había encendido la pequeña linterna y la había dejado sobre la mesita de noche, de cara a ella. El haz de luz le iluminaba el cuello y penetraba en la oscuridad que la rodeaba. Al alzar la vista, Laura advirtió que él la miraba, inmóvil. Luego el Búho levantó los brazos.

—Me acuerdo. —Laura formó las palabras con los labios, tratando de hacer que se oyeran.

Lentamente, el Búho bajó los brazos. Laura cerró los ojos, débil, aliviada. Casi había sido su fin. No había respondido lo suficientemente deprisa.

—Laura —susurró él—, todavía no lo entiendes. Soy un ave de presa. Cuando me molestan, solo hay una forma de que pueda sentirme completo. No me tientes con tu obstinación. Y ahora dime lo que vamos a hacer.

Laura tenía la garganta seca. La mordaza se le pegaba a la lengua. A pesar del entumecimiento de los pies y las manos, sentía cómo el dolor se intensificaba conforme cada músculo se ponía en tensión por el miedo. Cerró los ojos, tratando de concentrarse.

—Jean... su hija... yo mandaba notas.

Cuando abrió los ojos, él apagó la linterna. Ya no estaba inclinado sobre ella. Laura oyó el clic de la puerta. Se había ido.

Laura percibió el tenue aroma del café que el Búho había olvidado darle.

54

El despacho de Craig Michaelson, abogado, estaba situado en Old State Road, a solo un par de manzanas del motel donde Jean y el cadete Carroll Reed Thornton pasaron las pocas noches que compartieron. Al acercarse al motel Jean redujo la velocidad y pestañeó tratando de contener las lágrimas.

La imagen de Reed era tan vívida... el recuerdo de los momentos que compartieron era tan intenso... Tenía la sensación de que si entraba en la habitación ciento ocho él estaría allí, esperándola. Reed, con su pelo rubio y sus ojos azules, con aquellos brazos fuertes que la abrazaban, haciéndole sentir una felicidad que en sus dieciocho años de vida no había creído posible.

«*I dream of Jeannie...*»

Después de la muerte de Reed, durante mucho tiempo despertó oyendo esa canción en su cabeza. Estábamos muy enamorados, pensó Jean. Él era el príncipe azul y yo Cenicienta. Era atento e inteligente, y muy maduro para tener solo veintidós años. Le encantaba la vida militar. Y me animó a escribir. Siempre decía en broma que algún día, cuando él fuera general, yo escribiría su biografía. Cuando le dije que estaba embarazada, pareció preocupado porque sabía cuál sería la reacción de su padre si se casaba demasiado pronto. Pero después me dijo:

—Cambiaremos mis planes, Jeannie, nada más. En mi familia no son raros los matrimonios entre jóvenes. Mi abuelo se casó el día que se graduó en West Point, y mi abuela solo tenía diecinueve años.

—Pero, según me dijiste, tus abuelos se conocían desde pequeños —había señalado ella—. Eso es diferente. Pensarán que soy una pueblerina que se ha quedado preñada para que te casaras conmigo.

Reed le tapó la boca con la mano.

—No quiero que digas eso —dijo con firmeza—. Cuando te conozcan, estarán encantados contigo. Y, ya que estamos, lo mejor será que me presentes a tus padres cuanto antes.

Yo quería conocer a los padres de Reed cuando estuviera estudiando en Bryn Mawr, pensó Jean. Para entonces mi madre y mi padre ya se habrían separado. Si los padres de él los hubieran conocido por separado, es probable que les hubieran caído bien. No hubieran tenido que enterarse necesariamente de sus problemas.

Si Reed hubiera vivido.

O, si tenía que morir joven, de haber ocurrido después de casados, yo habría podido quedarme con Lily. Reed solo era un niño. Sus padres quizá se habrían enfadado por lo de la boda, pero seguro que les hubiera hecho ilusión tener un nieto.

Todos perdimos mucho, pensó Jean con dolor mientras ponía el pie en el acelerador y pasaba a toda velocidad ante el motel.

El despacho de Craig Michaelson ocupaba una planta entera del edificio, un edificio que no existía cuando Jean y Reed salían. La zona de recepción era atractiva, con paredes revestidas de madera y amplias sillas tapizadas con diseños antiguos. Jean decidió que, al menos en apariencia, el bufete era un negocio próspero.

Al principio no estaba muy segura de lo que debía esperar. Mientras conducía hacia allí desde Cornwall, había imaginado que, si Michaelson colaboraba con el doctor Connors registrando los nacimientos de forma indebida, seguramente sería un charlatán y estaría a la defensiva.

Cuando Jean llevaba diez minutos esperando, Craig Michaelson salió a recepción y la acompañó a su despacho. Era un hombre alto de poco más de sesenta años, corpulento, con los hombros ligeramente caídos. Su bonita mata de pelo, que tiraba más a gris oscuro que a blanco, parecía recién salida del peluquero. Vestía un traje gris oscuro de buen corte y una corbata discreta gris y azul. Todo en su apariencia, así como el buen gusto que demostraba la elección del mobiliario y los cuadros de su oficina, indicaba que se trataba de un hombre reservado y conservador.

Jean no estaba segura de que aquello fuera una buena señal. Si Craig Michaelson no había intervenido en la adopción de Lily, seguramente se encontraría otra vez en un punto muerto en su búsqueda.

Jean le habló de Lily y le enseñó las copias de los faxes y de los informes de las pruebas de ADN mirándolo a los ojos. Le habló sucintamente de su pasado y, muy a su pesar, recalcó mucho su posición académica, los honores y los premios que había recibido y el hecho de que, a causa del *best seller* que había escrito, su prosperidad económica era de dominio público.

Michaelson no apartó la mirada de ella en ningún momento, salvo para examinar los faxes. Jean sabía que la estaba evaluando, tratando de decidir si lo que decía era verdad o una mentira muy elaborada.

—Por la enfermera del doctor Connors, Peggy Kimball, sé que algunas de las adopciones que gestionó el doctor fueron ilegales —explicó—. Lo que necesito saber, lo que le suplico que me diga es esto: ¿se ocupó usted de la adopción de mi hija, o tiene idea de quién la adoptó?

—Doctora Sheridan, antes que nada, debo decir que jamás participé en ninguna adopción que no se llevara de forma estrictamente legal. Si en algún momento el doctor Connors se saltó las normas, lo hizo sin mi conocimiento y sin mi colaboración.

—Entonces, si llevó usted la adopción de mi hija, ¿me está diciendo que fue registrada con mi nombre como madre y el de Carroll Reed Thornton como padre?

—Lo que digo es que las adopciones que llevé siempre fueron legales.

Sus años de docencia, con un pequeño porcentaje de alumnos aficionados a disimular y decir medias verdades, habían enseñado a Jean a reconocer aquella práctica cuando la veía. Supo que eso era lo que estaba pasando.

—Señor Michaelson, una joven de diecinueve años y medio podría estar en peligro. Si usted gestionó la adopción, sabrá quién la adoptó. Ahora podría ayudarla. De hecho, en mi opinión, tiene la obligación moral de protegerla.

No debía haber dicho eso. Detrás de sus gafas de montura plateada, los ojos de Craig Michaelson se volvieron fríos.

—Doctora Sheridan, me ha pedido que la reciba hoy. Se ha presentado aquí con una historia que pretende hacer pasar por cierta aunque solo tengo su palabra. Ha insinuado prácticamente que en el pasado yo actué en contra de la ley y ahora me exige que quebrante la ley para ayudarla. Hay formas de conseguir los registros de los nacimientos legalmente. Debería acudir a la oficina del fiscal del distrito. Estoy seguro de que pedirían al tribunal que abrieran esos registros. Le aseguro que es la única opción que debería considerar en este asunto. Como usted misma ha señalado, es posible que cuando estaba embarazada alguien la viera en la consulta del doctor Connors y consiguiera hacerse con su historial clínico. También ha apuntado que podría tratarse de dinero. Sinceramente, creo que tiene razón. Alguien sabe quién es su hija y cree que usted pagará.

Se puso en pie.

Por un momento, Jean siguió sentada.

—Señor Michaelson, la intuición no suele fallarme, y mi intuición me dice que usted gestionó la adopción de mi hija y que seguramente lo hizo de forma ilegal. También me dice que la persona que me ha mandado esos faxes, que está tan próxima a Lily como para quitarle su cepillo, es peligrosa. Pienso acudir al juez para conseguir esos registros. La cuestión es que, entretanto, es posible que algo le suceda a mi hija porque usted se niega a ayudarme. Si le pasa algo y yo me entero, no respondo de lo que le pueda hacer a usted.

Jean no pudo controlar las lágrimas. Se dio la vuelta y salió corriendo de la habitación, y no le importó que la recepcionista y varias personas que había en recepción se la quedaran mirando cuando pasó corriendo. Cuando llegó al coche, abrió la portezuela, entró y hundió el rostro entre las manos.

Y entonces se quedó helada. Con la misma claridad que si Laura estuviera en el coche con ella, oyó su voz suplicar: «¡Jean, ayúdame! ¡Por favor, Jean, ayúdame!».

55

Desde la ventana de su oficina, Craig observó con expresión preocupada cómo Jean Sheridan corría hacia su coche. Hablaba en serio, pensó. No se trata de una mujer obsesionada por encontrar a su hija que se ha inventado una historia. ¿Debo advertir a Charles y Gano? Si le pasara algo a Meredith, los destrozaría.

No les revelaría la identidad de Jean Sheridan, pero al menos podía informar a Charles del peligro que amenazaba a su hija adoptiva. Él decidiría lo que le decía a Meredith, o cómo protegerla. Si la historia sobre el cepillo era cierta, quizá Meredith recordara dónde estaba cuando lo perdió. Y eso podría llevarles a la persona que enviaba los faxes.

Jean Sheridan ha dicho que si algo le sucediera a su hija, algo que yo hubiera podido evitar, no respondía de lo que me haría, recordó. Charles y Gano se sentirían exactamente igual.

Una vez tomada la decisión, Craig Michaelson fue hasta su mesa y descolgó el auricular del teléfono. No necesitaba consultar el número. Curiosa coincidencia, pensó mientras marcaba. Jean Sheridan no vive lejos de ellos. Ella está en Alexandria. Ellos en Chevy Chase.

Contestaron al primer tono.

—Despacho del general Buckley —dijo una voz animada.

—Soy Craig Michaelson, un amigo del general Buckley. Necesito hablar con él de un asunto muy importante. ¿Está ahí?

—Lo siento, señor. El general está de viaje por un asunto oficial. ¿Puede ayudarle alguna otra persona?

—No, me temo que no. ¿Se pondrá en contacto con él?

—Sí, señor. La oficina está en contacto con él regularmente.

—Entonces dígale que es de máxima urgencia que me llame en cuanto pueda. —Craig deletreó su nombre y dio el número de su móvil y el de la oficina. Vaciló, pero al final decidió no decir que se trataba de Meredith. Charles respondería a un mensaje urgente en cuanto lo recibiera... estaba seguro.

De todos modos, pensó Craig Michaelson mientras colgaba el auricular, en West Point Meredith estará más segura que en ningún otro sitio.

Y entonces lo asaltó un pensamiento inquietante, estar en West Point no había servido para evitar la muerte del verdadero padre de Meredith, el cadete Carroll Reed Thornton hijo.

56

La primera persona a quien Carter Stewart vio cuando entró en el Glen-Ridge a las tres y media fue Jake Perkins, que, como de costumbre, estaba despatarrado en un asiento del vestíbulo. ¿Es que este crío no tiene casa?, pensó Stewart mientras se dirigía hacia el teléfono que había en un extremo del mostrador de recepción y marcaba el número de la habitación de Robby Brent.

No hubo respuesta.

—Robby, habíamos quedado a las tres y media —dijo Stewart con tono seco cuando una voz electrónica le indicó que dejara un mensaje—. Estaré en el vestíbulo unos quince minutos más.

Cuando colgó, vio a Sam Deegan, el investigador, sentado en la oficina que había detrás de recepción. Sus miradas se encontraron y Deegan se puso en pie, con la intención evidente de hablar con él. Había un aire decidido en los movimientos de Deegan que le dijo que aquello no sería una charla insustancial.

Se quedaron cada uno a un lado del mostrador.

—Señor Stewart —dijo Sam—, me alegro de verle. Le dejé un mensaje en su hotel y esperaba noticias suyas.

—He estado trabajando con mi director en el guión de mi nueva obra —repuso Stewart con brusquedad.

—Veo que ha usado la cabina. ¿Ha quedado con alguien?

La pregunta de Sam Deegan le molestó. No es asunto suyo, hubiera querido decir, pero algo en la actitud del otro le hizo que se mordiera la lengua.

—Había quedado con Robby Brent a las tres y media, y antes de que me pregunte para qué, porque evidentemente me lo iba a preguntar, deje que satisfaga su curiosidad. Brent ha accedido a intervenir en una nueva comedia de situación. Ha visto los primeros guiones y dice que son más bien malos... que en realidad no tienen ninguna gracia, y me ha pedido que les eche un vistazo y le dé mi opinión profesional de si pueden salvarse o no.

—Señor Stewart, sé que le comparan a usted a autores teatrales de la talla de Tennessee Williams o Edward Albee —dijo Sam, algo cortante—. Yo solo soy un hombre corriente, pero la mayoría de esas comedias de situación son un insulto a la inteligencia. Me sorprende que se preste a juzgar una de ellas.

—No lo he decidido yo. —El tono de Stewart era glacial—. Anoche, después de cenar, Robby Brent me pidió que echara un vistazo a los guiones. Se ofreció a traérmelos a mi hotel pero, como comprenderá, eso hubiera significado tener que echarlo de mi suite después de ojear el material. Era mejor que me pasara yo por aquí al volver de casa de mi director. Y aunque yo no escribo comedias de situación, soy bastante buen crítico de cualquier texto. ¿Sabe si Robby va a volver pronto?

—No conozco sus planes. Yo también he venido a hablar con él. No contestó cuando llamé, entonces me he dado cuenta de que nadie le ha visto en todo el día, así que hice entrar en la habitación al botones. No ha dormido en su cama. Parece que el señor Brent ha desaparecido.

Sam no estaba seguro de querer dar esa información a Carter Stewart, pero su instinto le dijo que lo hiciera y observara su reacción. Resultó ser mucho más fuerte de lo que esperaba.

—¡Desaparecido! Oh, vamos, señor Deegan. ¿No le parece que esta farsa ya ha durado demasiado? Deje que me explique. En esa serie en la que han propuesto trabajar a Robby Brent aparece una rubia sexy no muy distinta de la desaparecida Laura Wilcox. El otro día, en West Point, y más concretamente en la mesa, cuando estábamos comiendo, Brent le decía a Laura que sería perfecta para el papel. Empiezo a pensar que todo este circo que rodea la desaparición de Laura no es más que un montaje.

207

Y ahora, si me disculpa, no pienso perder el tiempo esperando a Robby.

No me gusta este tipo, pensó Sam mientras lo veía marcharse. Carter Stewart vestía un andrajoso chándal gris oscuro y unas zapatillas de deporte sucias, un atuendo de vagabundo que seguramente le habría costado una fortuna.

Dejando aparte mis sentimientos hacia él, ¿acaso no tiene razón en lo que ha dicho? En las más de tres horas que había pasado en su oficina, había tenido mucho tiempo para pensar, y en el proceso había empezado a sentirse cada vez más irritado.

Sabemos que Brent telefoneó imitando la voz de Laura. Él compró el móvil desde el que parece que se hizo la llamada que recibió Jean. El dependiente que se lo vendió dice que lo vio hacer una llamada exactamente a la hora en que Jean creía estar hablando con Laura. Empiezo a pensar que tal vez Stewart tenga razón, que todo esto no sea más que una forma de conseguir publicidad. De ser así, ¿qué hago yo perdiendo el tiempo con esto cuando hay un asesino suelto por el condado de Orange que arrastró a una mujer inocente hasta su coche y la apuñaló hasta matarla?

Al llegar al Glen-Ridge, se había encontrado a Eddie Zarro esperándolo, pero le dijo que volviera a la oficina, que no era necesario que los dos se quedaran a esperar a Brent en el vestíbulo del hotel. Sam se debatió y finalmente decidió que era hora de que Zarro lo relevara. Él se iría a casa. Necesito dormir. Estoy tan cansado que no puedo pensar con claridad.

Cuando abrió su móvil para llamar a la oficina, se dio cuenta de que Amy Sachs, la recepcionista, estaba a su lado.

—Señor Deegan —dijo la mujer en voz muy baja—, está usted aquí desde antes de mediodía y no ha comido nada. ¿Quiere que le pida un café y un sándwich?

—Es usted muy amable, pero me voy a ir enseguida. —Mientras lo decía, se preguntó si la mujer no estaría por allí cuando había hablado con Stewart. Caminaba sin hacer ruido y cuando abría la boca apenas se la oía. ¿Por qué tengo la sensación de que tiene un oído muy fino?, se preguntó con ironía mientras la veía cruzar una mirada con Jake Perkins. ¿Y por qué me da la impresión de que en cuanto yo salga de aquí va a ir a contarle a Jake Perkins que Brent ha desaparecido y que Stewart cree que todo es un montaje publicitario?

Sam volvió a entrar en el despacho. Desde allí tenía una panorámica perfecta de la entrada al hotel. Unos minutos más tarde, vio entrar a Gordon Amory y corrió a abordarlo antes de que subiera al ascensor.

Era evidente que el hombre no estaba de humor para hablar de Robby Brent.

—No he hablado con él desde su vulgar exhibición de anoche —le dijo—. De hecho, ya que la presenció usted, señor Deegan, y también oyó cómo Robby atacaba a Jack Emerson, creo que debe saber que desde las diez de esta mañana he estado viendo terrenos con Emerson. Tiene en exclusiva la venta de algunos realmente buenos. También me ha enseñado los terrenos que ofreció a Robby. Debo decir que tienen un precio muy razonable y, en mi opinión, a largo plazo serían una inversión excelente... lo que quiere decir que en cualquier cosa que Robby Brent insinúe, diga o haga debe buscarse siempre una motivación. Y ahora, si me disculpa, tengo que hacer algunas llamadas.

La puerta del ascensor se abrió en aquel momento. Antes de que Amory pudiera entrar, Sam le dijo:

—Un momento, por favor, señor Amory.

Con una sonrisa de resignación que casi fue un desprecio, Amory se volvió hacia él.

—Señor Amory, anoche Robby Brent no durmió en su habitación. Creemos que fue él quien llamó a Jean Sheridan haciéndose pasar por Laura. Su colega, Carter Stewart, cree que Brent y Wilcox podrían haber preparado un montaje para dar publicidad a la nueva serie del señor Brent. ¿Usted qué opina?

Gordon Amory arqueó una ceja. Por un momento no supo qué responder. Luego su cara adoptó una expresión divertida.

—¡Un montaje publicitario! Claro, tiene sentido. De hecho, si mira la página seis del *New York Post*, verá que es eso precisamente lo que insinúan sobre la desaparición de Laura. Ahora desaparece Robby, y dice usted que fue él quien llamó a Jean anoche. Y nosotros preocupados.

—Entonces ¿cree usted que es posible que estemos perdiendo el tiempo al preocuparnos por Laura?

—*Au contraire*, no ha sido una pérdida de tiempo, señor Deegan. Lo único bueno de la supuesta desaparición de Laura es que me ha demostrado que sigo teniendo una pizca de bondad en mi corazón. Estaba tan preocupado por ella que estaba dispuesto a ofrecerle un papel en mi nueva serie. Seguro que tiene usted razón. Nuestra querida amiga tiene cosas importantes de las que ocuparse y lo está haciendo divinamente. Y ahora debo irme.

—Deduzco que se irá usted de aquí pronto.

—No, aún tengo que ver más terrenos, pero no creo que nos veamos más, porque supongo que ahora podrá volver a ocuparse de crímenes de verdad. Adiós.

Sam observó a Amory cuando entró en el ascensor. Otro que se cree que es superior a un simple investigador, pensó. Bueno, habrá que esperar y ver qué pasa. Sam volvió a cruzar el vestíbulo y sintió que tenía los nervios desquiciados. Tanto si la desaparición de Laura es un montaje como si no, lo cierto es que cinco de las mujeres que compartían mesa en el comedor han muerto.

Esperaba que Jean volviera antes de que él se fuera, y le complació ver que estaba ante el mostrador de recepción. Se dirigió hacia allí, interesado por saber cómo le había ido con el abogado. Jean estaba preguntando si había algún mensaje para ella. Tiene miedo de recibir otro fax, pensó Sam. Es lógico. Sam le tocó el brazo. Cuando ella se volvió, a Sam le dio la impresión de que había estado llorando.

—¿Quiere tomar un café? —propuso.

—Mejor un té, gracias.

—Señora Sachs, cuando llegue el señor Zarro, dígale que se reúna con nosotros en la cafetería —indicó Sam a la recepcionista.

En la cafetería, Sam esperó a que les sirvieran su café y el té de Jean antes de hablar. Le pareció que ella aún estaba tratando de recuperar la compostura. Finalmente dijo:

—Deduzco que no ha ido bien con el abogado.

—Ha ido bien y no ha ido bien —dijo Jean muy despacio—. Sam, apostaría mi vida a que fue Michaelson quien llevó la adopción de mi hija y que sabe dónde está. Me he mostrado muy desagradable con él. Hasta le he amenazado. Cuando venía hacia aquí, paré el coche en el arcén y lo llamé para disculparme. También le he recordado que es posible que Lily recuerde dónde perdió el cepillo y que eso podría ser una pista para descubrir quién la amenaza.

—¿Y qué dijo Michaelson?

—Fue muy raro. Dijo que ya se le había ocurrido. Sam, ese hombre sabe dónde está Lily, o sabe cómo encontrarla. Me dijo, y utilizó las palabras «debe usted hacerlo sin falta», que debía pedirle a usted o al fiscal del distrito que consigan una orden del juez para abrir enseguida los registros y avisar a los padres de lo que sucede.

—Entonces yo diría que es evidente que se ha tomado muy en serio lo que le ha dicho.

Jean asintió.

—No me lo pareció cuando estuve en su despacho, pero quizá el arrebato que me dio... estuve a punto de arrojarle algo... le haya convencido. Su actitud había dado un giro de ciento ochenta grados cuando hablé con él unos minutos más tarde por teléfono. —Levantó la vista—. Oh, mire, es Mark.

Mark Fleischman se dirigía hacia la mesa.

—Le he contado lo de Lily —informó al policía a toda prisa—, puede hablar delante de él.

—¿Se lo ha contado, Jean? ¿Por qué? —Sam estaba desolado.

—Es psiquiatra. Pensé que podía ayudarme a decidir si esos faxes eran una amenaza real.

Cuando Mark se acercó, Sam vio que la sonrisa de Jean reflejaba verdadera alegría. Tenga cuidado, Jean, hubiera querido decirle. Ese hombre no es trigo limpio. Hay una especie de tensión hirviendo bajo la superficie y eso es algo que solo un policía como yo puede notar.

A Sam tampoco se le escapó el hecho de que Mark puso su mano sobre la de Jean por un momento cuando ella le invitó a acompañarlos.

—No molesto, ¿verdad? —preguntó Mark mirando a Sam.

—En realidad, me alegra que haya venido —dijo Sam—. Estaba a punto de preguntarle a Jean si había sabido algo de Robby Brent. Ahora podré preguntarles a los dos.

Jean negó con la cabeza.

—Yo no.

—Yo tampoco, gracias a Dios —apuntó Fleischman—. ¿Por qué iba a tener noticias suyas?

—Estaba a punto de decírselo, Jean. Robby Brent debió de abandonar el hotel después de la cena de anoche. De momento no ha vuelto. Hemos descubierto que la llamada que usted pensó que era de Laura se hizo desde un móvil que Brent acababa de comprar, y también estamos bastante seguros de que la voz que oyó era la de él. Como bien sabe, es un imitador soberbio.

Jean miró a Sam, con expresión asombrada e inquieta.

—Pero ¿por qué?

—En la comida que se ofreció en West Point, ¿le oyó hablarle a Laura sobre la posibilidad de que apareciera en su nueva serie?

—Yo sí lo oí —intervino Mark Fleischman—, pero no sé si estaba bromeando.

—Dijo que había un papel que a Laura podría interesarle —confirmó Jean.

—Carter Stewart y Gordon Amory creen que todo esto es un montaje de Laura y Brent. ¿Usted qué opina? —Miró a Mark Fleischman con los ojos entrecerrados.

Detrás de las gafas, la mirada de Mark pareció reflexiva. Luego miró a Sam.

—Creo que es bastante probable —dijo lentamente.

—Pues yo no —apuntó Jean con vehemencia—. En absoluto. Laura tiene problemas. Lo siento; lo sé. —Vaciló un momento y finalmente decidió no contarles que había sentido que Laura la llamaba pidiendo ayuda—. Por favor, Sam, no crea eso, no deje de buscar a Laura —le suplicó—. No sé qué pretende Robby Brent, pero quizá estaba tratando de despistarnos al llamar haciéndose pasar por ella y decir que estaba bien. Laura no está bien; sé que no está bien.

—Tranquilízate, Jeannie —le dijo Mark con suavidad.

Sam se puso en pie.

—Jean, hablaremos de nuevo a primera hora de la mañana. Quiero que venga a mi despacho para comentar el otro asunto que tenemos pendiente.

Diez minutos después, mientras Eddie Zarro se quedaba en el hotel por si Robby Brent aparecía, Sam subió fatigado a su coche. Arrancó el motor, vaciló, pensó un momento y luego marcó el número de Alice Sommers. Cuando la mujer contestó, a Sam le sorprendió una vez más el sonido argentino de su voz.

—¿Cree que podría ofrecerle un vaso de jerez a un policía agotado? —preguntó él.

Media hora después, estaba sentado en un sillón de cuero, con los pies sobre la otomana, de cara a la chimenea, en la casa de Alice Sommers. Después de dar un último sorbito al jerez, dejó el vaso sobre la mesita que tenía al lado. Alice no tuvo que insistir mucho para convencerlo de que echara una cabezadita mientras ella preparaba algo de cenar.

—Tiene que comer —señaló la mujer—. Luego se va derecho a casa y a dormir.

Mientras sus ojos empezaban a cerrarse, Sam lanzó una mirada somnolienta a la vitrina de pequeños objetos que había junto a la chimenea. Antes de que ninguno de los objetos que había allí pudiera despertar una respuesta en su inconsciente, ya se había dormido.

57

El turno de Amy Sachs terminó a las cuatro, poco después de que Sam Deegan dejara el hotel. Ella y Jake Perkins habían quedado en encontrarse en el McDonald's que había a un kilómetro y medio de allí. En aquellos momentos, mientras cada uno comía una hamburguesa, Amy le ponía al corriente de las actividades de Sam Deegan y la conversación que había oído entre el detective y, como ella lo describió, «ese autor teatral engreído, Carter Stewart».

—El señor Deegan vino al hotel buscando al señor Brent —le explicó—. Eddie Zarro, el otro investigador, le estaba esperando. Los dos estaban como locos. En cuanto vio que el señor Brent no contestaba al teléfono, el señor Deegan hizo que Pete, el botones, los llevara a la habitación. Llamaron a la puerta, pero Brent no contestó, y el señor Deegan le dijo a Pete que la abriera. Entonces descubrieron que el señor Brent no había dormido en su cama.

Entre bocado y bocado, Jake iba tomando notas.

—Pensaba que Carter Stewart se había ido después de la reunión —dijo—. ¿Para qué ha vuelto? ¿Había quedado con alguien?

—Stewart le dijo al señor Deegan que había accedido a revisar los guiones del nuevo programa televisivo de Robby Brent. Luego hablaron de un móvil. No entendí muy bien qué decían, porque el señor Deegan habla muy bajo. Y al señor Stewart tampoco se le oye demasiado bien, aunque tiene una voz muy clara, y eso que yo tengo muy buen oído. En realidad, dicen que con noventa años mi abuela podía oír a un gusano moverse por la hierba.

—Mi abuela siempre dice que yo farfullo —dijo Jake.

—Pues es verdad —susurró Amy Sachs—. Bueno, el caso es que el señor Deegan le preguntó al señor Stewart si creía que todo esto no era más que un montaje publicitario de Laura Wilcox y Robby Brent, y por lo visto el señor Stewart pensaba que sí. Quizá me haya perdido algo, pero ¿no recibió anoche la doctora Sheridan una llamada de Laura Wilcox?

Jake casi estaba salivando ante aquel torrente inesperado de información. Durante toda la tarde se había sentido como si estuviera viendo una película sin la voz. Había estado sentado en el vestíbulo, pero no se atrevió a acercarse al mostrador o tratar de escuchar las conversaciones de forma demasiado evidente.

—Sí, la doctora Sheridan recibió una llamada de Laura Wilcox. Dio la casualidad de que yo estaba por allí cuando lo comentaron en el salón privado.

—Jake, me parece que no he entendido muy bien de lo que hablaban. Es... no sé, oyes un trozo de una frase, parte de otra... Porque solo te puedes acercar a la gente hasta cierto punto sin que se note que estás escuchando. Pero me da la impresión de que fue ese Robby Brent quien llamó anoche y se hizo pasar por Laura Wilcox.

La mano de Jake se había quedado suspendida en el aire, sujetando con firmeza la parte de la hamburguesa que le quedaba por comer. La dejó en el plato. Era evidente que estaba analizando lo que Amy acababa de decirle.

—Robby Brent hizo la llamada y ahora no está, ¿y piensan que es un truco para promocionar una nueva serie de televisión?

Las enormes gafas de Amy se movieron sobre el puente de su nariz cuando asintió alegremente.

—Suena como un *reality show*, ¿verdad? ¿Crees que en el hotel habrá cámaras ocultas grabando?

—Es posible —concedió Jake—. Eres genial, Amy. Cuando tenga mi periódico, pienso hacerte redactora. ¿Alguna otra cosa?

Ella apretó los labios.

—Solo una cosa. Mark Fleischman... ya sabes, ese homenajeado tan majo que es psiquiatra...

—Sí, sé quién es. ¿Qué le pasa?

—Te juro que está colado por la doctora Sheridan. Esta mañana salió temprano, y cuando volvió lo primero que hizo fue ir corriendo a llamarla. Le oí.

—Claro —dijo Jake con una sonrisa.

—Le dije que estaba en la cafetería. Me dio las gracias, pero antes de ir hacia allí me preguntó si la doctora había recibido algún otro fax. Casi pareció decepcionado cuando le dije que no y me preguntó si estaba segura. Aunque esté enamorado de ella, es un poco descarado preguntar de esa forma por su correo, ¿no?

—Pues sí.

—Pero es un hombre amable, y le pregunté si había tenido un buen día. Él me dijo que sí, que había estado visitando a unos viejos amigos en West Point.

58

Cuando Sam Deegan se fue, Jean Sheridan y Mark Fleischman siguieron sentados en la cafetería casi una hora más. Él estiró el brazo y puso la mano sobre la de ella mientras la mujer le hablaba de su entrevista con Michaelson, de lo convencida que estaba de que el abogado había llevado la adopción de Lily y de su reacción violenta porque aquel hombre no parecía entender que Lily estaba en peligro.

—Le llamé para disculparme —explicó— y le comenté que tal vez Lily recordara dónde había perdido el cepillo, y que eso podría indicarnos quién se lo llevó, a menos que sean sus padres adoptivos quienes están detrás de todo esto.

—Es una posibilidad —concedió Mark—. ¿Piensas hacer lo que te dijo Michaelson, pedir una orden judicial para abrir los archivos?

—Desde luego. Mañana por la mañana me reuniré con Sam Deegan en su oficina.

—Creo que es lo mejor. ¿Y qué opinas de lo de Laura, Jean? Tú no crees que sea un montaje, ¿verdad?

—No, en absoluto. —Jean titubeó. Eran casi las cuatro y media, y el sol de media tarde proyectaba sombras oblicuas en la cafetería casi vacía. Miró a Mark, que vestía una camisa abierta y un jersey verde oscuro. Es uno de esos hombres que siempre tienen un aire juvenil, pensó, salvo por los ojos—. ¿Cuál era el profesor que decía que tenías alma de viejo? —preguntó.

—El señor Hastings. ¿Por qué lo preguntas?

—Decía que tenías más sentido común que los chicos de tu edad.

—No estoy seguro de que lo dijera como un cumplido. Pero ¿lo dices por algo?

—Sí. Por alma de viejo yo entiendo una persona con una gran perspicacia. Cuando subí a mi coche después de salir del despacho de Craig Michaelson, estaba enfadada, ya te lo he dicho. Entonces oí la voz de Laura, y te aseguro que si hubiera estado a mi lado no la habría oído con mayor claridad. Oí su voz, que me decía: «Jean, ayúdame, por favor, ayúdame». —Jean escrutó el rostro de Mark—. No me crees, o crees que estoy loca —dijo a la defensiva.

—No, no es verdad. Si hay alguien que crea en la capacidad de la mente para comunicarse, ese soy yo. Pero, si de veras Laura tiene problemas, ¿cómo encaja Robby Brent en todo esto?

—No tengo ni idea. —Jean alzó una mano en un gesto de impotencia, y volvió a bajarla mirando alrededor—. Será mejor que nos vayamos. Están preparando las mesas para la cena.

Mark hizo una señal para que le trajeran la cuenta.

—Me gustaría pedirte que cenaras conmigo, pero esta noche tengo el privilegio de compartir mesa con mi padre.

Jean lo observó con detenimiento, sin saber muy bien qué decirle. La expresión de Mark era inescrutable.

—Sé que os habéis distanciado mucho —dijo ella por fin—. ¿Te ha llamado él?

—Hoy he pasado delante de la casa. Su coche estaba allí, e impulsivamente, muy impulsivamente, llamé al timbre. Tuvimos una larga charla... no lo bastante larga para arreglar nada, pero me pidió que fuera a cenar con él. Le dije que sí, pero con la condición de que conteste algunas preguntas.

—¿Y accedió?

—Sí. Veremos si cumple su palabra.

—Espero que puedas solucionar lo que sea que tenéis pendiente.

—Yo también, Jeannie, pero no estoy muy seguro.

Subieron juntos en el ascensor. Mark apretó los botones del cuarto y el sexto.

—Espero que tengas mejores vistas que yo —comentó Jean—. Mi habitación da al aparcamiento.

—Pues entonces la mía es mejor —concedió él—. La mía da al frente. Si estoy en la habitación, puedo ver la puesta de sol.

—Pues yo, si estoy despierta, puedo ver quién llega al amanecer —dijo Jean cuando el ascensor se detuvo en la cuarta planta—. Nos vemos, Mark.

La lucecita de los mensajes parpadeaba en el contestador de su habitación. La llamada era de Peggy Kimball, y era de hacía apenas unos minutos. «Jean, estoy en mi hora de descanso en el hospital, así que iré deprisa. Cuando la dejé, recordé que Jack Emerson había trabajado con los equipos de limpieza del edificio por aquella época. Como le dije, el doctor Connors siempre llevaba la llave de los archivos en el bolsillo, pero seguro que tenía una copia en algún sitio, porque recuerdo que un día se olvidó las llaves y pudo abrir los archivos de todos modos. Así que quizá Emerson u otra persona echara un vistazo a esos archivos. He pensado que debía saberlo. Buena suerte.»

Jack Emerson, pensó Jean cuando colgó el auricular y se dejó caer en la cama. ¿Es posible que sea él quien me está haciendo esto? Siempre ha vivido aquí. Si las personas que adoptaron a Lily residen en la zona, es posible que las conozca.

Oyó un ruido y se volvió a tiempo de ver cómo un sobre se deslizaba por debajo de la puerta. Se levantó en el acto y abrió la puerta de golpe.

El botones se enderezó con gesto de disculpa.

—Doctora Sheridan, llegó un fax para usted cuando acabábamos de recibir un montón de material para otro de los huéspedes. Su fax se mezcló con esos papeles. El hombre acaba de encontrarlo y nos lo ha bajado a recepción.

—No te preocupes —murmuró ella, con la garganta casi ocluida por el miedo. Cerró la puerta y recogió el sobre. Lo abrió, con mano temblorosa. Será sobre Lily, pensó.

Era sobre Lily. El fax decía:

Jean, estoy muy avergonzada. Siempre he sabido lo de Lily y conozco a las personas que la adoptaron. Es una chica estupenda. Es inteligente, estudia segundo en la universidad y es muy feliz. No era mi intención que pensaras que la estaba amenazando. Necesito dinero desesperadamente y pensé que así podría conseguirlo. No te preocupes por Lily, por favor. Está bien. Me pondré en contacto contigo muy pronto. Perdóname, por favor, y diles a todos que estoy bien. Todo este montaje ha sido idea de Robby Brent. Intentará solucionarlo. Quiere hablar con los productores antes de hacer una declaración a la prensa.

LAURA

Jean notó que las rodillas le flaqueaban y se dejó caer sobre la cama. Luego, llorando por el alivio, marcó el número de Sam.

La llamada de Jean sobresaltó a Sam, que estaba dormitando mientras Alice Sommers trajinaba en la cocina.

—¿Otro fax, Jean? Tranquila. Léamelo. —Y escuchó—. Dios —dijo después—. No me puedo creer que esa mujer sea capaz de hacerle eso.

—Está hablando con Jean, ¿verdad? ¿Se encuentra bien? —Alice estaba en el umbral de la puerta.

—Sí. Era Laura Wilcox quien le enviaba los faxes sobre Lily. Se ha disculpado, dice que nunca ha pretendido hacerle daño.

Alice le arrebató el auricular.

—Jean, ¿estás demasiado alterada para conducir? —Escuchó—. Entonces ven a casa...

Cuando Jean llegó, Alice la miró y vio en su rostro la luminosidad que ella misma habría tenido si años atrás su hija se hubiera salvado. La abrazó.

—Oh, Jean, no he dejado de rezar y rezar.

Jean la estrechó con fuerza.

—Lo sé. No me puedo creer que Laura me haya hecho esto, pero estoy segura de que nunca le haría daño a Lily. Ahora sé que solo se trataba de dinero, Sam. Señor, si Laura estaba tan desesperada, ¿por qué no me pidió directamente que la ayudara? Hace media hora estaba por decirle que seguramente Jack Emerson era la persona que se había enterado de lo de Lily.

—Jean, pasa, siéntate y tranquilízate. Tómate un vasito de jerez y explícame lo que quieres decir con eso. ¿Qué tiene que ver Jack Emerson?

—He descubierto algo que me ha hecho pensar que era él quien estaba detrás de todo. —Obedientemente, Jean se quitó la chaqueta, entró, se sentó en la silla más cercana al fuego y, tratando de controlar la voz, les habló de la llamada de Peggy Kimball—. Jack trabajaba en la consulta en la época en que yo fui paciente del doctor. Él planificó la reunión para tenernos a todos aquí. Tenía en casa esa fotografía de Laura de la que habló Robby Brent. Todo parecía encajar... hasta que recibí el fax. Ah, no lo había dicho, el fax llegó hacia las doce, pero se mezcló con los papeles de otro huésped del hotel.

—¿Tenía que haberlo recibido a mediodía? —preguntó Sam enseguida.

—Sí, y de haberlo hecho, no habría ido a ver a Craig Michaelson. En cuanto lo leí, traté de localizarle por si había decidido ponerse en contacto con los padres adoptivos de Lily, para decirle que esperara hasta que supiéramos algo más de Laura. Ahora ya no hay necesidad de asustarlos, ni a ella.

—¿Ha hablado a alguien del fax de Laura? —preguntó Sam.

—No, me lo entregaron cuando acababa de subir a mi habitación. Mark y yo estuvimos sentados casi una hora en el café después de que se fuera usted, Sam. Oh, tendría que llamarle antes de que se vaya a cenar. Se pondrá muy contento. Él comprende igual que ustedes lo desesperada que estaba.

Apuesto a que Jean le ha contado a Fleischman que existe la posibilidad de averiguar dónde perdió Lily el cepillo, o con quién estaba cuando lo perdió, pensó Sam con ánimo sombrío mientras veía a Jean coger su móvil.

Su mirada se cruzó con la de Alice y vio que compartían la misma preocupación. ¿Aquel fax era realmente de Laura o se trataba de otro estrambótico giro en una pesadilla que aún no se había terminado?

Y hay otra posibilidad, pensó. Si Jean tiene razón y Craig Michaelson se ocupó de la adopción de Lily, es posible que ya se haya puesto en contacto con los padres adoptivos y hayan hablado del cepillo desaparecido.

A menos que el fax de Laura fuera auténtico, Lily se había convertido en un peligro para la persona que mandaba los faxes. Y fuera quien fuese, debía de haber pensado que podían llegar a ella a través del cepillo.

No estoy dispuesto a creer que los faxes sean de Laura. Al menos no todavía. Jack Emerson trabajaba en la consulta del doctor Connors, siempre ha vivido en la zona y podría fácilmente ser amigo de la pareja de Cornwall que adoptó a Lily.

Por otro lado, Mark Fleischman puede haberse granjeado la confianza de Jean, pero no la mía. Ese tipo trama algo que no tiene nada que ver con la televisión ni con ayudar a familias con problemas, decidió.

Jean dejó un mensaje a Fleischman.

—No está —dijo, aspiró por la nariz y se volvió hacia Alice, con una sonrisa en el rostro—. Algo huele de maravilla. Si no me invita a cenar, creo que me invitaré yo misma. Oh, señor, soy tan feliz. ¡Tan feliz!

59

La noche es mi momento, pensó el Búho mientras esperaba con impaciencia a que oscureciera. Había sido una locura arriesgarse a volver a la casa en pleno día... alguien podía haberle visto. Pero había tenido la perturbadora sensación de que Robby Brent no estaba muerto, de que, siendo actor, se había limitado a fingir que estaba inconsciente. Se lo imaginaba saliendo a rastras del coche y tratando de llegar a la calle... o incluso subiendo por las escaleras para buscar a Laura y llamar a la policía.

La imagen de Robby vivo, tratando de pedir ayuda, se hizo tan poderosa que el Búho no tuvo más remedio que volver para convencerse de que de verdad estaba muerto y seguía donde lo había dejado, en el maletero de su coche.

Había sido casi como la primera vez que le quitó la vida a alguien, aquella noche en la casa de Laura, pensó el Búho. Recordaba vagamente haber subido de puntillas por la escalera de atrás, de camino a la habitación donde pensaba que estaba Laura. Hacía veinte años.

La noche pasada, él sabía que Robby le seguía, así que no fue difícil engañarlo. Luego tuvo que meter la mano en el bolsillo de sus pantalones para cogerle las llaves del coche y poder entrarlo en el garaje. Dentro ya había otro, el primero que él alquiló, el de los neumáticos llenos de barro. Dejó el de Robby Brent al lado y luego arrastró hasta allí el cuerpo desde las escaleras, que era donde lo había matado.

De alguna manera se había delatado ante Robby Brent. De alguna manera Robby lo había descubierto. ¿Y los otros? ¿Se estaba cerrando un círculo y dentro de poco no podría escapar a la noche? No le gustaba la incertidumbre. Necesitaba sentirse seguro... la seguridad que solo sentía cuando llevaba a cabo ese acto que le permitía reafirmar su poder sobre la vida y la muerte.

A las once se dedicó a conducir lentamente por el condado de Orange. No demasiado cerca de Cornwall, pensó. Ni demasiado cerca de Washingtonville, donde encontraron el cuerpo de Helen Whelan. Highland Falls estaría bien. O quizá debiera buscar algún lugar en las proximidades del motel donde Jean Sheridan estuvo con el cadete.

Quizá estaba destinado a encontrar a su víctima en alguna de las calles secundarias que había cerca del motel.

A las once y media, cuando pasaba por una calle bordeada de árboles, vio a dos mujeres en un porche, bajo una lámpara. Mientras las observaba, una se volvió, entró en la casa y cerró la puerta. La otra bajó por las escaleras del porche. El Búho detuvo el coche junto al bordillo, apagó las luces y esperó a que cruzara el césped para llegar a la acera.

La mujer iba mirando al suelo, caminando con rapidez, y no lo oyó cuando él bajó del automóvil y se ocultó tras la sombra de un árbol. Cuando ella pasó de largo, él salió de su escondite. Sintió cómo el Búho salía de su jaula cuando le tapó la boca con la mano y le pasó la cuerda alrededor del cuello con rapidez.

—Lo siento por ti —le susurró—, pero eres la elegida.

60

El cuerpo de Yvonne Tepper fue descubierto a las seis de la mañana por Bessie Koch, una viuda de setenta años que complementaba su cheque de la seguridad social repartiendo el *New York Times* en la zona de Highland Falls, en el condado de Orange.

La mujer estaba a punto de entrar con el coche en el camino de acceso a la casa de la señora Tepper, porque uno de sus eslóganes hacía alusión a su política de «nada de pies descalzos». «La gente no tiene que bajar a la calle a recoger el periódico —explicaba en sus panfletos—. El periódico estará ahí cuando usted abra la puerta.» Su campaña era un homenaje a su difunto esposo, que siempre salía descalzo a recoger el periódico de la mañana, aunque normalmente el repartidor lo arrojaba más cerca de la calle que de los escalones de la entrada.

Al principio, Bessie no quería creer lo que veían sus ojos. Aquella noche había helado, e Yvonne Tepper estaba tendida entre dos arbustos, sobre una hierba que aún destellaba por los fragmentos de escarcha. Tenía las piernas dobladas, las manos metidas en los bolsillos de su parca azul marino. Su aspecto era tan pulcro y correcto que lo primero que Bessy pensó era que se había caído.

Cuando por fin comprendió lo que pasaba, Bessie detuvo el coche pisando con fuerza el freno. Abrió la portezuela y corrió los pocos metros que la separaban del cuerpo. Por unos momentos se quedó parada, aturdida por la impresión de ver los ojos abiertos de la mujer, la boca flácida, y la cuerda que llevaba alrededor del cuello.

Bessie trató de gritar pidiendo ayuda, pero fue incapaz de proferir ningún sonido. Así que dio media vuelta y corrió a trompicones hasta el coche. Se sentó ante el volante y se inclinó sobre el claxon. En las casas cercanas, empezaron a encenderse luces, y los vecinos se asomaron irritados a las ventanas. Varios hombres salieron para averiguar la causa de tanto alboroto... irónicamente, todos iban descalzos.

El marido de la vecina a la que Yvonne Tepper acababa de visitar cuando el Búho la atacó saltó al asiento del pasajero del coche de Bessie y le apartó las manos del claxon.

En ese momento, Bessie consiguió por fin gritar.

61

Sam Deegan estaba tan cansado que durmió como un bendito, aunque el instinto que le hacía ser un buen policía le decía que no era cierto que el último fax que Jean había recibido fuera de Laura.

El despertador sonó a las seis de la mañana. Se quedó unos momentos en la cama con los ojos cerrados. El fax fue el primer pensamiento consciente que le vino a la mente. Demasiado fácil, pensó. Lo explica todo. Ahora no es probable que encuentre un juez dispuesto a emitir una orden para abrir los archivos sobre Lily, decidió.

Quizá ese era el propósito del fax. Quizá la persona se había asustado, temía que la descubrieran si un juez autorizaba que se abriera el expediente de Lily y se le preguntaba a esta por el cepillo.

Esa posibilidad le preocupaba. Abrió los ojos, se sentó en la cama y apartó las mantas. Por otro lado, pensó haciendo de abogado del diablo, no tiene nada de extraño que Laura se enterara hace años de que Jean estaba embarazada. Durante la cena, Jean les había dicho a él y a Alice Sommers que, antes de desaparecer, Laura había mencionado a Reed Thornton. «No estoy segura de si utilizó su nombre o no —les había explicado—, pero me sorprendió que supiera que yo salía con un cadete.»

No me fío de ese fax, y sigo pensando que es demasiada coincidencia que cinco mujeres hayan muerto en el mismo orden en que estaban sentadas a la mesa en la fotografía, pensó mientras caminaba pesadamente hasta la cocina, enchufaba la cafetera, iba al baño y abría el grifo de la ducha.

El café ya estaba listo cuando volvió a la cocina, vestido para su trabajo con chaqueta y pantalones. Sirvió zumo de naranja en un vaso y puso pan en la tostadora. Cuando Katie vivía, siempre comía avena para desayunar. Aunque había tratado de convencerse de que no era difícil —verter el tercio de una taza de copos de avena en un cuenco, añadir leche semidesnatada y poner el cuenco en el microondas dos minutos—, nunca le salía bien. Katie lo hacía mucho mejor. Al final, dejó de intentarlo.

Hacía casi tres años que Katie había perdido su larga batalla contra el cáncer. Afortunadamente, la vivienda no era tan grande como para que, ahora que los chicos eran mayores y se habían ido, sintiera la necesidad de venderla. No se puede tener una gran casa con un sueldo de policía, pensó Sam. Muchas mujeres se hubieran quejado por eso, pero Kate no. A ella le encantaba. Ella la convirtió en un hogar y, por muy mal día que hubiera tenido, él siempre se alegraba y daba gracias por poder volver a ella al final de la jornada.

Sigue siendo la misma casa, pensó Sam mientras salía a recoger el periódico a la puerta de la cocina y se sentaba a la mesa. Pero sin Kate es muy distinta. La noche anterior, mientras dormitaba en la casa de Alice, había tenido la misma sensación que antes tenía en su casa. Confortable. Acogedora. Los ruidos que hacía Alice mientras preparaba la cena. El delicioso olor del rosbif que le llegaba de la cocina.

De pronto recordó que, cuando se estaba durmiendo, algo le había llamado la atención. ¿Qué era? ¿Tenía algo que ver con los objetos que Alice tenía en la vitrina? La próxima vez que fuera a su casa, echaría un vistazo. Quizá eran las tazas de café que coleccionaba. A su madre también le encantaban. Aún conservaba algunas en el armario de la vajilla.

¿Qué?, ¿ponía mantequilla en el bollito o mejor se lo comía solo?, pensó.

Algo reacio, decidió no poner mantequilla. Seguro que anoche me excedí, recordó. El pudin de Yorkshire que Alice preparó estaba divino. A Jean le gustó tanto como a mí. Había estado a punto de venirse abajo por la tensión de temer por la vida de Lily. Me alegró ver que se relajaba. Antes era como si llevara todo el peso del mundo sobre la espalda.

Esperemos que lo del fax sea verdad y pronto sepamos de Laura.

El teléfono sonó en el momento en que estaba abriendo el periódico. Era Eddie Zarro.

—Sam, acabamos de hablar con el jefe de policía de Highland Falls. Han encontrado a una mujer estrangulada delante de su casa. El fiscal del distrito nos quiere a todos en su oficina enseguida.

Eddie se estaba callando alguna cosa.

—¿Qué más? —espetó Sam.

—La víctima tenía uno de esos pequeños búhos de peltre en el bolsillo. Sam, tenemos un loco suelto. Debo avisarte que esta mañana han dicho en la radio que la desaparición de Laura Wilcox es un montaje publicitario que ha ideado con el cómico Robby Brent. Rich Stevens no deja de lamentarse porque hemos estado perdiendo el tiempo con la tal Wilcox mientras un psicópata asesino anda suelto por el condado de Orange. Así que hazte un favor a ti mismo y no menciones su nombre.

62

Cuando Jean despertó, le sorprendió ver que ya eran las nueve. Al levantarse de la cama sintió frío. La ventana de guillotina estaba abierta unos centímetros por abajo, y una brisa fría entraba en la habitación. Jean corrió a cerrarla y luego subió las persianas. Fuera el sol se abría paso entre las nubes que cubrían el cielo, y Jean sintió que era un reflejo de su estado de ánimo. El sol empezaba a abrirse paso entre las nubes en su vida, y notaba que la invadía una sensación de euforia. Es Laura quien me ha enviado esas notas sobre Lily, pensó, y si de una cosa estoy segura es de que Laura nunca le haría daño. Solo se trata de dinero.

Aun así, espero que pronto se ponga en contacto conmigo. Debería despreciarla por haberme hecho pasar este mal trago, pero ahora me doy cuenta de lo desesperada que estaba. Había cierta desesperación en su comportamiento del sábado por la noche. Recuerdo cómo actuó cuando traté de hablar con ella antes de la cena de gala y le pregunté si había visto a alguien con una rosa en el cementerio. Evitaba mis preguntas y al final casi me echó de la habitación. ¿Era porque veía lo preocupada que estaba yo y se sentía culpable por lo que me estaba haciendo? Apuesto a que fue ella quien puso la rosa en la tumba de Reed. Debió de suponer que iría a visitarla.

El último pensamiento consciente que había tenido la noche anterior, antes de dormirse, fue que tenía que llamar a Craig Michaelson para hablarle del fax de Laura. Si al final había decidido ponerse en contacto con los padres adoptivos de Lily, no sería justo dejar que se preocuparan innecesariamente.

Jean se puso la bata, fue hasta la mesa, buscó la tarjeta de Craig Michaelson en su agenda y llamó a su oficina. El hombre atendió enseguida la llamada, y el corazón de Jean se encogió al ver la reacción que provocaron sus noticias.

—Doctora Sheridan —dijo Craig Michaelson—, ¿ha verificado si este último comunicado es realmente de Laura Wilcox?

—No, y no hay forma de comprobarlo. Pero si me pregunta si creo que lo mandó ella le diré que sí, sin duda. Confieso que me chocó descubrir que Laura sabía de la existencia de Lily o que estuve saliendo con Reed. Desde luego, nunca me dijo nada. Por otro lado, gracias al móvil que Robby Brent compró y a la hora aproximada en que yo recibí la supuesta llamada de Laura, sabemos que fue él quien lo hizo, imitando la voz de Laura. Así que nos encontramos con dos situaciones. Por un lado, Laura conoce la existencia de Lily y necesita dinero; por otro, Robby Brent ideó lo de la desaparición de Laura porque la quiere para su nueva comedia y es una forma de generar publicidad. Si conociera usted a Robby Brent, sabría que es perfectamente capaz de hacer algo así, tan mezquino y cruel.

De nuevo esperaba que Craig Michaelson la reafirmara en sus opiniones.

—Doctora Sheridan —dijo el hombre—, entiendo su alivio. Como bien dedujo usted cuando vino ayer a mi oficina, no estaba del todo seguro de que todo esto no fuera una invención suya porque necesitaba conocer a su hija. Fue su enfado lo que me convenció de que decía la verdad. Así que seré sincero.

Él gestionó la adopción, pensó Jean. Sabe quién es Lily y dónde está.

—Me pareció que el riesgo que corre su hija es lo bastante serio para ponerme en contacto con el padre. Ahora está fuera del país, pero estoy seguro de que tendré noticias suyas muy pronto. Quiero contarle todo lo que me ha dicho usted, incluso su identidad. Como bien sabe, no estoy obligado con usted por el secreto profesional, y creo que les debo a él y a su esposa la seguridad de que es usted una persona responsable y digna de crédito.

—Me parece bien —dijo Jean—, pero no quiero que pasen por el infierno que he tenido que vivir yo estos últimos días. No quiero que piensen que Lily está en peligro, porque ahora estoy convencida de que no lo está.

—Eso espero, doctora Sheridan, pero creo que, mientras Laura Wilcox no aparezca, no debemos entusiasmarnos con la idea de que ya no hay peligro. ¿Le ha enseñado ese fax al investigador del que me habló?

—¿Sam Deegan? Sí; de hecho se lo entregué.

—¿Podría darme su número de teléfono?

—Claro. —Jean había memorizado el número, pero el tono preocupado de Craig Michaelson la inquietó tanto que no estaba segura de recordarlo bien. Así que lo buscó, y se lo dio. Luego añadió—: Señor Michaelson, parece que han cambiado las tornas. ¿Por qué está tan preocupado ahora que yo estoy más tranquila?

—Es por el cepillo, doctora Sheridan. Si Lily recuerda cuándo lo perdió, dónde estaba o con quién, eso nos llevaría directamente a la persona que lo envió. Si recuerda haber estado con Laura Wilcox, entonces podremos creer que lo que dice este último fax es cierto, pero, conociendo a los padres adoptivos de Lily, y conociendo la vida que lleva la señorita Wilcox, dudo mucho que Lily haya estado con ella.

—Entiendo. —Jean se quedó helada por la lógica de aquel razonamiento. Acordaron mantenerse en contacto y Jean colgó. Marcó enseguida el número del móvil de Sam, pero no hubo respuesta.

Su siguiente llamada fue para Alice Sommers.

—Alice —dijo después de respirar hondo—, por favor, sea sincera conmigo. ¿Cree que es posible que ese fax de Laura, supuestamente de Laura, sea una estratagema para despistarnos y evitar que me ponga en contacto con los padres de Lily y averigüe lo del cepillo?

La respuesta que recibió era la que se temía, aunque instintivamente ya sabía que sería esa.

—Yo no me lo creí del todo, Jeannie —dijo la mujer a regañadientes—. No me preguntes por qué, pero no me sonaba real, y estoy segura de que Sam piensa lo mismo.

63

Tal como le había advertido Eddie Zarro, el fiscal del distrito Rich Stevens estaba furioso y preocupado.

—Ese par de actores de pacotilla se presentan aquí con sus montajes y nos hacen perder el tiempo mientras hay un psicópata suelto por el condado —ladró—. Pienso hacer una declaración ante la prensa para informar de que Robby Brent y Laura Wilcox tendrán que responder ante la justicia de la acusación de fraude. Laura Wilcox ha confesado que es ella quien ha estado mandando esas amenazas sobre la hija de la doctora Sheridan. Me da lo mismo si la doctora la quiere perdonar. Enviar cartas amenazadoras es un delito y Laura Wilcox tendrá que pagar por ello.

Asustado, Sam trató de aplacarlo.

—Un momento, Rich —dijo—. La prensa no sabe nada de la hija de la doctora Sheridan y las amenazas. No podemos hacerlo público.

—Lo sé muy bien, Sam —repuso Rich Stevens—. Solo vamos a aludir al montaje publicitario que Laura ha admitido en su último fax. —Entregó a Sam la carpeta que tenía encima de la mesa—. Fotografías del escenario del crimen —explicó—. Échales un vistazo. Joy fue la primera de los nuestros que llegó al lugar. Sé que los demás ya lo habéis oído pero, Joy, cuéntale a Sam lo que sabes de la víctima y lo que te dijo la vecina.

En el despacho del fiscal del distrito, aparte de Sam y Eddie Zarro, había otros cuatro agentes. Joy Lacko, la única mujer del grupo, llevaba menos de un año con ellos, pero Sam le tenía un gran respeto por su inteligencia y su capacidad de sacar información a testigos conmocionados por lo que habían presenciado.

—La víctima se llama Yvonne Tepper. Sesenta y tres años, divorciada, con dos hijos adultos, ambos casados y residentes en California. —Joy tenía su libreta de notas en la mano, pero no tenía necesidad de consultarla y miraba a Sam directamente—. Tenía una peluquería, era una mujer apreciada y aparentemente no tenía enemigos. Su ex marido se volvió a casar y vive en Illinois. —Hizo una pausa—. Sam, seguramente todo esto es irrelevante, si tenemos en cuenta el búho de peltre que hemos encontrado en el bolsillo de la víctima.

—Supongo que no tiene huellas —aventuró.

—No, pero sabemos que ha de ser el mismo tipo que mató a Helen Whelan el viernes.

—¿Con qué vecino hablaste?

—Con todos, pero la única que sabe algo es la que Tepper visitó anoche. Seguramente la atacaron cuando salió de su casa. Se llama Rita Hall. Tepper y ella eran buenas amigas. Tepper le había comprado unos cosméticos y anoche fue a llevárselos cuando volvió del trabajo, después de las diez, no recuerda la hora exacta. Estuvieron juntas un rato y vieron las noticias de las once. El marido de la señora Hall, Matthew, ya se había acostado. Por cierto, él fue la primera persona en acudir cuando Bessie Koch, que es la mujer que encontró el cadáver, se puso a tocar el claxon para pedir ayuda. Y fue lo bastante listo para evitar que los otros vecinos tocaran el cadáver y avisar a la policía.

—¿La víctima se fue de la casa de la señora Hall justo después de las noticias? —preguntó Sam.

—Sí. La señora Hall la acompañó a la puerta y salió al porche con ella. Quería contarle algo que había oído sobre un antiguo vecino. Dice que no debieron de estar más de un minuto y que la luz del porche estaba encendida, así que es posible que alguien las viera. Dice que reparó en un coche que aminoraba y se detenía junto a la acera, pero que no pensó nada. Por lo visto, los vecinos de la acera de enfrente tienen hijos adolescentes y siempre van y vienen.

—¿Recuerda algún detalle del coche la señora Hall?

—Solo que era un sedán de tamaño medio, azul oscuro o negro.

La señora Hall volvió a entrar en la casa y cerró la puerta, y la señora Tepper bajó por el césped hasta la acera.

—Mi opinión es que unos minutos después ya estaba muerta —apuntó Rich Stevens—. El móvil no era el robo. Su bolso estaba en la acera. Llevaba doscientos pavos en el monedero y un anillo y pendientes de diamante. Lo único que quería ese tipo era matarla. La cogió, la arrastró hasta el césped de su casa, la estranguló, dejó el cuerpo detrás de un arbusto y se fue.

—Pero se quedó lo bastante para dejarle el búho en el bolsillo —comentó Sam.

Rich Stevens miró a Joy, luego a Sam.

—He estado pensando en si debemos contar el detalle del búho a la prensa. Quizá alguien conozca a un tipo obsesionado con los búhos o que los tenga como afición.

—Ya se puede imaginar la que montarían los periódicos si supieran que el asesino deja un búho en el bolsillo de sus víctimas —se apresuró a decir Sam—. Si ese loco mata para satisfacer su ego, que yo creo que sí, le estaremos dando lo que él quiere, por no hablar de la posibilidad de que salga algún imitador.

—De todos modos esa información no ayudaría a las mujeres a estar prevenidas —señaló Joy Lacko—. El asesino deja el búho después de matarlas, no antes.

Al final de la reunión, acordaron que lo mejor era advertir a las mujeres que no fueran solas por la calle después de anochecer y comentar que las pruebas apuntaban a que Helen Whelan e Yvonne Tepper habían sido asesinadas por la misma persona o personas.

Cuando ya se levantaban, Joy Lacko dijo con voz queda:

—Lo que me asusta es que en estos momentos hay una mujer inocente que ignora que, en los próximos días, si por casualidad está en el lugar equivocado en el momento equivocado cuando ese tipo pase, su vida se habrá acabado.

—No estoy dispuesto a admitir esa posibilidad todavía —dijo Rich Stevens.

Yo sí, pensó Sam, yo sí.

64

El miércoles por la mañana, Jake Perkins acudió a sus clases, excepto al seminario de escritura creativa, porque se consideraba más preparado que la persona que lo impartía. Justo antes de la pausa para la comida, en calidad de reportero de la *Gaceta de Stonecroft*, fue a la oficina del director, Downes, para la entrevista que tenían programada y en la que el director tenía que dar su opinión sobre el éxito de la reunión.

Sin embargo, era evidente que Alfred Downes no estaba de buen humor.

—Jake, sé que quedamos a esta hora, pero en realidad me va bastante mal.

—Lo entiendo, señor —repuso él para tranquilizarlo—. Imagino que habrá visto en las noticias que el fiscal del distrito tal vez presente cargos contra dos de nuestros homenajeados por ese montaje publicitario.

—Lo sé —dijo Downes con voz glacial.

Pero si Jake notó la frialdad de su tono, no lo demostró.

—¿Cree que toda esta publicidad negativa va a perjudicar a la Academia Stonecroft?

—Yo diría que es evidente, Jake —espetó el hombre—. Si piensas hacerme perder el tiempo con preguntas estúpidas, ya te puedes marchar.

—No es mi intención hacer preguntas estúpidas —se apresuró a aclarar Jake con tono de disculpa—. A donde yo quería llegar es al hecho de que, en la cena de gala, Robby Brent donó diez mil dólares a la escuela. A la vista de sus actos de los últimos días, ¿devolverá usted ese dinero?

Jake estaba seguro de que esa pregunta le dolería al director Downes. Sabía lo mucho que este deseaba que el anexo al edificio del instituto se construyera durante su mandato. Era de dominio público que, si bien la idea de la reunión y los homenajes había sido de Jack Emerson, Alfred Downes la había aceptado encantado. Aquello significaba publicidad para la escuela, una oportunidad de presumir por los ex alumnos que habían triunfado —evidentemente, el mensaje era que habían aprendido todo lo que necesitaban saber en la buena y vieja Stonecroft— y una ocasión para conseguir donativos de ellos y el resto de ex alumnos.

En cambio ahora los medios hacían cábalas sobre la extraña coincidencia de que cinco mujeres que se sentaban a la misma mesa en el comedor hubieran muerto. Con esa publicidad Jake sabía que nadie querría mandar a sus hijos allí. El montaje publicitario de Laura Wilcox y Robby Brent era un nuevo golpe para el prestigio de la escuela. Con el rostro surcado por líneas de entusiasmo y su pelo pelirrojo más de punta que nunca, Jake dijo:

—Doctor Downes, sabe que tengo que entregar mi artículo a la *Gaceta*. Solo necesito que haga un comentario sobre la reunión.

Alfred Downes miró a su alumno casi con desprecio.

—Estoy preparando una declaración. Tendrás una copia mañana por la mañana.

—Oh, gracias señor. —Jake sintió cierta compasión por el hombre que tenía sentado frente a él. Está preocupado por su trabajo, pensó. El consejo de administración quizá le dé la patada. Saben que Jack Emerson preparó todo esto porque es el propietario de los terrenos que tendrían que comprar para construir el anexo, y que Downes ha estado de acuerdo—. Señor, estaba pensando...

—No pienses, Jake. Vete.

—Enseguida, señor, pero, por favor, escuche lo que voy a proponerle. Sé que la doctora Sheridan, el doctor Fleischman y Gordon Amory siguen en el Glen-Ridge, y que Carter Stewart se aloja en el Hudson Valley, al otro lado de Cornwall. Quizá si los invita a cenar y se hacen unas fotografías sería una forma de devolver a Stonecroft su buena imagen. Nadie puede cuestionar sus logros, y señalarlos sería una forma de contrarrestar los efectos negativos de la mala conducta de los otros dos homenajeados.

Alfred Downes se quedó mirando a Jake Perkins, pensando que, en sus treinta y cinco años en la enseñanza, nunca había conocido a un estudiante tan descarado y listo como aquel. Se recostó en la silla y esperó un largo minuto antes de contestar.

—¿Cuándo te gradúas, Jake?

—Tendré los créditos que necesito al final de este año, señor. Como ya sabe, cada semestre he hecho un montón de clases extras. Pero mis viejos no creen que esté preparado para ir a la universidad el año que viene, así que me conformaré con quedarme aquí y graduarme con mi curso.

Jake miró al señor Downes y vio que no compartía su felicidad.

—Tengo una idea para otro artículo que quizá le gustará —continuó—. He estado investigando a Laura Wilcox. Es decir, he revisado viejos números de la *Gaceta* y el *Cornwall Times* de la época en que estudiaba aquí y, como decían en el *Times*, siempre fue la niña mimada. Su familia tenía dinero, sus padres la criaron entre algodones. Quiero escribir un artículo mostrando que, a pesar de los privilegios de que disfrutó Laura Wilcox, ahora es ella quien pasa por un mal momento. —Jake intuía que Downes estaba a punto de interrumpirle, así que se dio prisa—. Creo que un artículo como ese serviría para dos cosas, señor. Demostrará a los alumnos de Stonecroft que tenerlo todo no garantiza el éxito, y que los otros homenajeados que tuvieron que luchar por lo que querían salieron mucho mejor parados. Lo que quiero decir es que en Stonecroft hay alumnos que estudian con una beca o que trabajan después de las clases para pagarse los estudios. El artículo los motivaría y quedaría muy bien. Los grandes medios de comunicación están buscando historias, y esta podría interesarles.

Con la vista clavada en una fotografía suya que había en la pared, detrás de Jake, Alfred Downes meditó sobre lo que el chico había dicho.

—Es posible —reconoció a regañadientes.

—Tomaré fotografías de las casas donde Laura vivió mientras estaba en Cornwall. La primera está desocupada, pero hace poco la reformaron y se ve muy bien. La casa a la que se mudaron después está en Concord Avenue, y es lo que podríamos llamar una casaza.

—¿Una casaza? —preguntó Downes, desconcertado.

—Ya sabe, cuando en una manzana hay una casa que se ve demasiado grande u ostentosa entre las demás. A veces las llaman McMansiones.

—Tampoco había oído nunca esa palabra —dijo Downes, más para sus adentros que para Jake.

Jake se puso en pie de un brinco.

—No importa, señor. Tengo que decirle que cuanto más lo pienso más me gusta la idea de hacer un artículo sobre Laura, con sus casas de trasfondo y fotografías de cuando vivía aquí, y otras de cuando se hizo famosa. Bueno, le dejo tranquilo, señor Downes. Pero permítame darle un consejo. Si decide hacer esa cena, le recomiendo que no invite a Emerson. Tengo la impresión de que ninguno de los homenajeados lo aguanta.

65

A las diez en punto Craig Michaelson recibió la llamada que esperaba.

—El general Buckley al teléfono —anunció su secretaria.

Craig contestó.

—Charles, ¿cómo estás?

—Estoy bien, Craig —repuso una voz preocupada—. Pero ¿qué es ese asunto tan urgente? ¿Qué ha pasado?

Craig Michaelson contuvo el aliento. Tendría que haberme imaginado que con Charles no podría andarme con rodeos, pensó. Por algo había llegado a general de tercer grado.

—Para empezar, es posible que no sea tan grave como pensaba —respondió—, pero me ha parecido preocupante. Como seguramente suponías, se trata de Meredith. Ayer vino a verme la doctora Sheridan. ¿Sabes algo de ella?

—¿La historiadora? Sí. Su primer libro trataba de West Point. Me gustó mucho, y creo que he leído todo lo que ha escrito después. Es una buena escritora.

—Es más que eso —dijo Michaelson directamente—. Es la madre biológica de Meredith y te he llamado por algo que me ha contado.

—¡Jean Sheridan es la madre de Meredith!

El general Charles Buckley escuchó con atención mientras Michaelson le contaba lo que sabía sobre Jean Sheridan, la reunión de ex alumnos en Stonecroft y la posible amenaza que pesaba sobre

Meredith. Solo lo interrumpió alguna vez, para cerciorarse de que había entendido bien.

—Craig —dijo después—, como ya sabes, Meredith sabe que es adoptada. Desde la adolescencia ha manifestado su interés por conocer a su verdadera madre. En aquella época el doctor Connors y tú nos dijisteis que el padre había muerto en un accidente antes de su graduación en la universidad, y que la madre era una chica de dieciocho años que iría a la universidad con una beca. Meredith lo sabe.

—Le dije a Jean Sheridan que te desvelaría su identidad. Hay algo que no te conté hace veinte años; el padre de Meredith era un cadete de West Point que murió atropellado por un conductor que se dio a la fuga. Te hubiera resultado muy fácil descubrir quién era.

—¡Un cadete! No, nunca me lo dijiste.

—Era Carroll Reed Thornton hijo.

—Conozco a su padre —dijo Charles Buckley con voz queda—. Carroll nunca ha superado la muerte de su hijo. No puedo creerme que sea el abuelo de Meredith.

—Créeme, Charles, lo es. Jean Sheridan desea tan desesperadamente pensar que es Laura Wilcox quien le ha mandado esos faxes sobre Lily, que es como ella llama a Meredith, que está dispuesta a tomarse ese supuesto fax de disculpa como si fueran las Escrituras. Yo no.

—No me imagino dónde pudo conocer Meredith a esa Laura Wilcox —dijo Charles Buckley lentamente.

—Eso mismo pensé yo. Si es cierto que Laura Wilcox está detrás de esas amenazas, te aseguro que el fiscal del distrito del condado la llevará a los tribunales.

—¿Jean Sheridan sigue en Cornwall?

—Sí. Se aloja en el Glen-Ridge House y piensa quedarse hasta que tenga noticias de Laura.

—Voy a llamar a Meredith para preguntarle si conoce a Laura Wilcox y si recuerda dónde dejó ese cepillo. Hoy tengo unas reuniones en el Pentágono a las que no puedo faltar, pero mañana por la mañana Gano y yo cogeremos un avión hasta Cornwall. ¿Puedes ponerte en contacto con Jean Sheridan y decirle que los padres adoptivos de Meredith querrían cenar con ella mañana por la noche?

—Por supuesto.

—No quiero asustar a Meredith, pero puedo pedirle que me prometa no salir de West Point hasta que la veamos el viernes.

—¿Crees que cumplirá su promesa?

Por primera vez desde que habían empezado a hablar, Craig Michaelson notó que su amigo se relajaba.

—Desde luego. Aparte de su padre, soy el superior en la cadena de mando. Ahora sabemos que Meredith lleva el ejército en la sangre tanto por su familia adoptiva como por la biológica, pero recuerda que también es un cadete de West Point. Cuando da su palabra a un superior, nunca falta a ella.

Espero que tengas razón, pensó Craig Michaelson.

—Hazme saber lo que te cuenta, Charles.

—Desde luego.

Una hora más tarde, el general Charles Buckley volvió a llamar.

—Craig —dijo con voz preocupada—, me temo que tenías razón al mostrarte escéptico en relación con ese fax. Meredith está totalmente segura de que no ha visto nunca a Laura Wilcox y no tiene ni idea de dónde perdió ese cepillo. La hubiera presionado más, pero tiene un examen importante por la mañana y está muy nerviosa, así que no me ha parecido el mejor momento para preocuparla. Se ha alegrado mucho al saber que su madre y yo... —vaciló al decir esto, y enseguida continuó con decisión— que su madre y yo vamos a ir a verla. El fin de semana, si todo sale bien, le hablaremos de Jean Sheridan y les daremos la oportunidad de conocerse. He pedido a Meredith que me prometa que no saldrá de la academia hasta que lleguemos, y se ha echado a reír. Dice que tiene otro examen el viernes y que tiene que estudiar tanto que no verá la luz del día hasta el sábado por la mañana. Pero de todos modos lo ha prometido.

Muy bien, pensó Craig Michaelson mientras colgaba el auricular, pero lo cierto es que Laura Wilcox no envió ese fax y que Jean Sheridan tiene que saberlo.

Craig había dejado la tarjeta de Jean a mano, debajo del teléfono de su despacho. Ahora la cogió y empezó a marcar el número. Enseguida colgó. No era a ella a quien debía llamar, decidió. Jean le había dado el número del investigador de la oficina del fiscal del distrito. ¿Dónde lo tenía? ¿Cómo se llamaba?

Después de revolver durante unos minutos los papeles que tenía sobre la mesa, encontró la anotación: Sam Deegan, seguido por un número de teléfono. Esto es lo que buscaba, pensó, y marcó el número.

66

La noche anterior —¿o había sido esa mañana?— él le había echado una manta encima.

—Tienes frío, Laura —le dijo—, y no hay necesidad. He sido muy desconsiderado.

Es amable, pensó Laura algo aturdida. Hasta le llevó mermelada con el panecillo y recordó que le gustaba el café con la leche desnatada. Estaba tan tranquilo que Laura casi se relajó.

Eso era lo que quería recordar, no lo que le dijo cuando la sentó para que se bebiera el café, con las piernas atadas aún, pero con las manos libres.

—Laura, me gustaría que entendieras lo que siento cuando voy con el coche por las calles tranquilas buscando una presa. Es un arte. No hay que conducir demasiado despacio. Un coche patrulla que acecha a los vehículos que van demasiado rápido seguramente también pararía a uno que fuera demasiado despacio. A veces, cuando una persona sabe que ha bebido en exceso, conduce a paso de tortuga, una clara señal para la policía de que no confía en sus reflejos.

»Ayer por la noche busqué una presa, Laura. En homenaje a Jean, decidí ir a Highland Falls. Allí es donde se veía con su cadete. ¿Lo sabías, Laura?

Laura negó con la cabeza. Él se puso furioso.

—¡Laura, habla! ¿Sabías que Jean tenía una aventura con un cadete?

—Los vi juntos una vez que fui a un concierto en West Point, pero no le di importancia —respondió entonces Laura—. Jeannie nunca nos dijo nada —explicó—. Todos sabíamos que iba a menudo a West Point porque ya entonces quería escribir un libro.

El Búho asintió, satisfecho por la respuesta.

—Yo sabía que muchas veces Jeannie iba allí los domingos con su cuaderno de notas y se sentaba en uno de los bancos que miran al río. Un día, fui allí y la vi reunirse con él. Los seguí cuando se fueron a dar un paseo. Cuando creían que estaban solos, él la besó. Después de aquello los estuve vigilando. Oh, se tomaban grandes molestias para que nadie los viera como pareja. Jeannie ni siquiera iba con él a los bailes. Aquella primavera, la estuve observando. Me gustaría que hubieras visto su cara cuando estaban juntos, lejos de los demás. ¡Estaba radiante! Jean, la callada y atenta Jean, a quien yo veía como una compañera de sufrimientos por su tumultuosa vida familiar, un alma gemela... me excluía de su vida.

Y yo que pensaba que estaba colado por mí, se dijo Laura, y que me odiaba por haberme reído de él. Pero en realidad estaba enamorado de Jeannie. Su mente aún no había asimilado el horror de lo que acababa de escuchar.

—La muerte de Reed Thornton no fue un accidente, Laura. Aquel domingo de mayo, hace veinte años, yo iba con mi coche por los terrenos de West Point, por si los veía. Reed, tan guapo, con sus cabellos dorados, caminaba solo en dirección a la zona de picnic. Quizá había quedado allí. ¿Tenía intención de matarle? Por supuesto que sí. Él tenía todo lo que a mí me faltaba: un físico atractivo, un entorno favorable y un futuro prometedor. Y tenía el amor de Jeannie. No era justo. Dame la razón, Laura. ¡No era justo!

Ella contestó farfullando, dispuesta a darle la razón en lo que fuera para evitar su ira. Entonces él le habló con pelos y señales de la mujer que había matado la noche anterior. Le dijo que se había disculpado con ella, pero que cuando les llegara el momento de morir a ella y a Jeannie no habría disculpas.

También dijo que Meredith sería su última presa. Que ella acabaría de saciar su necesidad... o al menos eso esperaba.

¿Quién será Meredith?, se preguntó Laura somnolienta. Cayó

en un sueño lleno de visiones de búhos que se abalanzaban sobre ella desde las ramas de los árboles, a toda velocidad, ululando de forma horripilante, agitando las alas con suavidad, mientras ella trataba de huir, aunque las piernas no le respondían y no podía moverse.

67

«¡Jean, ayúdame! ¡Por favor, Jean, ayúdame!» La voz suplicante de Laura, que había oído con tanta claridad en su coche el día anterior, cuando salió de la oficina de Craig Michaelson, resonaba en su cabeza una y otra vez, como un eco de las dudas que Alice había manifestado sobre la autenticidad del fax.

Después de despedirse de Alice, Jean estuvo sentada largo rato a su escritorio, oyendo la voz de Laura, tratando de decidir racionalmente si Sam y Alice tenían razón. Quizá había aceptado la autenticidad del fax tan precipitadamente porque necesitaba creer que Lily estaba a salvo.

Al cabo se puso en pie, entró en el baño y estuvo un rato bajo la ducha, dejando que el agua le cayera sobre el pelo y la cara. Se enjabonó el cabello y se masajeó la cabeza como si con la presión de los dedos pudiera deshacer el embrollo que tenía en la mente.

Necesito dar un paseo, pensó mientras se ponía el albornoz y encendía el secador. Será la única manera de despejarme. Al preparar la maleta para aquel fin de semana, en un impulso había metido su chándal rojo favorito. En aquel momento dio gracias por haberlo llevado, pero recordó que había sentido frío con la ventana abierta y tuvo la precaución de ponerse un jersey debajo.

Al ponerse el reloj se fijó en la hora: eran las diez y cuarto, y aún no había tomado ni un café. No me extraña que tenga la cabeza embotada, pensó con pesar. Compraré un termo de café para llevar y me lo tomaré mientras paseo. No tengo hambre, y me agobia estar entre estas cuatro paredes.

Cuando se subía la cremallera de la chaqueta, tuvo un pensamiento que la inquietó. *Cada vez que salgo de esta habitación, me arriesgo a no estar si Laura llama. No puedo quedarme aquí encerrada día y noche. ¡Espera! Puedo dejar un mensaje en el contestador de la habitación.*

Leyó las instrucciones del teléfono, descolgó el auricular y apretó el botón para grabar un mensaje. Esmerándose por hablar con claridad y en voz más bien alta, dijo:

—Soy Jean Sheridan. Si necesita hablar conmigo, por favor, llámeme al número 202 555 5314. Repito. 202 555 5314. —Vaciló, y luego añadió muy deprisa—: Laura, quiero ayudarte. ¡Por favor, llámame!

Colgó el auricular con una mano y se pasó la otra por los ojos. La euforia que había sentido al pensar que Lily estaba a salvo se había evaporado, pero una parte de ella se resistía a creer que el fax no era de Laura. *La recepcionista que atendió la primera llamada dijo que parecía nerviosa*, recordó Jean. *Sam me dijo que Jake Perkins, que se las arregló para oír la conversación, estaba de acuerdo. La llamada de Robby Brent haciéndose pasar por Laura y diciendo que todo iba bien había sido otro de sus trucos. Seguramente convenció a Laura de que participara en su montaje y ahora ella tiene miedo de las consecuencias. Estoy convencida de que, si no fue ella personalmente quien me amenazó con hacer daño a Lily, al menos sabe quién lo hizo. Por eso tengo que convencerla de que quiero ayudarla.*

Jean se levantó y echó mano de su bolso, pero decidió no llevarlo porque sería un engorro. Así que se guardó en el bolsillo un pañuelo, el móvil y la llave de la habitación. Luego, después de pensarlo, cogió también un billete de veinte dólares del monedero. *Así, si me apetece, puedo parar en algún sitio y comprarme un cruasán.*

Cuando ya se disponía a salir, se dio cuenta de que se dejaba algo. Por supuesto, las gafas de sol. Irritada por su incapacidad para concentrarse, se dirigió al tocador, sacó las gafas del bolso, volvió rápidamente a la puerta, la abrió y cerró de un portazo.

El ascensor estaba vacío... no como el fin de semana, pensó, que cada vez que entraba me topaba con alguien a quien no había visto en veinte años.

En el vestíbulo estaban colocando pancartas de bienvenida a los Cien Mejores Agentes Comerciales de Starbright Electrical Fixtures. De Stonecroft a Starbright, pensó Jean. ¿Cuántos homenajeados tendrán? ¿O será que homenajean a los cien?

La recepcionista de las gafas grandes y la voz queda estaba detrás del mostrador, leyendo un libro. Estoy segura de que fue ella quien contestó cuando llamó Laura, pensó Jean. Quiero hablar con ella. Se acercó al mostrador y miró la tarjeta de identificación que la mujer llevaba sujeta al uniforme. «Amy Sachs», leyó.

—Amy —dijo con una sonrisa amistosa—, soy una buena amiga de Laura Wilcox y, como todo el mundo, he estado muy preocupada por ella. Según tengo entendido, fueron usted y Jake Perkins quienes hablaron con ella el domingo por la noche.

—Jake cogió el auricular cuando me oyó decir el nombre de la señorita Wilcox. —El hecho de que estuviera a la defensiva hizo que su voz tuviera un volumen casi normal.

—Lo entiendo —dijo Jean para tranquilizarla—. Conozco a Jake y sé cómo es, y me alegro de que él oyera la voz de Laura. Es un chico inteligente y confío en sus impresiones. Sé que apenas conoce usted a la señorita Wilcox, pero ¿está completamente segura de que era ella quien hablaba?

—Oh, sí, doctora Sheridan —respondió Amy Sachs solemnemente—. Tenga en cuenta que conozco muy bien su voz porque veía *Henderson County*. Durante los tres años no me perdí ni un solo capítulo. Los martes por la noche, a las ocho, mi madre y yo estábamos siempre como un reloj delante del televisor. —Hizo una pausa y agregó—: A menos que estuviera trabajando, claro, aunque procuraba tener siempre libre los martes por la tarde. Pero a veces tenía que venir porque alguien se había puesto enfermo, y entonces mi madre me lo grababa.

—Bueno, entonces estoy segura de que conoce la voz de Laura. Amy, ¿podría explicarme cómo le pareció que sonaba la voz de Laura durante esa llamada?

—Doctora Sheridan, debo decir que sonaba rara. Diferente. Entre nosotras, lo primero que pensé fue que quizá estaba borracha, porque sé que tuvo problemas con la bebida hará un par de años. Lo leí en *People*. Pero ahora creo que Jake tenía razón. La señorita Wilcox no hablaba como si hubiera bebido demasiado; hablaba como si estuviera nerviosa, muy nerviosa. —Amy adoptó ahora su tono susurrante habitual—. El domingo por la noche, cuando llegué a casa, le dije a mi madre que me recordaba a mí cuando la profesora de dicción del instituto intentaba hacerme hablar más alto. Me daba tanto miedo que la voz empezaba a temblarme por el esfuerzo que tenía que hacer para no llorar. Es la mejor forma que se me ocurre de describirle cómo sonaba la voz de la señorita Wilcox.

—Entiendo. —«¡Jean, ayúdame! ¡Por favor, Jean, ayúdame!» Lo que yo pensaba, se dijo Jean. No se trata de ningún montaje publicitario.

La sonrisa triunfal de Amy por haber sabido describir la voz de Laura desapareció casi tan deprisa como había aparecido.

—Doctora Sheridan, quería disculparme por el fax que se traspapeló ayer entre la correspondencia del señor Cullen. Estamos muy orgullosos de la rapidez y eficiencia con que entregamos los faxes que llegan para nuestros clientes. En cuanto vea al doctor Fleischman querría aclarárselo también.

—¿Al doctor Fleischman? —preguntó Jean con curiosidad—. ¿Y por qué tendría que explicárselo al doctor Fleischman?

—Bueno, sí. Ayer por la tarde, cuando volvió de dar un paseo, se pasó por recepción y llamó a la habitación de usted. Yo sabía que estaba en la cafetería, así que se lo dije. Entonces él me preguntó si había recibido usted algún fax y pareció extrañado cuando le dije que no. Se notaba que sabía que lo esperaba usted.

—Entiendo. Gracias, Amy. —Jean trató de no demostrar la sorpresa que le producía aquello. ¿Por qué habría hecho Mark una pregunta como esa? Olvidándose por completo del termo, cruzó el vestíbulo algo aturdida y salió.

Fuera hacía más frío de lo que esperaba, pero brillaba el sol y no soplaba una gota de viento, así que supuso que estaría bien. Se puso las gafas de sol y empezó a alejarse del hotel, sin una dirección concreta. De pronto su mente consideraba una posibilidad que no quería aceptar. ¿Era Mark la persona que le había estado enviando los faxes sobre Lily? ¿Le había enviado él el cepillo de Lily? Mark, que se había mostrado tan atento cuando ella le confió su problema, que puso su mano sobre la de ella y le hizo sentir que quería compartir su dolor.

Mark sabía que yo salía con Reed, pensó. Él mismo me dijo que nos vio cuando hacía ejercicio en West Point. ¿Averiguó de alguna forma lo de Lily? Y, a menos que sea él quien ha enviado los faxes, ¿por qué iba a preocuparse al ver que no había recibido ninguno? ¿Está él detrás de todo esto? ¿Le haría daño a mi hija?

No quiero creerlo, pensó, desolada ante la perspectiva. ¡No puede ser! Pero ¿por qué iba a preguntar a la recepcionista si yo había recibido un fax? ¿Por qué no me lo preguntó a mí?

Sin pensar en nada, Jean caminó por calles que conocía muy bien cuando era pequeña. Pasó ante el ayuntamiento de la localidad sin siquiera verlo, recorrió Angola Road hasta la salida de la autopista, volvió sobre sus pasos y, finalmente, una hora después, entró en una cafetería-*delicatessen* situada al pie de Mountain Road. Se sentó a la barra y pidió un café. Se sentía derrotada, consumida por la preocupación, y se dio cuenta de que ni el aire frío ni la caminata le habían ayudado a pensar con claridad. Estoy peor que al principio, se dijo. Ya no sé en quién confiar, no sé qué creer.

Según ponía en grandes letras rojas bordadas en su uniforme, el hombre flacucho y de pelo canoso que había detrás de la barra se llamaba Duke Mackenzie. Era evidente que tenía ganas de charla.

—¿Es usted nueva por aquí, señora? —le preguntó cuando le estaba sirviendo el café.

—No. Me crié aquí.

—¿No asistiría usted por casualidad a esa reunión de ex alumnos de Stonecroft?

Era imposible no contestar.

—Sí.

—¿Dónde vivía usted?

Jean señaló hacia el fondo del café.

—Aquí mismo, en Mountain Road.

—¿Bromea? En aquella época nosotros no estábamos. Antes esto era una tintorería.

—Sí, lo recuerdo. —El café estaba demasiado caliente, pero Jean empezó a beberlo.

—A mi mujer y a mí nos gustó el pueblo y compramos el local hará unos diez años. Tuvimos que reformarlo de arriba abajo. Sue y yo trabajamos mucho, pero nos gusta. Abrimos a las seis de la mañana y no cerramos hasta las nueve. Ahora Sue está en la cocina, preparando las ensaladas y ocupándose de la parrilla. Solo preparamos cosas rápidas, pero le sorprendería saber la de gente que pasa para tomarse un café o un sándwich.

Jean, que escuchaba solo a medias aquel torrente de palabras, asintió.

—Durante el fin de semana algunos de los ex alumnos de Stonecroft entraron para tomar algo mientras paseaban por el pueblo —continuó diciendo Duke—. No se podían creer que las casas hayan subido tanto de precio. ¿En qué número de Mountain Road dice usted que vivía?

De mala gana, Jean le dijo la dirección de la casa de su infancia. Luego, deseando irse cuanto antes, se bebió el resto del café de un trago, aunque le quemaba en la boca. Se puso en pie, dejó el billete de veinte sobre la barra y pidió que le cobrara.

—La segunda taza es gratis. —Era evidente que Duke no deseaba perder a su público.

—No, no hace falta. Tengo prisa.

Mientras Duke buscaba el cambio en la caja, el móvil de Jean sonó. Era Craig Michaelson.

—Me alegro de que haya dejado en el contestador un número donde localizarla, doctora Sheridan —dijo el hombre—. ¿Puede hablar?

—Sí. —Jean se apartó de la barra.

—Acabo de hablar con el padre adoptivo de su hija. Él y su esposa estarán por la zona mañana y les gustaría cenar con usted. Lily, como llama usted a su hija, sabe que es adoptada y siempre ha manifestado el deseo de conocer a su verdadera madre. Sus padres también lo desean. No voy a entrar en detalles, pero le diré una cosa: es prácticamente imposible que su hija haya conocido a Laura Wilcox, así que creo que tendrá que aceptar que ese fax es falso. Sin embargo, no debe preocuparse, en el lugar donde se encuentra estará segura.

Por un momento, Jean se sintió tan perpleja que no fue capaz de decir nada.

—¿Doctora Sheridan?

—Sí, señor Michaelson —susurró ella.

—¿Está libre mañana por la noche?

—Sí, desde luego.

—La recogeré a las siete en punto. He pensado que, si cenaban en mi casa, los tres dispondrían de mayor intimidad. Y de aquí a unos días, puede que este mismo fin de semana, conocerá a Meredith.

—¿Meredith? ¿Así se llama? ¿Es ese el nombre de mi hija? —Jean se dio cuenta de que su voz sonaba chillona, pero no podía controlarla. La voy a ver pronto, pensó. Podré mirarla a los ojos. Podré abrazarla. No le importó que las lágrimas empezaran a deslizarse por su rostro, ni que Duke no perdiera ripio.

—Sí. No quería decírselo ahora, pero no importa. —La voz de Craig Michaelson era afable—. Entiendo cómo se siente. La recogeré mañana en el hotel, a las siete.

—Mañana por la tarde a las siete —repitió Jean. Apagó el teléfono y por un momento se quedó muy quieta. Se secó las lágrimas con el dorso de la mano. Meredith, Meredith, Meredith, pensó.

—Parece que eran buenas noticias —dedujo Duke.

—Sí. Oh, Dios, sí. —Jean cogió su cambio, dejó un dólar sobre la barra y, medio en trance por la alegría, salió del café.

Duke Mackenzie observó a Jean Sheridan salir de su local. Al entrar parecía muy apagada, pensó, pero, por la cara que se le ha puesto después de la llamada, cualquiera diría que le ha tocado la lotería. ¿Qué demonios querría decir cuando ha preguntado cuál era el nombre de su hija?

Por la ventana, vio que Jean empezaba a subir por Mountain

Road. Si no se hubiera marchado tan deprisa, le habría preguntado por el tipo de las gafas oscuras y la gorra que había estado allí las dos últimas mañanas, justo cuando acababa de abrir, a las seis. Y las dos veces pidió lo mismo: zumo, un bollito con mantequilla y café para llevar. Luego volvía a su coche y subía por Mountain Road. La noche anterior había venido también, poco antes de que cerraran, y pidió un sándwich y café.

Es un tipo raro, pensó Duke mientras limpiaba la barra inmaculada. Le pregunté si estaba con el grupo de Stonecroft y me dio una respuesta muy rara: «Yo soy el grupo».

Duke puso la esponja bajo el chorro de agua caliente y la escurrió. Tal vez, si viene mañana, le diré a Sue que le sirva ella y yo esperaré en mi coche a que salga y lo seguiré, para ver a quién va a visitar en Mountain Road, pensó. Puede que sea Margaret Mills. Lleva un par de años divorciada y todo el mundo sabe que está buscando novio. No pasa nada porque lo compruebe.

Duke se sirvió una taza de café. Están sucediendo muchas cosas por aquí desde que llegaron esos ex alumnos para la reunión. Si el tipo raro viene esta noche a por un sándwich y café, le preguntaré por la mujer que acaba de irse. Después de todo, es del grupo de Stonecroft y es muy atractiva, así que al menos sabrá quién es. Es un disparate que hayan tenido que decirle el nombre de su hija. Quizá él sabe lo que le pasa.

Duke rió por lo bajo mientras tomaba otro sorbo de café. Sue siempre le decía que la curiosidad mató al gato. No soy curioso, pensó Duke. Solo me gusta saber qué pasa.

68

A las doce en punto, Sam Deegan llamó con los nudillos a la puerta de la oficina del fiscal del distrito y entró sin esperar respuesta.

Rich Stevens estaba estudiando unas notas que tenía sobre la mesa y levantó la vista con expresión irritada por la interrupción.

—Rich, perdone que le moleste, pero es importante —dijo Sam—. Cometeremos un error si no nos tomamos en serio las amenazas contra la hija de Jean Sheridan. Craig Michaelson, el abogado que gestionó la adopción, me dejó un mensaje para que le llamara. Acabamos de hablar. Michaelson se ha puesto en contacto con los padres adoptivos. El padre es un general de tercer grado del Pentágono. La chica es una cadete de segundo año de West Point. El general la llamó y le preguntó si había coincidido alguna vez con Laura Wilcox. La respuesta fue un «no» categórico. Y no recuerda dónde perdió el cepillo.

Ya no quedaba ni rastro de irritación en su expresión cuando Rich Stevens se recostó contra su silla y entrecruzó los dedos, un gesto que, como bien sabían los que le conocían, indicaba que estaba muy preocupado.

—Justo lo que necesitábamos —dijo—. La hija de un general de tercer grado amenazada por un chiflado. ¿Van a ponerle a la chica un guardaespaldas en West Point?

—Por lo que Michaelson me ha dicho, tiene dos exámenes importantes, uno mañana y otro el viernes. Cuando su padre le habló de salir de West Point, ella se echó a reír, y no quiso preocuparla hablándole de las amenazas. Él y la madre vendrán mañana en avión para entrevistarse con Jean Sheridan. El general quiere venir aquí y hablar con usted el viernes por la mañana.

—¿Quién es?

—Michaelson no ha querido darme esa información por teléfono. La chica sabe que es adoptada, pero hasta esta mañana el general y su esposa no tenían ni idea de quiénes eran los padres biológicos. Jean Sheridan jura y perjura que nunca le contó a nadie lo de la niña hasta que empezó a recibir esos faxes. Yo creo que la persona que descubrió lo del embarazo y conoce la identidad de los padres adoptivos tuvo que descubrirlo por la época en que nació la cría. Michaelson está completamente seguro de que nadie ha visto los registros. Jean Sheridan sospecha que la filtración tuvo que producirse en la consulta del doctor, lo cual al menos nos da una pista de por dónde empezar a buscar.

—Entonces, si Laura Wilcox no tiene nada que ver con esas amenazas y no mandó ese último fax de disculpa, me he puesto en un buen compromiso al anunciar que su desaparición es un montaje publicitario —comentó Rich Stevens con amargura.

—Todavía no podemos estar del todo seguros sobre eso, Rich, pero lo que está muy claro es que no es ella quien amenaza a la chica. Lo que nos lleva a otra pregunta: si Laura no envió ese fax, quien lo envió ¿lo hizo para que abandonáramos la investigación?

—Que es justo lo que te dije que hicieras. Muy bien, Sam. Te relevaré del caso de los asesinatos. Me gustaría conocer el nombre de esa cadete. Te lo preguntaré otra vez. ¿Está seguro el general de que la chica está a salvo?

—Por lo que dijo Michaelson, lo está gracias a los exámenes. Dice que, cuando no está en clase, está estudiando en su habitación. Le aseguró a su padre que no saldría del campus de West Point.

—Entonces, teniendo en cuenta las medidas de seguridad que hay en West Point, supongo que estará a salvo, al menos de momento. Es un alivio.

—Yo no estoy tan seguro. Estar en West Point no salvó a su verdadero padre —repuso Sam con expresión sombría—. Era cadete.

Dos semanas antes de su graduación lo atropelló un vehículo que se dio a la fuga. Nunca encontraron al responsable.

—¿Alguna posibilidad de que no fuera un accidente? —preguntó Stevens de inmediato.

—Por lo que Jean Sheridan me ha contado, a nadie se le ocurrió que Reed Thornton (que es como se llamaba) hubiera podido ser arrollado expresamente. Pensaron que el conductor se asustó y tuvo miedo de desvelar su identidad. Sin embargo, a la vista de todo lo que está pasando, no estaría de más echar un vistazo al archivo del caso.

—Hazlo, Sam. Dios mío, ¿te imaginas lo que harían los medios de comunicación si pusieran las manos sobre esto? La hija de un general de tercer grado, cadete de West Point, amenazada. Su padre biológico, también cadete, muerto en un misterioso accidente en West Point. La madre biológica es una reconocida historiadora y autora de *best seller*.

—Hay más —dijo Sam—. El padre de Reed Thornton es un general de brigada retirado. Todavía no sabe que tiene una nieta.

—Sam, te lo voy a preguntar otra vez: ¿estás seguro de que esa chica está a salvo?

Al ponerse en pie, Sam reparó en el montón de notas que Rich Stevens tenía en la mesa.

—¿Más datos sobre los asesinatos?

—En el par de horas que has estado fuera, he perdido la cuenta de las llamadas que han llegado hablando de hombres de aspecto sospechoso. Una de ellas era de una mujer que aseguró que la habían seguido al salir del supermercado. Apuntó el número de la matrícula. Y resulta que el sospechoso era un agente del FBI que ha venido a visitar a su madre. Hemos recibido dos llamadas denunciando la presencia de vehículos sospechosos en el exterior del patio del colegio. En los dos casos resultaron ser de padres que esperaban a sus hijos. Tenemos un chalado que ha confesado ser el asesino. El problema es que este último mes lo ha pasado en la cárcel.

—¿Aún no ha llamado ningún vidente?

—Oh, sí. Tres.

El teléfono de la mesa de Stevens sonó. El fiscal descolgó el auricular, escuchó y luego lo tapó con la mano.

—Es el gobernador —dijo arqueando las cejas.

Cuando salía de la habitación, Sam oyó al fiscal del distrito decir:

—Buenos días, señor gobernador. Sí, es un problema muy serio, pero estamos trabajando las veinticuatro horas del día para...

Encontrar al responsable y llevarlo ante la justicia, pensó Sam. Esperemos que eso pase antes de que tenga ocasión de dejar más búhos de peltre junto al cuerpo de otras víctimas.

Incluyendo una cadete de West Point de diecinueve años... aquella aterradora posibilidad se le pasó por la cabeza cuando se dirigía hacia su despacho.

69

—Lily... Meredith. Lily... Meredith —susurraba Jean una y otra vez mientras subía por Mountain Road, con las manos en los bolsillos y las gafas de sol puestas para ocultar las lágrimas de felicidad.

No sabía por qué había ido por aquella calle, lo único que sabía era que al salir de la cafetería no tenía ganas de volver aún al hotel. Pasó ante casas que años atrás pertenecieron a sus vecinos. ¿Cuántos vivirán todavía aquí?, se preguntó. Espero no encontrarme con nadie conocido.

Al acercarse a la casa donde había vivido aflojó el paso. Al pasar por allí con el coche el domingo por la mañana no había tenido ocasión de fijarse bien en lo que habían hecho los actuales propietarios. Miró alrededor. En la calle no había nadie que pudiera verla. Por un momento, se detuvo y apoyó la mano en la verja de hierro forjado que ahora rodeaba la propiedad.

Debieron de añadir al menos otras dos habitaciones cuando reformaron la casa, pensó mientras observaba el edificio. Cuando nosotros vivíamos aquí, solo había tres, una para cada uno: mamá, papá y yo. Cuando éramos pequeñas, Laura siempre me preguntaba: «¿Tu madre y tu padre no duermen juntos? ¿No se gustan?».

Yo había leído en una columna de consejos de una revista femenina que ninguna mujer debería dormir en la misma habitación que su marido si este ronca. Le dije a Laura que mi padre roncaba mucho. Ella repuso: «El mío también, pero duermen juntos igual».

Entonces le dije que mis padres también dormían juntos a veces. Pero no era verdad.

Jean miró las dos ventanas centrales del primer piso. Eran las de mi habitación, pensó. Cómo odiaba el papel floreado de las paredes... Era demasiado recargado. Cuando tenía quince años le supliqué a mi padre que me llenara las paredes de estantes. Tenía mucha maña para ese tipo de trabajos. Mamá se opuso, pero papá lo hizo de todos modos. Después de aquello, para mí mi habitación se convirtió en «la biblioteca».

Recuerdo el primer día que noté que se me retrasaba la regla y, después, los días que pasé rezando para que me viniera. Le prometí a Dios que haría lo que Él quisiera si no estaba embarazada.

Bueno, ahora me alegro de haberlo estado, pensó Jean. Lily... Meredith. Es posible que la conozca este fin de semana. Es probable que en algún momento se me escape y la llame Lily; entonces tendré que explicárselo, y supongo que lo entenderá. ¿Será muy alta? Reed medía más de metro ochenta, y me dijo que su padre y su abuelo eran más altos que él.

Lily está a salvo... eso es lo más importante. Pero Craig Michaelson está seguro de que nunca ha visto a Laura Wilcox. ¿Cómo podía saber Laura nada de los faxes?

Jean había pensado darse la vuelta y regresar al hotel, pero en un impulso siguió adelante, hasta la antigua casa de Laura, y se detuvo ante ella.

Como había observado ya el domingo cuando pasó con el coche, alguien se ocupaba del cuidado de la vivienda y los jardines. La casa parecía recién pintada, el sendero de losas estaba bordeado de flores otoñales y el césped estaba limpio de hojas. Aun así, con las persianas bajadas en todas las ventanas, tenía un aire cerrado y poco acogedor. ¿Por qué iba alguien a comprar una casa, reformarla y mantenerla para no disfrutar de ella?, pensó. Había oído el rumor de que el propietario era Jack Emerson. Dicen que es un mujeriego. Me pregunto si la tendrá como nido de amor para traer a sus novias. Si es así, ahora que su mujer se ha ido a Connecticut, sería interesante ver si la utiliza.

Y a mí qué me importa, se dijo Jean, y acto seguido se dio la vuelta y empezó a bajar en dirección al hotel. Haciendo un gran esfuerzo, trató de controlar la emoción que le producía saber que iba a conocer a Lily y concentrarse en Laura y las nuevas posibilidades que había estado barajando en su cabeza.

Robby Brent.

¿Estaba Robby Brent detrás de los faxes sobre Lily?, se preguntó. Quizá fue él quien descubrió que estaba embarazada. Quizá se ha dado cuenta de que podrían juzgarlo por enviar esas amenazas y quiere que Laura cargue con la culpa porque imagina que me dará lástima.

Es posible, decidió cuando pasaba ante la cafetería y, de mala gana, saludaba a Duke, que le hacía señas desde la ventana. Robby Brent es lo bastante desagradable para haber averiguado de alguna forma lo de Lily y haberme enviado esos faxes cuando se acercaba la fecha de la reunión de ex alumnos como una broma cruel. Tengo entendido que hace un par de funciones benéficas al año. Tal vez conoció a la familia de Lily en alguna. Qué mala persona... ridiculizar al doctor Downes y la señorita Bender en la cena. Incluso la forma en que hizo entrega del cheque para Stonecroft fue un insulto.

Aquello tenía su lógica. Si era Robby quien había mandado esos faxes y el cepillo, debía de estar muy preocupado por la justicia, pensó. Si planeó este montaje con Laura, les ha salido mal. Y seguramente se pondrá en contacto con sus productores para inventarse alguna historia. Los medios los perseguirán buscando una explicación.

Por otro lado, está Jack Emerson, que trabajaba por las noches en la consulta del doctor Connors y quizá tuvo acceso a sus archivos. Y tengo que saber por qué Mark preguntó a la recepcionista si yo había recibido algún fax y puso cara de decepción cuando supo que no. Bueno, al menos eso lo puedo averiguar enseguida, pensó al enfilar el camino de acceso al hotel.

Cuando entró en el vestíbulo, la calidez del interior la envolvió y se dio cuenta de que había llegado temblando. Tendría que subir y meterme en la bañera, se dijo. Sin embargo, se acercó al mostrador, donde Amy Sachs estaba ajetreada con los primeros invitados de la reunión de Starbright. Jean descolgó el auricular del teléfono para llamadas internas y, cuando el cliente al que Amy estaba atendiendo se puso a buscar su cartera en el maletín, consiguió que sus miradas se encontraran y le preguntó:

—¿Algún correo?

—Nada —susurró Amy—. Puede confiar en mí, doctora Sheridan. No habrá más confusiones con sus faxes.

Jean asintió y dijo a la operadora el nombre de Mark. Este contestó al primer tono.

—Jean, estaba preocupado por ti —dijo.

—Tú también me preocupas —repuso ella con voz neutra—. Es casi la una y no he tomado nada más que media taza de café. Voy a la cafetería. Me gustaría que me acompañaras, pero no te molestes en pasar por recepción a preguntar si he recibido algún fax. No ha llegado nada.

70

Fiel a su palabra, cuando salió del despacho del director Downes, Jake Perkins fue directamente al aula que se había convertido en la sede del periódico de la escuela. Allí se dedicó a revisar los archivos fotográficos de la *Gaceta* correspondientes a los cuatro años que Laura estudió en Stonecroft. Ya había encontrado fotografías de Laura cuando consultó los anuarios para preparar la reunión de ex alumnos, pero ahora quería otras, a poder ser más espontáneas que las que se utilizaban para los anuarios.

En la siguiente hora, Jake dio con algunas fotografías perfectas. Laura había intervenido en varias representaciones teatrales. Una era un musical, y encontró una gran fotografía de ella con un grupo de bailarinas, entre las que resaltaba con sus largas piernas y su sonrisa deslumbrante. Una tía despampanante, sin duda, pensó. Si estuviera ahora en el instituto, todos los chicos que conozco estarían tratando de llamar su atención.

Rió con disimulo al pensar cómo se lo montarían los tíos en aquella época para llamar la atención de una chica. Seguramente se ofrecían a llevarle los libros. En cambio él se hubiera ofrecido a llevarla a casa en su Corvette.

Cuando llegó a la fotografía de la ceremonia de graduación de la clase de Laura, los ojos se le abrieron como platos. Utilizó una lupa para examinar el rostro de los graduados. Laura estaba muy guapa, cómo no, con su larga cabellera cayéndole sobre los hombros. Había conseguido estar atractiva incluso con aquel estúpido birrete.

Sin embargo, fue Jean Sheridan quien le sorprendió. En la fotografía aparecía con las manos cruzadas y los ojos llorosos. Parece triste, pensó Jake, muy triste. Nadie diría que acababan de concederle la medalla en historia y una beca para estudiar en Bryn Mawr. Por la cara que tiene, es como si hubieran acabado de decirle que le quedaban dos días de vida. Tal vez estaba triste porque tenía que marcharse de Stonecroft. Imagínate.

Siguió desplazando la lupa por los graduados, buscando a los homenajeados. Los fue localizando uno a uno. Todos han cambiado mucho, observó. Un par tenían pinta de perdedores. Gordon Amory, por ejemplo, que estaba irreconocible. ¡Jo, qué feo era! Y Jack Emerson ya era una bola de sebo incluso en aquella época. Carter Stewart necesitaba un buen corte de pelo... no, necesitaba un buen retoque de arriba abajo. Robby Brent, el Sin Cuello, ya empezaba a dar signos de calvicie. Mark Fleischman parecía un palo con cabeza. Joel Nieman estaba junto a Fleischman. Menudo Romeo, pensó Jake. Si yo hubiera sido Julieta, creo que también me habría matado ante la idea de estar unida a él.

Entonces reparó en una cosa. La mayoría de los graduados tenía una sonrisa tonta en el rostro, de las que se ponen siempre en las fotografías de grupo. Sin embargo, la más amplia de todas era la de un chico que no miraba a la cámara, sino a Jean Sheridan. Qué contraste. A ella parece que se le hubiera muerto una amiga, y el otro con una sonrisa de oreja a oreja.

Jake meneó la cabeza mirando el montón de fotografías que tenía ante sí. De momento ya es suficiente, pensó. Lo siguiente será hablar con Jill Ferris, la profesora que está a cargo de la *Gaceta*. Es una buena tipa, pensó. La convenceré de que me deje poner la fotografía de Laura bailando en la primera plana del siguiente número, y la de la graduación en la última. Entre las dos transmiten la esencia de toda esta historia: la chica que lo tenía todo y ahora está desesperada, y los memos que han llegado lejos en la vida.

Su siguiente parada fue el estudio donde guardaban el equipo fotográfico. Allí estaba la señorita Ferris, que le dio permiso para llevarse la pesada y anticuada cámara que tanto le gustaba utilizar para los trabajos gráficos. En su opinión, tenía una definición que no podía igualar ninguna cámara digital. El hecho de que fuera tan aparatosa no le desanimaba cuando tenía una misión importante, sobre todo en este caso, porque era una misión que había ideado personalmente.

Debía reconocer que, gracias a que recientemente se había sacado el carnet de conducir y sus padres le habían comprado un Subaru de diez años, sus desplazamientos por la localidad resultaban mucho más sencillos que cuando tenía que hacer su trabajo de reportero en bici.

Con la cámara al hombro, el cuaderno y el bolígrafo en un bolsillo y la grabadora en el otro, por si se topaba con alguien a quien valiera la pena entrevistar, Jake se puso en marcha.

Estoy impaciente por fotografiar la casa donde se crió Laura Wilcox. Fotografiaré la fachada y la parte de atrás. Después de todo, es la casa donde asesinaron a la estudiante de medicina Karen Sommers, y la policía está segura de que el asesino entró por la puerta de atrás. Esto añadirá un nuevo toque humano a la historia, decidió.

71

Carter Stewart pasó la mayor parte de la mañana del miércoles en su suite del Valley Hudson. Había quedado en reunirse por la tarde con Pierce Ellison, el director de su nueva obra, en la casa de este. Tenían que comentar las propuestas del director, pero primero quería introducir algunos cambios en el texto.

Gracias, Laura, pensó con una sonrisa maliciosa mientras hacía algunos cambios sutiles en el papel de la rubia sin cerebro que era asesinada en el segundo acto. Desesperación, pensó... eso es lo que necesitaba. Por fuera es deslumbrante, pero tenemos que sentir lo frenética y desesperada que está, saber que haría lo que fuera para salvarse.

Carter detestaba que le interrumpieran cuando estaba trabajando, algo que su agente, Tim Davis, sabía de sobras. Pero a las once en punto el timbrazo del teléfono desconcentró a Carter. Era Tim.

El hombre empezó disculpándose.

—Carter, sé que estás trabajando y que prometí no molestarte a menos que fuera absolutamente necesario, pero...

—Por tu bien espero que sea absolutamente necesario, Tim —le espetó Carter.

—La cuestión es que acabo de recibir una llamada de Angus Schell. Es el agente de Robby Brent y se está volviendo loco. Robby había prometido enviarle los cambios que proponía para los guiones de su nueva serie de televisión ayer como muy tarde y no le han llegado aún. Angus le ha dejado un montón de mensajes, pero no ha tenido noticias suyas. El productor está furioso por ese montaje que los medios dicen que Robby y Laura Wilcox han organizado. Amenazan con abandonar la serie.

—Cosa que a mí no me importa lo más mínimo —dijo Carter con tono glacial.

—Carter, el otro día me dijiste que Robby te iba a enseñar los cambios. ¿Llegaste a verlos?

—No, no los vi. De hecho, me tomé la molestia de ir a su hotel para ver esas correcciones y no estaba, y no he sabido nada de él desde entonces. Ahora, si me perdonas, estaba trabajando divinamente hasta que me has interrumpido.

—Carter, por favor. Necesito aclarar esto. ¿Crees que Robby ha hecho las correcciones que prometió al productor?

—Tim, a ver si lo entiendes. Sí, creo que Robby hizo las correcciones. Me dijo que las había hecho. Me pidió que les echara un vistazo y yo acepté. Fui a su hotel y no estaba. En otras palabras, para ver si lo entiendes, hizo las correcciones y me hizo perder el tiempo.

—Carter, lo siento. De veras, lo siento mucho —repuso Tim Davis tratando de aplacar a su cliente—. Ya han elegido a Joe Dean y Barbara Monroe para dirigir algunos episodios, y significa mucho para ellos que la serie salga adelante. Por lo que he leído en los periódicos, la Wilcox y Robby dejaron todas su cosas en las habitaciones del hotel. Por favor, te lo pido por favor, ¿podrías mirar si por casualidad Robby ha dejado los guiones en la habitación? La última vez que hablé con él, se jactaba de que con las modificaciones que había hecho el guión iba a ser hilarante. Él no suele usar esa palabra, pero cuando la usa lo dice en serio. Si puedes hacérnoslos llegar por correo urgente, tal vez podamos salvar la serie. El productor quiere un éxito seguro, y todos sabemos que Robby puede conseguirlo.

Carter Stewart no dijo nada.

—Carter, no me gusta abusar, pero hace doce años, cuando tú aún andabas de puerta en puerta, yo te ayudé y produje tu primera obra. No me malinterpretes. A mí también me ha beneficiado mucho, pero en estos momentos quiero que me devuelvas el favor, no por mí, sino por Joe y Barbara. Yo te di una oportunidad. Me gustaría que tú también se la dieras a ellos.

—Tim, eres tan elocuente que casi me has hecho llorar —dijo Carter con voz divertida—. Seguro que en todo esto hay algo más que una simple amistad con el viejo Angus y tus sentimientos paternales por los que empiezan. Algún día tendrás que decirme qué es. Sin embargo, dado que me has desconcentrado por completo, iré al hotel de Robby y veré si puedo entrar en su habitación. Mientras tanto tú podrías ir preparando el terreno; telefonea al hotel y di que eres su agente y que Robby te ha dado instrucciones para que me mandes a buscar los guiones.

—Carter, no sé cómo...

—¿Agradecérmelo? Estoy seguro. Adiós, Tim.

Carter Stewart vestía tejanos y un jersey. Su chaqueta y la gorra estaban en la silla donde las había arrojado un rato antes. Con un suspiro de irritación, se levantó, se puso la chaqueta y cogió la gorra. Antes de que saliera de la habitación, el teléfono volvió a sonar. Era Downes, el director de Stonecroft, que lo invitaba a tomar un cóctel y cenar en su residencia.

Lo que me faltaba, pensó Carter.

—Oh, lo siento —dijo—, pero ya he quedado para la cena.
—Conmigo mismo, agregó en silencio.

—Entonces quizá podría acompañarnos en el cóctel —apuntó el director, algo nervioso—. Lo consideraría un favor, Carter. Verá, va a venir un fotógrafo para tomar unas fotografías de usted y los otros homenajeados que aún están en la localidad.

Los otros homenajeados que aún están en la localidad... una curiosa forma de decirlo, pensó Carter sarcásticamente.

—Me temo que... —empezó a decir.

—Por favor, Carter. No le entretendré, pero, a la vista de los acontecimientos de estos últimos días, necesito fotografías de las cuatro personalidades verdaderamente distinguidas entre los homenajeados. Las necesito para sustituir las que se hicieron en la cena de gala. Debe comprender que es muy importante para el proyecto del nuevo anexo.

No había ni un asomo de alegría en la risa de Carter Stewart.

—Parece que es mi día para expiar los muchos pecados de mi vida —dijo—. ¿A qué hora quiere que esté allí?

—Las siete sería perfecto. —La voz del director destilaba gratitud.

—Muy bien.

Una hora más tarde, Carter Stewart estaba en la habitación de Robby Brent en el Glen-Ridge. Con él estaban Justin Lewis, el gerente, y Jerome Warren, el ayudante del gerente, ambos visiblemente preocupados ante lo que podía considerarse responsabilidad del hotel por permitir que Stewart se llevara algo de la habitación.

Stewart fue hasta la mesa. Encima había un voluminoso montón de guiones. Pasó algunas páginas.

—Aquí están —dijo—. Como les he dicho, y como pueden ver, estos son los guiones que el señor Brent ha retocado, los que la productora necesita inmediatamente. No voy a quedármelos yo, en absoluto. —Señaló a Justin Lewis—. Usted, cójalos. —Luego señaló a Jerome Warren—. Usted, sostenga el sobre donde los van a enviar. Después pueden decidir quién de los dos escribe la dirección. Bien, ¿satisfechos?

—Por supuesto, señor —respondió Lewis, nervioso—. Espero que comprenda nuestra posición. Hemos de ser cautos.

Carter Stewart no dijo nada. Estaba mirando la nota que Robby Brent había apoyado contra el teléfono: «Cita para enseñar los guiones a Howie el martes a las tres».

El gerente también la había visto.

—Señor Stewart —dijo—, me había parecido entender que era usted quien había quedado con el señor Brent para revisar estos guiones.

—Eso es.

—Entonces ¿puedo preguntar quién es Howie?

—El señor Brent se refería a mí. Es una broma suya.

—Entiendo.

—Estoy seguro. Señor Lewis, ¿ha oído usted alguna vez decir que quien ríe el último ríe mejor?

—Sí, lo he oído —contestó el hombre asintiendo con la cabeza.
—Bien. —Carter Stewart empezó a reír entre dientes—. Pues describe exactamente esta situación. Y ahora dejen que les diga la dirección.

72

Cuando Sam salió de la oficina de Rich Stevens, fue a la cafetería del juzgado y pidió café y un sándwich de pan de centeno con jamón y queso emmental para llevar.

—Querrá decir «calzado» —repuso alegremente el chico del mostrador, que era nuevo. Al ver la expresión desconcertada de Sam, explicó—: Ya no se dice para «para llevar». Se dice «calzado».

Podía haber pasado el resto de mi vida sin saberlo, pensó Sam cuando volvió a su oficina y sacó el sándwich de la bolsa.

Colocó su comida sobre la mesa y encendió el ordenador. Una hora después, cuando ya había dado cuenta del sándwich y quedaba un último trago de café olvidado en el vaso, estaba organizando las informaciones que había recabado sobre Laura Wilcox.

Tengo que reconocer que se pueden encontrar muchas cosas en internet, pensó, aunque también pierdes mucho tiempo quitando paja. La información que buscaba era precisamente la que no figuraba en la biografía oficial de Laura, aunque hasta el momento no había visto nada que pudiera servirle.

Dado que la lista de entradas sobre Laura Wilcox era deprimentemente larga, empezó a abrir aquellas que consideró que podían ser útiles. Su primer matrimonio, cuando tenía veinticuatro años, con Dominic Rubirosa, un cirujano plástico de Hollywood. «Laura es tan guapa que en nuestro hogar mi talento estará desaprovechado», eran las palabras que al parecer había dicho Rubirosa después de la ceremonia.

Sam hizo una mueca. Conmovedor, sobre todo si tenemos en cuenta que el matrimonio duró exactamente once meses. ¿Qué habrá sido de Rubirosa? Quizá todavía está en contacto con Laura. Decidió buscar información sobre él y encontró un artículo donde aparecía en una fotografía con su segunda mujer después de la boda. «Monica es tan bella que nunca necesitará de mis servicios como cirujano plástico» fueron las palabras que pronunció ese día.

—Una pequeña variación. Menudo gilipuertas —dijo Sam en voz alta, e hizo clic en «Volver» para regresar al artículo sobre la primera boda de Laura.

Había una fotografía de sus padres durante la ceremonia. William y Evelyn Wilcox, de Palm Beach. El lunes, al ver que Laura no regresaba, Eddie Zarro había dejado un mensaje en el contestador de la pareja para pedirles que se pusieran en contacto con Sam. Como no hubo respuesta, hicieron que un policía de Palm Beach fuera a la casa. Una vecina chismosa contó al agente que estaban en un crucero, aunque no estaba muy segura de por dónde. Y, de motu proprio, añadió que eran gente muy reservada, «unos viejos más bien excéntricos», y que tenía la impresión de que estaban enfadados por cierta información que había salido a la luz durante el segundo divorcio de Laura, que fue algo embrollado.

Las noticias también llegan a los cruceros, pensó Sam. Con toda la publicidad que se está dando a lo sucedido con su hija, lo normal hubiera sido que trataran de averiguar algo. Es raro que no hayamos sabido nada de ellos. Veré si la policía de Palm Beach puede investigar y averiguar en qué crucero están. Por supuesto, también es posible que Laura les avisara para que no se preocuparan.

Levantó la vista cuando Joy Lacko entró en el despacho.

—El jefe acaba de retirarme del caso de los asesinatos —dijo—. Quiere que le ayude. Me dijo que usted me pondría al corriente.

—Por la expresión de su cara, se notaba que a Joy no le había gustado que la asignaran a otro caso.

Pero su disgusto se disipó cuando Sam le contó lo que había averiguado sobre Jean Sheridan y su hija Lily. El que el padre adoptivo de Lily fuera un general de tercer grado despertó su interés, así como el hecho de que parecía imposible que Laura Wilcox hubiera mandado el último fax a Jean Sheridan, aquel donde decía que ella estaba detrás de las amenazas.

—Y sigo sin creerme que sea casualidad que cinco mujeres que comían juntas en Stonecroft hayan muerto en el mismo orden en que estaban sentadas a la mesa —concluyó Sam—. Si no se trata de una de esas extraordinarias casualidades, eso significa que Laura Wilcox será la siguiente en morir.

—Me está diciendo que hay dos famosos desaparecidos, cosa que puede ser o no un montaje publicitario. Y hay una cadete de West Point, hija adoptiva de un general, amenazada, y cinco mujeres muertas en el orden en que se sentaban a la mesa del comedor del instituto. No me extraña que Rich piense que necesita ayuda —dijo Joy con tono pragmático.

—En efecto, necesito ayuda —admitió Sam—. Es imprescindible que encontremos a Laura Wilcox no solo porque, si se demuestra que esas cinco muertes fueron asesinatos, es evidente que corre un grave peligro, sino también porque es posible que supiera lo de Lily y se lo dijera a alguien.

—¿Qué hay de la familia de Laura? ¿O sus amigos íntimos? ¿Ha hablado ya con su agente? —Lacko tenía su cuaderno de notas en la mano. Esperaba las respuestas de Sam, bolígrafo en mano.

—Estás haciendo las preguntas correctas —dijo Sam—. El lunes me puse en contacto con su agencia. Por lo visto era Alison Kendall quien llevaba a Laura. Hace un mes que Alison murió, pero todavía no le han asignado a ningún agente.

—Es raro —observó Joy—. Lo normal sería que le asignaran un nuevo agente enseguida.

—Al parecer si no lo han hecho es porque Laura les debe dinero; le han estado dando anticipos. Alison quería ayudarla, pero el nuevo director ejecutivo no. Han prometido llamarnos si saben algo, pero no cuentes con ello. Tengo la sensación de que la agencia no tiene mucho interés por Laura.

—No ha tenido ningún papel importante desde *Henderson County*, y ya hace un par de años que la serie terminó. Con todas las veinteañeras despampanantes que salen, supongo que para Hollywood Laura es una vieja —comentó Joy secamente.

—Creo que tienes razón. También estamos tratando de localizar a sus padres para ver si les dijo algo. Ya he hablado con el tipo de California que investigó la muerte de Alison Kendall, y asegura que no hay indicios que apunten a un asesinato. Pero no me convence. Cuando le comenté a Rich Stevens lo de las chicas de la mesa del comedor, emitió una orden para revisar los archivos policiales de los casos. El más antiguo se remonta a hace veinte años, así que quizá nos ocupará el resto de la semana reunirlo todo. Luego los revisaremos con mucha atención a ver si encontramos algo.

Sam esperó mientras Joy tomaba algunas notas.

—Quiero entrar en la web de los diarios locales de los lugares donde se produjeron los tres supuestos accidentes y ver si en aquel entonces hubo alguna duda. El primero fue el del coche que se precipitó al Potomac; el segundo, la mujer que murió en un alud en Snowbird, y el tercero, la que se estrelló cuando pilotaba su avioneta. Alison fue la cuarta. También quiero ver lo que se escribió sobre el supuesto suicidio de la otra chica. —Se adelantó a la pregunta que Joy iba a hacerle—. Tengo sus nombres, las fechas y el lugar donde murieron anotados aquí. —Señaló una hoja mecanografiada que tenía sobre la mesa—. Puedes hacerte una copia. Luego quiero ver si en internet encuentro algo sobre Robby Brent que pueda ayudarnos. Te lo aviso, Joy, incluso trabajando los dos, tardaremos bastante en hacer todo esto. —Se puso en pie y se desperezó.

»Cuando terminemos, llamaré a la viuda de un tal doctor Connors y le haré una visita. Era el médico que dio en adopción a la hija de Jean Sheridan. Jean se entrevistó con la señora Connors el otro día y se quedó con la impresión de que la mujer se callaba algo, y eso la puso muy nerviosa. Quizá yo pueda sacárselo.

—Sam, se me da muy bien buscar información en internet y seguramente soy mucho más rápida que usted. Deje que me encargue yo de buscar y vaya usted a visitar a la mujer del doctor.

—Viuda del doctor —aclaró Sam, y se preguntó por qué había sentido el impulso de corregir a Joy. Quizá era porque había tenido a Kate en la cabeza todo el día. Yo no soy el marido de Kate, soy su viudo. Es tan distinto como la noche del día.

Si a Joy le molestó que la corrigiera, no se notó. Cogió la lista de la mesa.

—A ver que encuentro. Ya hablaremos después.

Dorothy Connors había aceptado a disgusto entrevistarse con Jean y, cuando Sam la llamó, insistió tercamente en que no sabía nada que pudiera ayudarle. Sam comprendió que tenía que mostrarse duro con aquella mujer y, al final, le dijo:

—Señora Connors, yo decidiré si puede ayudarnos o no. Solo le pido que me dedique quince minutos.

A regañadientes, la mujer accedió a recibirlo a las tres de la tarde.

Sam se puso a ordenar su mesa y en ese momento sonó el teléfono. Era Tony Gómez, jefe de policía de Cornwall. Eran viejos amigos.

—Sam, ¿conoces a un crío llamado Jake Perkins? —le preguntó Tony.

¿Le conozco?, pensó Sam poniendo los ojos en blanco.

—Sí, le conozco. ¿Qué pasa?

—Ha estado fotografiando algunas casas de la localidad, y un par de personas se han quejado porque pensaban que lo hacía con vistas a un robo.

—Olvídalo —repuso Sam—. Es inofensivo. El chico se cree que es un periodista de investigación.

—Es más que eso, Sam. Dice que está trabajando sobre la desaparición de Laura Wilcox y que colabora contigo. ¿Puedes corroborar eso?

—¿Colaborar conmigo? ¡Por Dios! —Sam se echó a reír—. Métemelo en el calabozo —propuso—. Y procura perder la llave. Ya hablaremos, Tony.

73

—Jean, tenía una buena razón para preguntar si habías recibido algún fax —dijo Mark con voz queda cuando se reunió con ella en la cafetería.

—Pues explícamela, por favor —repuso ella, también en voz baja.

El camarero la había sentado a la misma mesa donde habían estado el día anterior, pero ahora la sensación de cordialidad e intimidad creciente de entonces habían desaparecido. El rostro de Mark reflejaba preocupación, y Jean sabía que le estaba transmitiendo las dudas y la desconfianza que ella albergaba.

Lily —Meredith— está a salvo y pronto la conoceré, pensó. Eso era lo único que importaba, el alfa y la omega de todo. Pero habían sucedido tantas cosas: el cepillo, los faxes amenazadores, la rosa en la tumba de Reed... cada uno de aquellos incidentes la había llenado de preocupación.

Hubiera tenido que recibir el último fax ayer a primera hora de la tarde, recordó Jean mirando a Mark, que estaba sentado frente a ella. Tenía la impresión de que se estaban calibrando el uno al otro, viéndose bajo una luz completamente distinta. Creí que podía confiar en ti, Mark, pensó. Ayer te mostraste tan comprensivo y atento cuando te hablé de Lily... ¿Te estabas burlando de mí?

Al igual que ella, Mark llevaba puesto un chándal. Era de color verde oscuro y daba a sus ojos marrones un tono avellana. Su expresión era de preocupación.

—Jean, soy psiquiatra —dijo él—. Mi trabajo es tratar de entender lo que pasa por la mente de la gente. Dios sabe que ya has tenido bastantes quebraderos de cabeza para que ahora te preocupes también por mí. Sinceramente, esperaba que tendrías más noticias de la persona que envía esos faxes.

—¿Por qué?

—Porque eso indicaría que esa persona quiere seguir en contacto contigo. Ahora que has tenido noticias de Laura y sabes que no le hará daño a Lily estás más tranquila. Pero la cuestión es que se ha comunicado contigo. Eso es lo que quería saber cuando pregunté ayer. Sí, me sentí inquieto cuando la recepcionista dijo que no había llegado ningún fax. Inquieto por la seguridad de Lily.

Miró a Jean, y su expresión preocupada se transformó en asombro.

—Jean, ¿no habrás pensado que fui yo quien mandó esos faxes, que sabía que el fax que recibiste ayer tendría que haberte llegado antes? ¿De verdad has pensado eso?

El silencio de Jean fue respuesta suficiente.

¿Le creo?, se preguntó Jean. No lo sé.

El camarero estaba junto a la mesa.

—Solo café —dijo Jean.

—Creo recordar que dijiste por teléfono que no has comido nada en todo el día —observó Mark—. Cuando estudiábamos en Stonecroft te gustaba el queso gratinado con tomate. ¿Te sigue gustando?

Jean asintió.

—Dos sándwiches de queso gratinado con tomate. Y dos tazas de café —pidió Mark. Esperó a que el camarero se alejara para volver a hablar—. No me has contestado, Jeannie. No sé si eso significa que me crees, que no me crees o que no estás segura. Reconozco que me resulta un poco decepcionante, pero lo comprendo. Solo tienes que contestarme a una pregunta: ¿sigues sintiéndote satisfecha porque Laura ha mandado esos faxes y Lily está a salvo?

No pienso hablarle de la llamada de Craig Michaelson, se dijo Jean. No puedo permitirme confiar en nadie.

—Estoy contenta de que Lily esté a salvo —respondió con cautela.

Evidentemente, Mark se dio cuenta de que se mostraba evasiva.

—Pobre Jean —dijo—. No sabes en quién confiar, ¿verdad? Es lógico. Pero ¿qué vas a hacer ahora? ¿Esperar hasta que Laura aparezca?

—Al menos unos días —contestó Jean, con la intención de ser tan imprecisa como le fuera posible—. ¿Y tú?

—Me quedaré hasta el viernes por la mañana, luego debo volver. He de visitar a algunos pacientes. Por suerte, tengo algunos programas grabados, pero no puedo retrasar mucho más la preparación de otros nuevos. De todas formas, mi habitación ya está reservada el viernes para alguien que viene a la convención de las bombillas o de lo que sea.

—Se hará un homenaje a los cien mejores agentes comerciales —dijo Jean.

—Más homenajeados. Espero que los cien vuelvan sanos y salvos a sus casas. Supongo que has cedido a las súplicas del director del instituto y estarás en su casa para el cóctel y la sesión de fotografías.

—No sé nada de eso —repuso Jean.

—Seguramente te habrá dejado un mensaje. No creo que nos entretenga demasiado. Por lo que dijo, quería ofrecer una cena, pero Carter y Gordon ya habían quedado. En realidad, yo también. Mi padre quiere que volvamos a cenar juntos.

—Entonces deduzco que ha contestado a esa pregunta que querías hacerle —aventuró Jean.

—Sí, así es. Jeannie, ya conoces parte de la historia. Mereces conocer el resto. Mi hermano Dennis murió un mes después de graduarse en Stonecroft. Tenía que empezar a estudiar en Yale en otoño.

—Sé lo del accidente.

—Sabes algo del accidente —la corrigió él—. Yo acababa de terminar octavo en Saint Thomas y en septiembre iba a empezar en Stonecroft. Mis padres regalaron a Dennis un descapotable para su graduación. Seguramente no lo sabes, pero mi hermano destacaba en todo. Era el número uno de su clase, el capitán del equipo de béisbol, presidente del consejo escolar, guapo, divertido y una persona de verdad amable. Después de cuatro abortos, parece que mi madre consiguió tener un hijo perfecto.

—Y me imagino que para ti era demasiado difícil estar a su altura —observó Jean.

—Sé que eso es lo que cree la gente, pero en realidad Dennis era genial conmigo. Era mi hermano mayor, mi héroe.

A Jean le pareció que Mark hablaba más para sí mismo que para ella.

—Jugaba al tenis conmigo. Me enseñó a jugar al golf. Me llevaba de paseo en su descapotable y, como insistí tanto, al final me enseñó a conducir.

—Pero si no tendrías más de trece o catorce años.

—Tenía trece. Oh, nunca me dejó conducir por la calle, claro, y él siempre venía conmigo. Nuestra casa tenía unos terrenos bastante extensos. La tarde del accidente, yo le había estado dando la lata para que me llevara de paseo. Al final, hacia las cuatro, me arrojó las llaves y me dijo: «Vale, vale, sube al coche. Ahora vengo».

»Yo estaba sentado, esperándole, contando los minutos que faltaban para que viniera y yo pudiera convertirme en un as al volante del descapotable. Entonces aparecieron un par de amigos suyos y Dennis me dijo que iba a echar unas canastas con ellos. «Te prometo que como mucho en una hora estoy contigo», me dijo y cuando ya se iba me gritó: «Apaga el motor y no te olvides de poner el freno de mano».

»Yo estaba enfadado, decepcionado. Entré hecho una furia en la casa. Mi madre estaba en la cocina, y le dije que ojalá que el coche de Dennis resbalara por la pendiente y se estrellara contra la verja. Cuarenta minutos más tarde el coche resbaló por la pendiente. La canasta de baloncesto estaba al pie de la cuesta. Los otros chicos se apartaron. Dennis no.

—Mark, tú eres el psiquiatra. Tienes que saber que no fue culpa tuya.

El camarero les sirvió los sándwiches y el café. Mark dio un bocado a su sándwich y tomó un sorbo de café. Jean se dio cuenta de que estaba tratando de controlar sus emociones.

—Racionalmente, sí, lo sé, pero después de aquello la relación con mis padres no volvió a ser la misma. Dennis era la niña de los ojos de mi madre. Eso lo entiendo. Él lo tenía todo. Era un chico muy dotado. Oí a mi madre decir a mi padre que creía que yo no había puesto el freno de mano a propósito, no para hacerle daño, pero sí para hacerle pagar por haberme decepcionado.

—¿Y qué dijo tu padre?

—Lo importante es lo que no dijo. Yo esperaba que me defendiera, pero no lo hizo. Luego otro niño me contó que mi madre había dicho que, si Dios tenía que arrebatarle a uno de sus hijos, ¿por qué había tenido que ser Dennis?

—Lo había oído decir, sí —reconoció Jean.

—Tú creciste deseando escapar de tus padres, Jean; yo también. Siempre he sentido que tú y yo éramos almas gemelas. Los dos nos volcamos en los estudios y cerramos la boca. ¿Ves con frecuencia a tus padres?

—Mi padre vive en Hawai. Fui a verle el año pasado. Tiene una amiga que es bastante agradable, pero él va proclamando que con un matrimonio ya tuvo bastante. En Navidad pasé unos días con mi madre, y la verdad es que la vi muy bien. Ella y su marido me visitan de vez en cuando. Tengo que reconocer que, cuando los veo cogiditos de la mano y haciéndose carantoñas, me dan bascas al pensar en cómo se portó con mi padre. Creo que ya he superado el resentimiento que sentía hacia ellos, pero no les perdono que a los dieciocho años sintiera que no podía recurrir a ellos cuando necesitaba ayuda.

—Mi madre murió cuando yo estaba en la facultad de medicina —explicó Mark—. No me dijeron que había tenido un infarto y se estaba muriendo. Hubiera cogido el primer avión para correr a su lado y despedirme de ella. Pero no preguntó por mí. De hecho, no quería verme. Aquello fue el rechazo definitivo. No asistí al funeral. Después jamás volví a mi casa, y mi padre y yo no hemos sabido nada del otro durante catorce años. —Se encogió de hombros—. Quizá por eso decidí hacerme psiquiatra. Porque necesito curarme a mí mismo. Aún lo estoy intentando.

—¿Qué fue lo que le preguntaste a tu padre? Me has dicho que ha contestado a tu pregunta.

—Lo primero fue por qué no me avisó cuando mi madre se estaba muriendo.

Jean envolvió la taza con ambas manos, la levantó y dijo:

—¿Y qué te respondió?

—Me dijo que mi madre había empezado a tener alucinaciones. Poco antes de sufrir el infarto, un vidente le dijo que su hijo menor no había puesto el freno de mano deliberadamente porque estaba celoso de su hermano y quería hacerle daño. Mamá siempre había creído que yo quería destrozarle el coche a Dennis, pero lo que le dijo aquel hombre la hizo enloquecer. Es posible que hasta le provocara el infarto. ¿Quieres saber cuál es la otra pregunta que le hice a mi padre?

Jean asintió.

—Mi madre no toleraba que se bebiera alcohol en su casa, y a mi padre le gustaba tomar una copa a media tarde. Se iba al garaje, donde tenía escondidas algunas botellas en el estante, detrás de los botes de pintura, o hacía ver que estaba limpiando el interior del coche y se montaba su cóctel particular. A veces se sentaba en el coche de Dennis para echar un trago. Sé positivamente que dejé el freno de mano puesto. Y sé que Dennis no se acercó al coche para nada. Estaba jugando al baloncesto con sus amigos. Por supuesto, a mi madre ni se le hubiera pasado por la imaginación subir al descapotable. Así que le pregunté a mi padre si aquella tarde él había estado en el coche de mi hermano, tomándose su par de whiskies, y, de ser así, si no creía que tal vez había sido él quien bajó el freno accidentalmente.

—¿Qué dijo?

—Admitió que había estado en el coche y que se bajó solo unos momentos antes de que se deslizara por la pendiente. Nunca tuvo el valor de decírselo a mi madre, ni siquiera cuando aquel vidente le emponzoñó la mente.

—¿Por qué crees que lo ha reconocido ahora?

—La otra noche, estaba paseando por la ciudad, pensando en cómo la gente pasa la vida sin resolver sus conflictos. Mi agenda está llena de pacientes que viven ese tipo de situaciones. Cuando vi el coche de mi padre en la pendiente (la misma pendiente, por cierto), decidí entrar y resolver aquel problema, después de catorce años de silencio.

—Dices que le viste anoche y que volverás a verle esta noche. ¿Significa eso que ha habido una reconciliación?

—Mi padre pronto cumplirá ochenta años, Jean, y no está bien. Lleva veinticinco años viviendo una mentira. Casi me pareció patético verle hablar de lo mucho que deseaba reparar el daño que me hizo. No puede, desde luego, pero quizá hablar con él me ayudará a comprender todo esto y dejarlo atrás de una vez. Tiene razón cuando dice que si mi madre hubiera sabido que él estuvo bebiendo en el coche y provocó el accidente le hubiera echado en aquel mismo momento.

—Y, en vez de eso, en un plano emocional, ella se distanció de ti.

—Lo cual a su vez contribuyó a fomentar el sentimiento de ineptitud y fracaso que recuerdo que tenía en Stonecroft. Siempre intenté ser como Dennis, pero desde luego no era tan guapo como él. No era un buen atleta ni tenía madera de líder. Las únicas ocasiones en que experimenté el sentimiento de camaradería fue durante el último curso, porque algunos trabajábamos por la noche en el mismo sitio y al salir nos íbamos a comer una pizza. Quizá lo bueno de todo esto es que aprendí a compadecer a los chicos que lo tienen difícil y de adulto he tratado de hacerles la vida más fácil.

—Por lo que he oído, lo haces muy bien.

—Eso espero. Los productores quieren que trasladé el programa a Nueva York, y me han hecho una oferta para trabajar en un hospital de allí. Creo que estoy preparado para hacer un cambio.

—¿Un nuevo comienzo?

—Exacto... donde lo que no puede olvidarse o perdonarse al menos podrá quedar relegado al pasado. —Alzó su taza de café—. ¿Podemos brindar por eso, Jeannie?

—Por supuesto. —Por mucho que sufriera yo, tú lo tuviste mucho más difícil, Mark, pensó Jean. Mis padres estaban demasiado ocupados odiándose para darse cuenta de lo que me estaban haciendo, pero los tuyos dejaron que supieras que preferían a tu hermano, y luego tu padre dejó que tu madre creyera la única cosa que nunca podría perdonarte. ¡Cuánto debió de afectar eso a tu alma!

Sintió el impulso de tender la mano y colocarla encima de la de Mark, el mismo gesto que había tenido él cuando la consoló el día anterior, pero algo la hizo contenerse. Sencillamente, no podía confiar en él. De pronto se dio cuenta de que necesitaba volver sobre algo que Mark acababa de decir.

—Mark, ¿qué trabajo era ese que dices que hacíais algunos en el último curso?

—Formaba parte del equipo de limpieza de un edificio que años después se quemó. El padre de Jack Emerson nos consiguió el trabajo. Precisamente la otra noche bromeamos sobre el tema, pero me parece que tú no estabas. De los homenajeados, todos los chicos habíamos estado empujando una escoba o vaciando papeleras en aquel edificio.

—¿Todos? —preguntó Jean—. ¿Carter, Gordon, Robby y tú?

—Exacto. Oh, y hay otro. Joel Nieman, alias Romeo. Todos trabajábamos con Jack. No lo olvides, nosotros no teníamos que entrenar para ningún partido ni viajar con ningún equipo. Éramos perfectos para el trabajo. —Hizo una pausa—. Un momento. Tú también debiste de conocer el edificio, Jean. Eras paciente del doctor Connors.

Jean se puso rígida.

—Yo nunca te lo he dicho.

—Seguro que sí. Si no, ¿cómo iba a saberlo?

Sí, ¿cómo?, pensó Jean echando su silla hacia atrás.

—Mark, tengo que hacer unas llamadas. ¿Te importa si no espero a que pidas la cuenta?

74

La señorita Ferris estaba en el estudio cuando Jake volvió a la escuela.

—¿Cómo ha ido, Jake? —le preguntó, y lo observó mientras el chico cerraba la puerta con la pesada cámara a cuestas, luego se la quitaba del hombro y la dejaba sobre la mesa.

—Ha sido toda una aventura, Jill —reconoció él—. Perdón, señorita Ferris —rectificó enseguida—. Se me había ocurrido hacer un relato cronológico de la vida de Laura Wilcox. Hice una fotografía de la iglesia de Saint Thomas of Canterbury perfecta y, casualidades de la vida, fuera había un carrito de niño. Un carrito de los de verdad, no esas cosas tan modernas donde ponen ahora a los bebés. —Se quitó el abrigo y sacó la grabadora del bolsillo—. Hace un frío que pela —se lamentó—, pero al menos en la comisaría se estaba calentito.

—¿La comisaría? —preguntó Jill Ferris con cautela.

—Ajá. Pero deje que le explique los acontecimientos por orden. Después de la iglesia, hice algunas fotografías para que la gente que no vive aquí se haga una idea de lo que es esta comunidad. Sé que estoy escribiendo para la *Gaceta*, pero espero llamar la atención de alguna publicación importante con un público mayor.

—Entiendo. No quiero meterte prisa, Jake, pero es que estaba a punto de irme.

—Solo será un momento. Luego fotografié la segunda casa de Laura Wilcox, la McMansion. Impresiona bastante si te gustan las cosas muy ostentosas. Tiene un jardín enorme, y la gente que vive allí ahora ha puesto unas estatuas griegas muy grandes en el césped. En mi opinión quedan muy cursis, pero ayudará a los lectores a comprender que la infancia de Laura no fue de las de comidas sorpresa.

—¿Infancia de comidas sorpresa? —preguntó la mujer, desconcertada.

—Deje que le explique. Mi abuelo me habló de un cómico llamado Sam Levenson que decía que su familia era tan pobre que la madre compraba latas a un vendedor ambulante a dos centavos cada una. Y eran tan baratas porque las etiquetas se habían caído y no se sabía de qué eran. La mujer decía a sus hijos que iban a tener una comida sorpresa. Nunca sabían lo que iban a comer. Bueno, el caso es que las fotografías de la segunda casa de Laura muestran un ambiente de clase media, puede que incluso clase media alta. —La expresión de Jake se ensombreció.

»Después de tomar algunos planos generales de los edificios que rodeaban la antigua casa de Laura, conduje al otro lado del pueblo, a Mountain Road, donde Laura pasó los primeros dieciséis años de su vida. Es una calle muy agradable y, francamente, la casa es más de mi gusto que la de las estatuas griegas. El caso es que acababa de ponerme con las fotografías cuando un coche patrulla paró allí mismo y un oficial muy agresivo me preguntó qué creía que estaba haciendo. Yo le expliqué que estaba ejerciendo mi derecho como ciudadano particular a tomar fotografías en la calle, pero el hombre me invitó a subir a su coche y me llevó a la comisaría.

—¿Te arrestó? —exclamó Jill Ferris.

—No, señora. No exactamente. El comisario me interrogó y, dado que en mi opinión fui de gran ayuda al investigador Deegan al decirle que Laura Wilcox parecía muy nerviosa cuando llamó al hotel para que le guardaran la habitación, pensé que debía contarle que soy un colaborador especial del señor Deegan en la investigación sobre la desaparición de Laura.

Voy a echar de menos a este crío cuando se gradúe, pensó Jill Ferris. Decidió que no pasaría nada si llegaba unos minutos tarde a su cita con el dentista.

—¿Y el comisario te creyó?

—Llamó al señor Deegan, quien no solo no corroboró lo que yo había dicho sino que además le aconsejó que me metiera en un calabozo y perdiera la llave. —Jake miró fijamente a su profesora—. No tiene gracia, señorita Ferris. Me siento como si el señor Deegan hubiera roto un pacto. De todos modos, el comisario se mostró más considerado. Hasta me dijo que podía terminar mis fotografías mañana, porque no tuve tiempo de hacer prácticamente ninguna de la casa de Mountain Road. Me advirtió, eso sí, que no entrara en la propiedad de nadie. Voy a revelar ahora mismo el carrete que he hecho y, con su permiso, mañana volveré a llevarme la cámara y terminaré mi trabajo.

—Muy bien, Jake, pero recuerda que estas cámaras ya no se fabrican. Procura que no le pase nada o seré yo quien tenga problemas. Y ahora he de irme.

—La protegeré con mi vida —gritó Jake cuando la profesora ya salía. Lo digo en serio, pensó mientras rebobinaba el carrete y lo sacaba de la cámara. Aunque el comisario me advirtió que no debo entrar en ninguna propiedad, por el bien de mi historia, tendré que cometer un acto de desobediencia civil, se dijo. Tengo intención de tomar fotografías de la parte posterior de la primera casa de Laura Wilcox en Mountain Road. Está desocupada, así que nadie se dará cuenta.

Entró en el cuarto oscuro y se puso a revelar las fotografías, uno de sus trabajos favoritos. Le resultaba emocionante y creativo ver cómo la gente y los objetos emergían de los negativos. Una a una, sujetó las fotografías a una cuerda para que se secaran, luego cogió la lupa y las estudió detenidamente. Todas eran buenas —no le importaba reconocerlo—, pero la más interesante era la única que había podido hacer de la casa de Mountain Road antes de que apareciera el policía.

Hay algo en esa casa, pensó Jake. Dan ganas de meterse debajo de una manta y esconderse. ¿Qué es? Todo está impecable. Quizá sea eso. Está demasiado perfecta. Entonces la miró con mayor detenimiento. Son las persianas, observó con satisfacción. Las que hay en la habitación del extremo son distintas. En la fotografía se ven mucho más oscuras. No me di cuenta cuando la hice, porque el sol brillaba con intensidad. Lanzó un silbido. Un momento. Si no recuerdo mal, cuando busqué información sobre el asesinato de Karen Sommers en Internet leí que se había cometido en la habitación del extremo, en la parte derecha de la casa. Recuerdo una fotografía del escenario del crimen en la que esas ventanas aparecían rodeadas por un círculo.

¿Por qué no utilizar una fotografía de esas dos ventanas en mi artículo?, pensó. Puedo señalar que un aura fatal rodea la habitación donde asesinaron a una joven y donde Laura durmió durante dieciséis años. Dará un toque misterioso.

Para su disgusto, la ampliación de la fotografía reveló que la diferencia de color seguramente se debía a que habían cerrado unas persianas interiores, además de las que se veían desde la calle, que tenían una función más bien decorativa.

¿Debo sentirme decepcionado?, se preguntó Jake. Imaginemos que hay alguien dentro que no quiere que desde fuera se vea ninguna luz. Sería un lugar estupendo para esconderse. La casa ha sido reformada. En el porche hay algunas piezas de mobiliario, así que supongo que está amueblada. Nadie vive allí. Por cierto, ¿quién la ha comprado? ¿No sería un bombazo si Laura Wilcox hubiera comprado su antigua casa y ahora estuviera escondida allí con Robby Brent?

No es una idea tan disparatada, decidió. ¿Debía comentárselo al señor Deegan? Y un cuerno, pensó. Seguramente es una locura, pero si hay algo ahí, es mi historia. Deegan le dijo al comisario que me metiera en el calabozo. Por mí se puede ir al infierno. No pienso volver a ayudarle.

75

La visita que Sam hizo a Dorothy Connors duró exactamente los quince minutos que le había prometido. Cuando vio lo enferma que estaba, se mostró muy amable, y enseguida comprendió que la preocupación que la mujer manifestaba era solamente por la reputación del marido. Saber eso le permitió poder ir directo al grano.

—Señora Connors, la doctora Sheridan habló con Peggy Kimball, que en otro tiempo trabajó para su marido. Para ayudar a la doctora Sheridan a encontrar a su hija, la señora Kimball le dijo que tal vez en alguna ocasión su marido se había saltado las normas que rigen los trámites de adopción. Si eso es lo que realmente le preocupa, puedo decirle que la doctora Sheridan ya ha localizado a su hija y que su adopción fue totalmente legal. De hecho, la doctora cenará mañana con los padres adoptivos, y pronto conocerá a su hija. Esa parte de la investigación ya ha terminado.

La expresión de alivio que vio en la cara de aquella mujer le confirmó que había logrado disipar sus temores.

—Mi marido era un hombre maravilloso —dijo ella—. Hubiera sido terrible si diez años después de su muerte la gente hubiera empezado a pensar que había hecho algo malo o ilegal.

Y lo hizo, pensó Sam, pero no estoy aquí por eso.

—Señora Connors, le prometo que nada de lo que me diga será utilizado de forma que pueda perjudicar la reputación de su marido. Por favor, contésteme esta pregunta: ¿tiene idea de cómo puede haber conseguido alguien el historial de Jean Sheridan que había en la consulta de su marido?

Cuando Dorothy Connors miró a Sam a los ojos, no quedaba el menor rastro de nerviosismo ni en su voz ni en su actitud.

—Tiene mi palabra de honor de que no conozco a esa persona, pero si la conociera se lo haría saber.

Habían estado sentados en la galería, que Sam supuso debía de ser donde la mujer pasaba la mayor parte del día. La señora Connors insistió en acompañarlo a la puerta pero, al abrirla, pareció vacilar.

—Mi marido llevó docenas de adopciones durante los cuarenta años que ejerció como médico —dijo—. Siempre hacía una fotografía del bebé después del parto. Anotaba la fecha detrás y, si la madre le había puesto un nombre antes de entregarlo, lo anotaba también. —Cerró la puerta—. Venga conmigo a la biblioteca —indicó. Sam la siguió por la sala de estar, y pasaron por una puerta vidriera que llevaba a una habitación llena de estanterías—. Los álbumes con las fotografías están ahí. Cuando la doctora Sheridan se fue, busqué la fotografía de su hija, Lily. Tenía miedo de que su adopción fuera de esas de las que no quedaba constancia. Pero, ahora que la doctora ha encontrado a su hija y va a conocerla, estoy segura de que le gustaría tener esta fotografía de Lily cuando tenía tres horas de vida.

Montones de álbumes de fotografías ocupaban una sección entera de las estanterías. Había etiquetas con fechas que se remontaban a cuarenta años atrás. El álbum que la señora Connors sacó tenía un punto de lectura. Lo abrió, sacó la fotografía de su cubierta de plástico y se la entregó a Sam.

—Por favor, dígale a la doctora Connors que me alegro por ella.

Cuando Sam subió al coche, se sacó cuidadosamente del bolsillo interior de la pechera la fotografía de un recién nacido de ojos grandes con largas pestañas y fino pelo enmarcando su cara. Qué preciosidad, pensó. Me imagino lo duro que debió de ser para Jean tener que separarse de ella. El Glen-Ridge no queda lejos. Si está allí, se la daré. Michaelson dijo que la telefonearía después de hablar conmigo, así que seguramente estará contenta porque va a conocer a los padres adoptivos.

Cuando la llamó desde el vestíbulo, Jean estaba en su habitación y accedió enseguida a bajar.

—Deme diez minutos —dijo—. Acabo de salir de la bañera.

—A continuación—: No ha pasado nada malo, ¿verdad, Sam?

—Nada de nada, Jean. —Al menos de momento, pensó, aunque la sensación de inquietud no le abandonaba.

Sam esperaba que Jean estuviera radiante ante la perspectiva de conocer a Lily, pero enseguida vio que algo la preocupaba.

—¿Por qué no nos sentamos allí? —propuso señalando con la cabeza el extremo más apartado del vestíbulo, donde había un sofá y una silla sin ocupar.

Jean no tardó mucho en confesarle lo que le preocupaba.

—Sam, empiezo a pensar que es Mark quien envía esos faxes.

Sam notó el pesar que expresaban sus ojos.

—¿Por qué cree eso? —preguntó en voz baja.

—Porque se le ha escapado que sabe que fui paciente del doctor Connors. Yo nunca se lo he dicho. Y hay más. Ayer preguntó en recepción si yo había recibido un fax y, cuando le dijeron que no, pareció decepcionado. Fue el que se traspapeló con el correo de otro huésped. Mark me contó que trabajaba por las noches en la consulta del doctor Connors por la misma época que yo fui su paciente. Y también reconoció que me había visto en West Point con Reed. Hasta conocía su nombre.

—Jean, le prometo que tendremos vigilado a Mark Fleischman. Le seré sincero. No me hizo mucha gracia que le confiara tantas cosas. Espero que no le haya contado lo que Michaelson y usted han hablado esta mañana.

—No, no lo he hecho.

—No quiero asustarla, pero creo que debe tener mucho cuidado. Apuesto a que descubriremos que la persona que ha estado enviando esos faxes es de su promoción. Sea quien sea (Mark o alguno de los otros que asistieron a la reunión), ya no creo que tenga nada que ver con el dinero. Sospecho que estamos ante un psicópata con una personalidad potencialmente peligrosa. —La observó durante un largo momento—. Fleischman empezaba a gustarle, ¿verdad?

—Sí —admitió ella—. Por eso me resulta tan difícil aceptar que pueda ser totalmente distinto de lo que aparenta.

—Eso todavía no lo sabemos. Y ahora tengo una cosa que quizá la anime. —Se sacó la fotografía de Lily del bolsillo, y le explicó lo que era antes de entregársela. Entonces, con el rabillo del ojo, vio que Jack Emerson y Gordon Amory acababan de entrar en el hotel—. Quizá prefiera subir a su habitación para mirarla, Jean —añadió—. Amory y Emerson están ahí, y si la ven seguramente se acercarán.

Jean susurró:

—Gracias, Sam. —Y, dicho esto, cogió la fotografía y se fue a toda prisa hacia el ascensor.

Sam observó que Gordon Amory la había visto y trataba de alcanzarla. Corrió a interceptarlo.

—Señor Amory —le dijo—, ¿ha decidido cuánto tiempo se va a quedar?

—Me marcharé este fin de semana, como muy tarde. ¿Por qué lo pregunta?

—Porque, si no tenemos noticias de la señorita Wilcox en breve, la daremos por desaparecida y, en ese caso, tendremos que hablar con mayor detenimiento con las personas que estuvieron con ella antes de su desaparición.

Gordon Amory se encogió de hombros.

—Tendrá noticias —repuso con gesto desdeñoso—. Sin embargo, si desea ponerse en contacto conmigo, seguiré por la zona cuando me vaya del hotel. A través de Jack Emerson, en calidad de agente, vamos a hacer una oferta por unos terrenos donde quiero construir la central de mi empresa. Así que cuando deje el hotel me quedaré durante varias semanas en mi piso de Manhattan.

Jack Emerson había estado hablando con alguien cerca del mostrador de recepción. Ahora se incorporó a la conversación.

—¿Alguna noticia del mal bicho? —preguntó a Sam.

—¿El mal bicho? —Sam arqueó las cejas. Sabía perfectamente

que Emerson se refería a Robby Brent, pero no pensaba darse por enterado.

—Nuestro cómico residente, Robby Brent. ¿Es que Robby no es lo bastante listo para saber que todos los invitados, desaparecidos o no, al cabo de tres días huelen, como el pescado? Quiero decir que... ya hemos tenido suficiente con el dichoso montaje publicitario.

Emerson se ha tomado un par de whiskies para comer, pensó Sam al observar su tez enrojecida.

Sin hacer caso de la alusión a Brent, dijo:

—Dado que vive en Cornwall, supongo que estará localizable si necesito hablar con usted de Laura Wilcox. Como acabo de explicarle al señor Amory, si no tenemos noticias suyas en breve, la declararemos desaparecida.

—No tan deprisa, señor Deegan —repuso Emerson—. En cuanto Gordie... quiero decir, Gordon y yo zanjemos este asunto pienso marcharme de aquí. Tengo una casita en Saint Bart que ya es hora de que visite. Organizar la reunión supuso mucho trabajo. Esta noche haremos algunas fotografías en la casa del director, Downes, tomaremos algo con él y luego la reunión se habrá acabado definitivamente. ¿A quién le importa si Laura Wilcox y Robby Brent aparecen o no? El comité para la construcción del nuevo edificio de la Academia Stonecroft no necesita esa clase de publicidad.

Gordon Amory le escuchaba con una sonrisa divertida en la cara.

—Señor Deegan, debo decir que Jack lo ha expresado maravillosamente. Quería alcanzar a Jean, pero ha subido en el ascensor y ya se ha ido. ¿Sabe usted qué planes tenía?

—No. Y ahora, si me disculpan, tengo que volver a mi oficina. Nunca se me ocurriría decirle a ninguno de esos dos lo que Jean va a hacer. Espero que me haga caso y no confíe en ninguno de ellos.

Cuando estaba subiendo a su coche, sonó el móvil. Era Joy Lacko.

—Sam, he encontrado algo gordo —le dijo—. Antes de ponerme con las muertes por accidentes, tuve la intuición de investigar primero el caso de la suicida, Gloria Martin. En aquel entonces publicaron un extenso artículo en el diario de la localidad, Bethlehem.

Sam esperó.

—Gloria Martin se mató poniéndose una bolsa de plástico en la cabeza. Y ahora escuche: cuando la encontraron, tenía un pequeño búho de peltre en la mano.

76

Para alegría de Duke Mackenzie, aquella noche, a las nueve menos cinco, el ex alumno taciturno de Stonecroft volvió a entrar en su café. Pidió un sándwich de queso gratinado y beicon, y un café con leche desnatada. Mientras el sándwich estaba en la parrilla, Duke se apresuró a iniciar una conversación.

—Una señora del grupo de ex alumnos ha venido esta mañana —le explicó—. Dijo que antes vivía en Mountain Road.

Duke no veía los ojos de aquel hombre detrás de las gafas oscuras pero, por la forma en que su cuerpo se tensó, supo que había suscitado su interés.

—¿Sabe cómo se llama? —preguntó el visitante como de pasada.

—No, señor. No lo sé, pero puedo describírsela. Muy guapa, con el pelo castaño y los ojos azules. Su hija se llama Meredith.

—¿Ella le ha dicho eso?

—No, señor. No me pregunte cómo fue, pero alguien que estaba hablando con ella por teléfono se lo dijo. No entendí por qué se emocionaba tanto. Es muy raro que una madre no sepa el nombre de su hija.

—Puede que estuviera hablando con algún otro de los ex alumnos que vinieron a la reunión —musitó el visitante—. ¿Por casualidad no mencionó el nombre de la persona con la que hablaba?

—No. Dijo que se verían mañana a las siete de la tarde.

Duke dio media vuelta, cogió una espátula y sacó el sándwich de la parrilla. No vio la fría sonrisa que esbozaba su cliente, ni le oyó musitar para sí:

—No, no lo hará, Duke; no lo hará.

—Aquí tiene, señor —dijo Duke con tono alegre—. Veo que toma usted el café con leche desnatada. Dicen que es más sano pero, la verdad, yo lo prefiero con un buen montón de nata, como antaño. No creo que tenga que preocuparme. A los ochenta y siete años mi padre aún estaba como un roble.

El Búho dejó el dinero sobre la barra y salió tras musitar un buenas noches. Notó que Duke lo observaba mientras se dirigía hacia el coche. No me extrañaría que me siguiera, pensó. Es lo bastante curioso para hacerlo. No se le escapa nada. No puedo volver a entrar en su café, aunque en realidad ya no importa. Mañana a esta hora todo habrá acabado.

Condujo lentamente por Mountain Road, pero al llegar a la casa de Laura decidió no detenerse. Es curioso, pensó, sigo considerándola la casa de Laura. Pasó de largo y estuvo mirando por el retrovisor hasta que se aseguró de que nadie le seguía. Luego dio la vuelta y volvió atrás, atento siempre a los faros de otros vehículos. Cuando llegó a su destino, apagó las luces del coche, giró bruscamente hacia la entrada y condujo hacia la relativa seguridad del patio trasero vallado.

Solo entonces se permitió concentrarse en lo que acababan de decirle. ¡Jean conoce el nombre de Meredith! Seguro que las personas con las que se iba a reunir al día siguiente eran los Buckley. Meredith no debía de haber recordado dónde perdió el cepillo; de lo contrario, ese detective, Sam Deegan, ya habría llamado a su puerta. Eso significaba que tenía que actuar con mayor rapidez de la que pensaba. Al día siguiente tendría que entrar y salir de aquella casa varias veces, a plena luz del día. Pero no podía dejar el coche aparcado fuera. Eso era evidente. Aunque el patio trasero estaba vallado, algún vecino podía verlo desde alguna ventana y llamar a la policía. Y se suponía que la casa estaba deshabitada.

El coche de Robby, con su cuerpo en el maletero, ocupaba una plaza del garaje; en la otra estaba el primer coche que el Búho había alquilado, el que tal vez había dejado traicioneras huellas de neumáticos en el lugar adonde llevó el cuerpo de Helen Whelan. Tenía que deshacerse de uno de los dos para tener acceso al garaje. El vehículo alquilado les podía llevar hasta él, pensó. Tengo que conservarlo hasta que sea seguro devolverlo.

He llegado muy lejos, pensó el Búho, el viaje ha sido tan largo que no puedo detenerme ahora. Debo terminar lo que empecé. Miró el sándwich y el café que había comprado para Laura. Yo no he cenado nada. ¿Qué más da si Laura come o no come esta noche? No tendrá tiempo de pasar hambre.

Así que abrió la bolsa y se comió el sándwich despacio. Y se bebió el café, aunque él lo prefería solo. Cuando terminó, salió del coche, abrió la puerta que daba a la cocina y entró. En vez de subir a la habitación de Laura, abrió la puerta que unía la cocina con el garaje y deliberadamente la cerró de un portazo mientras se ponía los guantes de plástico que siempre llevaba en el bolsillo de la chaqueta.

Laura lo oiría y se echaría a temblar pensando que esta vez quizá habría venido a matarla. Pero también tendría hambre, y no podría evitar preguntarse qué le había traído para comer. Entonces, cuando viera que no subía, el miedo y el hambre aumentarían más y más hasta que estuviera deshecha, lista para hacer lo que él quisiera, para obedecer.

En cierto modo, le hubiera gustado tranquilizarla y decirle que pronto se acabaría todo, porque tranquilizarla a ella era tranquilizarse a sí mismo. El dolor del brazo le inquietaba. Pensaba que estaba curando bien, pero la herida más grave se había vuelto a inflamar.

Había dejado la llave de contacto puesta en el coche de Robby. Asqueado ante la imagen del cuerpo sin vida de Robby, cubierto por unas mantas en el maletero, abrió la puerta del garaje, subió al vehículo y lo sacó marcha atrás. Unos minutos más tarde, aunque a él le pareció una eternidad, tenía su segundo coche de alquiler a salvo en el garaje.

El Búho condujo con las luces apagadas hasta que hubo recorrido media manzana, en dirección al que sería el destino final del automóvil de Robby, el río Hudson.

Cuarenta minutos más tarde, una vez cumplida su misión y después de volver caminando del lugar donde había hundido el coche, estaba a salvo en su habitación. La misión que le aguardaba al día siguiente era peligrosa, pensó, pero haría lo posible por minimizar el riesgo. Antes del amanecer, volvería a la casa de Laura. Quizá la obligara a llamar a Meredith y a decirle que ella era su madre natural. Laura le pediría que se reuniera con ella fuera de West Point, solo unos minutos, después del desayuno. Meredith sabe que es adoptada, pensó. Me habló sobre eso sin ningún tapujo. Ninguna chica de diecinueve años desaprovecharía la ocasión de conocer a su verdadera madre, de eso estaba seguro.

Entonces, cuando tuviera a Meredith, Laura llamaría a Jean.

Sam Deegan no era tonto. Era posible que en aquellos momentos estuviera indagando las muertes de las otras chicas de la mesa, investigando los accidentes que no habían sido tales. Hasta lo de Gloria no empecé a dejar mi firma, pensó el Búho, y lo irónico es que fue ella quien compró aquella baratija.

«Has llegado lejos en la vida. Y pensar que te llamábamos el Búho... —había dicho Gloria entre risas, algo borracha, totalmente insensible. Entonces le enseñó el búho de peltre, todavía envuelto en plástico—. Lo vi en uno de esos puestos de baratillo que hay en el paseo —le explicó—. Y cuando llamaste para decir que estabas en la ciudad volví y compré uno. Pensé que podíamos reírnos un rato.»

El Búho tenía muchos motivos para estarle agradecido a Gloria. Después de matarla, compró una docena de búhos de peltre, de unos dos centímetros y medio de largo, a cinco dólares la unidad. Ahora le quedaban tres. Podía comprar más, desde luego, pero, cuando hubiera empleado los tres que le quedaban, tal vez ya no hiciera falta. Laura, Jean y Meredith. Un búho para cada una.

El Búho puso el despertador a las cinco de la madrugada y se fue a dormir.

77

«Dormir, tal vez soñar», pensó Jean, inquieta, mientras se ponía de lado, y luego sobre la espalda. Finalmente encendió la luz y se levantó. La habitación parecía demasiado caldeada. Se acercó a la ventana y la abrió un poco. A ver si ahora puedo dormir, se dijo.

La fotografía de Lily de recién nacida estaba sobre la mesita de noche. Jean se sentó en el borde de la cama y la cogió. ¿Cómo pude separarme de ella?, pensó. ¿Por qué la dejé ir? Se sentía como si estuviera en una montaña rusa de emociones. Esta noche voy a conocer al hombre y la mujer a quienes entregaron a Lily después de nacer. ¿Qué voy a decirles? ¿Que les estoy agradecida? Lo estoy, pero me avergüenza reconocer que les envidio. Me gustaría haber vivido las cosas que ellos han vivido con Lily. ¿Y si cambian de opinión y deciden que no debo conocerla todavía?

Necesito conocerla, y luego me iré a casa. Quiero alejarme de toda la gente de Stonecroft. Esta noche, el ambiente en la casa del director del instituto era espantoso, pensó al apagar la luz y volver a meterse en la cama. Todos parecían tensos, pero lo mostraban de formas diferentes. Mark... ¿qué le pasará por la cabeza?, se preguntó. Estuvo tan callado... y procuró no cruzarse conmigo. Carter Stewart, que estaba de un humor de perros, explicó a voz en grito que había perdido un día entero de trabajo buscando los guiones de Robby. Jack Emerson estaba alterado y no dejó de beber whiskies dobles. Gordon parecía que estaba bien, hasta que el director se empeñó en enseñarle los planos del nuevo edificio. Y entonces estalló.

Señaló que en la cena de gala había hecho entrega de un cheque de cien mil dólares para la construcción del nuevo edificio. ¡Cómo levantaba la voz! Y a continuación preguntó si nadie se había dado cuenta de que cuanto más das más trata de sacarte la gente.

Carter se mostró igual de desagradable. Dijo que, como él nunca hace ningún donativo, no tiene ese problema. Entonces Jack Emerson se unió al grupo y alardeó de que iba a donar medio millón de dólares a Stonecroft para el nuevo centro de comunicaciones.

Los únicos que no dijimos nada fuimos Mark y yo, pensó Jean. Yo voy a hacer una donación, pensó, pero será para becas, no para edificios.

No quería pensar más en Mark.

Miró el reloj. Las cinco menos cuarto. ¿Qué voy a ponerme esta noche? No he traído mucha ropa. Y no sé qué clase de personas son los padres adoptivos de Lily. ¿Vestirán ropa informal o más bien clásicas? Creo que con la chaqueta y los pantalones de tweed marrón que me puse para la excursión por West Point iré bien. No son ni muy serios ni muy informales.

Sé que las fotografías que nos han hecho en la casa del director van a salir espantosas. No creo que ninguno de los hombres sonriera ni una vez, y tenía la sensación de que se notaba, que mi sonrisa era de lo más falsa. Y cuando ese crío tan lanzado, Jake Perkins, se presentó y preguntó si podía hacernos una fotografía para la *Gaceta*, pensé que al director le iba a dar un ataque. Pero el pobre chico me dio pena, Downes lo echó de mala manera.

Espero que Jake no haya incluido Georgetown en la lista de universidades a las que quiere ir, aunque desde luego su presencia hace la vida más interesante.

Pensar en Jake la hizo sonreír y alivió por un momento la tensión que había ido en aumento desde que supo que iba a entrevistarse con los padres adoptivos de Lily.

Pero su sonrisa desapareció con la misma rapidez con la que había aparecido. ¿Dónde está Laura? Ya hace cinco días que desapareció. No puedo quedarme aquí indefinidamente. La semana que viene tengo clases. ¿Por qué me empeño en creer que tendré noticias suyas?

No podré dormirme, decidió finalmente. Es demasiado temprano para levantarme, pero al menos puedo leer. Ayer ni siquiera abrí el periódico y no sé lo que pasa en el mundo.

Fue hacia la mesa de escritorio de la habitación, cogió el periódico y volvió con él a la cama. Apoyó la almohada contra el cabezal y se puso a leer, pero los ojos se le cerraban. Por fin, se sumió en un sueño profundo, y no se dio cuenta de que el periódico se le escurría de las manos.

A las siete menos cuarto, el teléfono sonó. Cuando Jean vio la hora en el reloj que había junto al teléfono, sintió un nudo en la garganta. Tienen que ser malas noticias, pensó. Algo le ha pasado a Laura... ¡o a Lily! Aferró el auricular.

—Hola —dijo nerviosa.

—Jeannie... soy yo.

—¡Laura! —exclamó Jean—. ¿Dónde estás? ¿Cómo estás?

Laura sollozaba de tal modo que era difícil entender lo que decía.

—Jean... ayúdame. Tengo mucho miedo. He hecho una cosa tan... absurda... lo siento. Faxes... Lily... sobre Lily.

Jean se puso rígida.

—No conoces a Lily. Lo sé.

—Robby... él... él... cogió su... su cepillo. Fue... idea... suya...

—¿Dónde está Robby?

—De... camino... California. Va... va a... echarme la culpa. Jeannie, reúnete conmigo... por favor. Tú sola, tú sola.

—Laura, ¿dónde estás?

—En... motel. Alguien... reconocerme. Tengo... que irme.

—Laura, ¿dónde puedo reunirme contigo?

—Jeannie... el mirador.

—¿El mirador de Storm King?

—Sí... sí.

Los sollozos de Laura arreciaron.

—Matar... matarme.

—Laura, escúchame —dijo Jean desesperada—, estaré ahí en veinte minutos. Todo irá bien. Te prometo que todo irá bien.

Al otro extremo de la línea, el Búho desconectó rápidamente el teléfono.

—Muy bien, Laura —dijo con tono aprobador—. Después de todo, va a resultar que eres una buena actriz. Tu interpretación es digna de un Oscar de la Academia.

Laura se había desplomado sobre la almohada, con la cabeza vuelta hacia el otro lado, y sus sollozos habían quedado reducidos a unos suspiros temblorosos.

—Solo lo he hecho porque me has prometido que no le harías daño a la hija de Jean.

—Sí, lo he prometido —concedió el Búho—. Laura, debes de tener hambre. No has comido nada desde ayer por la mañana. No sé si podré traerte café. El hombre de la cafetería que hay al pie de la colina ha empezado a mostrarse demasiado curioso, así que he ido a otro sitio. Pero mira lo que te he traído.

Ella no se movió.

—¡Vuelve la cabeza, Laura! ¡Mírame!

Laura obedeció con cautela. A través de sus párpados hinchados, vio que él sostenía en alto tres bolsas de plástico. El Búho se puso a reír.

—Son regalos —le explicó—. Una es para ti, otra para Jean y la tercera para Meredith. Laura, ¿no te imaginas lo que voy a hacer? ¡Contesta, Laura! ¿No te imaginas lo que voy a hacer con ellas?

78

—Lo siento, Rich. No me venga con que es una extraña coincidencia que Gloria Martin, una de las chicas de la mesa del comedor de Stonecroft, tuviera un búho de peltre en la mano cuando murió —dijo Sam llanamente.

Otra noche sin dormir. Después de recibir la llamada de Joy Lacko, había ido directamente a su despacho. El archivo sobre el suicidio de Gloria Martin había llegado del departamento de policía de Bethlehem, y juntos analizaron cada palabra del informe, así como la narración de los hechos que apareció en el periódico.

Cuando Rich Stevens llegó a la oficina a las ocho de la mañana, los convocó a una reunión. Tras escuchar a Sam, se volvió hacia Joy.

—¿Tú qué opinas?

—Al principio pensé que estaba muy claro, que el búho loco había estado matando a alumnas de Stonecroft en los últimos veinte años y que había vuelto a la zona. Ahora no estoy tan segura. Hablé con Rudy Haverman, el policía que investigó el suicidio de Gloria Martin hace ocho años. Y realizó una investigación concienzuda. Me dijo que a Martin le gustaban esa clase de baratijas. Por lo visto, le encantaba coleccionar figuritas de animales, pájaros y cosas por el estilo. El que tenía en la mano cuando murió aún estaba en su envoltorio. Haverman encontró a la mujer que se lo vendió en el paseo de la localidad, y la señora recordaba perfectamente que la Martin había dicho que lo compraba para hacer una broma.

—Dices que los análisis demuestran que estaba borracha cuando murió —apuntó Stevens.

—Sí. Los análisis daban cero coma veinte. Según Haverman, empezó a beber después de divorciarse, y llegó al punto de decir a sus amigos que no tenía ningún motivo para vivir.

—Joy, ¿has hallado en los archivos de las otras muertas de la mesa del comedor algo que indique que cuando las examinaron se encontró uno de esos búhos en sus cuerpos o en su ropa?

—Por el momento no, señor —reconoció ella.

—Me trae sin cuidado si Gloria Martin compró ese búho personalmente —dijo Sam con obstinación—. El hecho de que lo tuviera en la mano me indica que fue asesinada. ¿Y qué si dijo a sus amistades que estaba deprimida? La mayoría de la gente se siente deprimida después de un divorcio, incluso cuando son ellos quienes lo piden. Martin estaba muy unida a su familia y sabía que los destrozaría si se suicidaba. No dejó ninguna nota y, a juzgar por la cantidad de alcohol que ingirió, habría sido un milagro que hubiera atinado a ponerse esa bolsa en la cabeza para asfixiarse y hubiera podido seguir aferrando el búho.

—¿Estás de acuerdo, Joy? —preguntó Stevens.

—Sí, señor. Rudy Haverman está convencido de que fue un suicidio, pero él no tiene que averiguar cómo es que se han encontrado otros dos cadáveres con un búho de peltre en el bolsillo.

Rich Stevens se recostó contra la silla y entrelazó las manos.

—Bueno, pongamos que la persona que asesinó a Helen Whelan y a Yvonne Tepper quizá, y lo repito, quizá, esté implicada en la muerte de al menos una de las fallecidas de la mesa del comedor de Stonecroft.

—La sexta, Laura Wilcox, está desaparecida —intervino Sam—. De modo que solo queda Jean Sheridan. Ayer le advertí que no confiara en nadie, pero no estoy seguro de que eso sea suficiente. Es posible que necesite protección.

—¿Dónde está ahora? —preguntó Stevens.

—En el hotel. Anoche me llamó hacia las nueve desde su habitación para darme las gracias por una cosa que le di. Había estado en un cóctel que ofreció el director de la Academia Stonecroft e iba a pedir que le subieran la cena. Esta noche conocerá a los padres adoptivos de su hija y me dijo que esperaba poder tranquilizarse y dormir como Dios manda. —Sam vaciló un momento, luego continuó—. Rich, a veces hay que confiar en la intuición. Joy está haciendo un buen trabajo con los archivos de las muertes de Stonecroft. Jean Sheridan se negaría en redondo si le propusiera que llevara un guardaespaldas, y seguramente haría lo mismo si usted le ofreciera protección. Pero le caigo bien y, si le digo que quiero estar cerca cada vez que salga del hotel, creo que aceptará.

—Buena idea, Sam —concedió Stevens—. Solo nos faltaría que le ocurriese algo a la doctora Sheridan.

—Una cosa más —agregó Sam—. Me gustaría que se vigilase a uno de los tipos de la reunión de ex alumnos que aún están en la ciudad. Se llama Mark Fleischman, doctor Mark Fleischman. Es psiquiatra.

Joy miró a Sam con las cejas arqueadas, algo sorprendida.

—¡El doctor Fleischman! Sam, da los consejos más sensatos que he oído nunca en televisión. Hace un par de semanas hizo un programa alertando a los padres sobre los niños que se sienten rechazados en casa o en la escuela, porque a veces esos niños se convierten en adultos heridos y con trastornos emocionales. De esos vemos muchos, ¿verdad?

—Sí, pero, según tengo entendido, Mark Fleischman se sintió muy herido tanto en casa como en la escuela —afirmó Sam con aire sombrío—, así que puede que hablara de sí mismo.

—Mira a ver a quién podemos poner a vigilarlo —indicó Rich Stevens—. Una cosa más... será mejor que declaremos desaparecida a Laura Wilcox. Hoy hace cinco días que se fue.

—Creo que, para ser realistas, habría que declararla desaparecida, supuestamente muerta —dijo Sam, algo categórico.

79

Cuando colgó el auricular después de hablar con Laura, Jean se lavó la cara, se peinó, se puso el chándal, se guardó el móvil en el bolsillo, cogió su agenda y salió corriendo a buscar el coche. El mirador de Storm King estaba a quince minutos del hotel, en la carretera 218. Aún era temprano, así que habría poco tráfico. Jean era una conductora responsable, pero esta vez pisó el acelerador y vio cómo el velocímetro subía hasta ciento doce kilómetros por hora. En el reloj vio que pasaban dos minutos de las siete.

Laura está desesperada, pensó. ¿Por qué quiere que nos veamos allí? ¿No querrá matarse? Una y otra vez imaginaba, angustiada, que Laura llegaba al lugar antes que ella y, desesperada, se subía a la baranda y saltaba al vacío. El mirador estaba a cientos de metros sobre el río Hudson.

El coche derrapó en la última curva y por un terrible momento Jean no estuvo segura de poder controlarlo, pero las ruedas volvieron a su sitio y entonces vio un automóvil aparcado cerca del telescopio que había en el punto de observación. Que sea Laura, rezó. Que esté allí y esté bien.

Los neumáticos chirriaron cuando giró hacia la zona de aparcamiento, luego apagó el motor, bajó y corrió a abrir la portezuela del pasajero del otro coche.

—Laura... —El saludo se le apagó en los labios. El hombre que había al volante llevaba puesta una máscara, una máscara de plástico con la forma de la cara de un búho. Los ojos, con las pupilas negras en mitad de un iris amarillo, estaban rodeados de plumas blancas que cambiaban gradualmente de color hasta convertirse en marrón alrededor del pico.

Y llevaba una pistola.

Aterrada, Jean dio media vuelta para huir, pero una voz conocida le ordenó:

—Sube al coche, Jean, a no ser que quieras morir aquí. Y no pronuncies mi nombre. Está prohibido.

El coche de Jean estaba a solo unos metros. ¿Debía tratar de llegar hasta él? ¿Le dispararía aquel hombre? Había levantado la pistola.

Jean vaciló, paralizada por el miedo. Luego, en un intento de ganar tiempo, empezó a subir lentamente el pie hacia el automóvil. Saltaré hacia atrás, pensó. Me agacharé. Y él tendrá que salir para dispararme. Hasta es posible que consiga llegar a mi coche. Pero, en un rápido movimiento, él la cogió del brazo y de un tirón la hizo entrar en el vehículo y cerró la portezuela.

Un momento después, el hombre había dado marcha atrás y enfilaba la carretera 218. Volvían a Cornwall. Se quitó la máscara y sonrió.

—Soy el Búho —dijo—. Soy el Búho. Nunca debes llamarme por ningún otro nombre. ¿Lo has entendido?

Está loco, pensó Jean asintiendo con la cabeza. No había otros coches en la carretera. Si uno venía de frente, ¿debía inclinarse y tocar el claxon? Mejor arriesgarse allí que dejar que la llevara a algún lugar solitario donde nadie pudiera ayudarla.

—So-so-soy el el bú-búho y vvvvivo en un un á-á-árbol —recitó—. ¿Te acuerdas, Jeannie?

—Lo recuerdo. —Sus labios empezaron a formar el nombre de él y entonces se quedaron helados antes de que pudiera brotar ningún sonido. Va a matarme, pensó. Me aferraré al volante y trataré de provocar un accidente.

Él se volvió hacia Jean y esbozó una sonrisa de satisfacción. Las pupilas de sus ojos eran negras.

El móvil, pensó ella. Lo tengo en el bolsillo. Se pegó tanto como pudo al asiento y trató de cogerlo. Por fin consiguió sacarlo y empujarlo a un lado, donde él no podía verlo, pero, antes de que pudiera abrir la tapa y marcar el 911, el Búho tendió una mano hacia ella.

—Empieza a haber tráfico —comentó. Con los dedos engarfiados como garras, la cogió del cuello.

Ella trató de escabullirse y, con su último pensamiento consciente, empujó el móvil entre el asiento y el respaldo.

Cuando despertó, estaba atada a una silla; tenía una mordaza en la boca. La habitación estaba a oscuras, pero vislumbraba la figura de una mujer tumbada en la cama que había al otro lado, una mujer con un vestido que brillaba y reflejaba los suaves destellos de luz que se colaban por los lados de las gruesas persianas.

¿Qué ha pasado?, pensó. Me duele la cabeza. ¿Por qué no puedo moverme? ¿Estoy soñando? No, iba a reunirme con Laura. Subí al coche y...

—Estás despierta, Jeannie, ¿verdad?

Jean tuvo que hacer un gran esfuerzo para volver la cabeza. Él estaba en el umbral.

—Te he dado una buena sorpresa, ¿verdad que sí? ¿Te acuerdas de la representación teatral de segundo de primaria? Todos os reísteis de mí. Tú te reíste de mí. ¿Te acuerdas?

No, yo no me reí, pensó Jean. A mí me diste pena.

La mordaza estaba tan apretada que no estaba segura de que él pudiera oírla.

—Lo recuerdo. —Para asegurarse de que él la entendía, asintió vigorosamente con la cabeza.

—Eres más lista que Laura —dijo él—. Ahora debo irme. Os dejaré juntas, pero volveré pronto. Y traeré conmigo a alguien que te mueres por ver. ¿No lo adivinas?

Y se fue. Desde la cama a Jean le llegaron unos gemidos. Luego, con la voz amortiguada por la mordaza, pero aun así audible, Laura dijo:

—Jeannie... prometió... no haría daño a Lily... pero va... a matarla también.

80

A las nueve menos cuarto, cuando se dirigía hacia el Glen-Ridge, Sam pensó que no era demasiado temprano para llamar a Jean. Cuando vio que no contestaba al teléfono de su habitación, se sintió decepcionado, pero no preocupado. Si anoche cenó en su habitación, seguramente habrá ido a desayunar a la cafetería. Pensó en llamarla al móvil, pero al final lo descartó. Para cuando consiga hablar con ella, ya habré llegado al hotel.

Intuyó que algo podía haber ocurrido cuando no la encontró en la cafetería y, después, al ver que seguía sin contestar en su habitación. El recepcionista no estaba seguro de si había salido o no. Era el hombre con el pelo de un color tan divertido.

—Eso no significa que no haya salido —le explicó—. Por las mañanas tenemos mucho trabajo, porque es cuando los clientes se van.

Sam vio que Gordon Amory bajaba del ascensor. Vestía camisa, corbata y un traje gris oscuro que se notaba que era muy caro. Cuando vio a Sam, se acercó.

—¿Por casualidad no habrá hablado usted con Jean esta mañana? —le preguntó—. Habíamos quedado en desayunar juntos, pero no se ha presentado. Pensé que quizá se había dormido, pero en su habitación no contestan.

—No sé dónde está —dijo Sam tratando de ocultar su creciente inquietud.

—Bueno, ayer por la noche, cuando volvimos, estaba cansada, de modo que quizá se le ha olvidado —aventuró Amory—. Ya la veré después. Me dijo que estaría por aquí hasta mañana. —Y, con una sonrisa escueta y un gesto de la mano, se dirigió hacia la salida.

Sam se sacó la cartera y buscó el número del móvil de Jean, pero no lo encontró. Exasperado, supuso que se lo habría dejado en el bolsillo de la chaqueta que llevaba el día anterior. Pero había una persona que quizá lo tendría: Alice Sommers.

Cuando estaba marcando su número, de nuevo se dio cuenta de la expectación que sentía ante la perspectiva de oír la voz de Alice. Cené con ella anteanoche, pensó. Ojalá hubiéramos quedado esta noche.

Alice tenía el número de Jean y se lo dio.

—Sam, Jean me llamó ayer para decirme lo emocionada que está ante la idea de conocer a los padres adoptivos de Lily. Y dijo que tal vez el fin de semana conocería personalmente a Lily. ¿No es maravilloso?

Un encuentro con una hija a la que no ves desde hace veinte años. Alice se alegra por Jean, pero esto debe de recordarle una vez más que hace prácticamente el mismo tiempo que Karen murió, pensó Sam. Y se defraudó a sí mismo al comprobar que, como hacía siempre que se sentía conmovido, se parapetaba mostrándose brusco.

—Me alegro por ella. Alice, tengo que dejarla. Si sabe algo de Jean y le dice que no ha hablado conmigo, dígale que me llame, por favor. Es importante.

—Juraría que está preocupado por ella, Sam. ¿Por qué?

—Estoy un poco preocupado. Están pasando muchas cosas. Pero seguramente ha salido a dar un paseo, nada más.

—Dígame algo si habla con ella.

—Lo haré, Alice.

Sam cerró el móvil bruscamente y fue hasta el mostrador.

—Me gustaría saber si la doctora Sheridan ha pedido que le suban el desayuno esta mañana.

La respuesta llegó enseguida:

—No, no lo ha hecho.

En ese momento, Mark Fleischman entró en el hotel. Vio a Sam ante el mostrador de recepción y se dirigió hacia él.

—Señor Deegan, quiero hablar con usted. Estoy preocupado por la doctora Sheridan.

Sam lo miró con frialdad.

—¿Y por qué dice eso, doctor Fleischman?

—Porque, en mi opinión, quien sea que le ha estado mandando esos faxes sobre su hija es peligroso. Después de la desaparición de Laura, Jean es la única del llamado grupo de la mesa del comedor que sigue con vida y está ilesa.

—Yo también lo había pensado, doctor Fleischman.

—Jean está enfadada conmigo y no confía en mí. Malinterpretó mis intenciones cuando pregunté en recepción si había recibido algún fax. Ahora no quiere hacer caso de nada de lo que le digo.

—¿Cómo supo usted que había sido paciente del doctor Connors? —inquirió Sam sin rodeos.

—Jean también me lo preguntó, y yo le dije que se lo había oído decir a ella. Sin embargo, he estado pensando y ahora recuerdo dónde lo oí. Cuando los homenajeados (o sea, Carter, Gordon y Robby y yo) estábamos bromeando con Jack Emerson porque su padre nos metió a todos en el grupo que se ocupaba de la limpieza de la consulta, uno de ellos lo mencionó. Solo que no recuerdo quién.

¿Decía Fleischman la verdad?, se preguntó Sam. Porque, de ser así, iba yo muy descaminado.

—Pues trate de recordarlo, doctor Fleischman —lo apremió—. Es muy importante.

—Lo haré. Ayer Jeannie fue a dar un largo paseo. Sospecho que esta mañana ha vuelto a hacerlo. He pasado por su habitación y no está, y no la veo tampoco en la cafetería. Voy a darme una vuelta con el coche a ver si la encuentro.

Sam sabía que era demasiado temprano para que el agente al que se le había asignado la vigilancia de Fleischman hubiera llegado.

—¿Por qué no espera un poco para ver si aparece? —propuso—. Lo más probable es que si se dedica a ir de un lado a otro no la vea.

—No tengo intención de quedarme esperando; estoy muy preocupado. —Tendió su tarjeta a Sam—. Le estaría muy agradecido si me avisa cuando tenga noticias.

Caminó con rapidez hacia la entrada. Sam lo siguió con la mirada, con sentimientos enfrentados. Me pregunto si le darían alguna medalla a la interpretación cuando estudiaba en Stonecroft. O es sincero, o es un actor condenadamente bueno, porque por fuera parece tan preocupado por Jean Sheridan como yo.

Los ojos de Sam se entrecerraron cuando Fleischman salió por la puerta principal. Esperaré un poco más, pensó. Quizá Jean solo está dando un paseo.

81

La silla a la que la había atado estaba apoyada contra la pared, junto a la ventana, de cara a la cama. Había algo en aquella habitación que le resultaba familiar. Con una sensación creciente de terror, como si estuviera en una pesadilla, Jean aguzaba el oído tratando de escuchar los desvaríos amortiguados de Laura. Su amiga no dejaba de farfullar, parecía entrar y salir continuamente del sueño, mientras trataba de hablar a pesar de la mordaza, cosa que daba a su voz un tono ronco y extraño. El resultado era un sonido que casi parecía un gruñido.

Laura nunca pronunciaba el nombre de su captor. El Búho, así era como lo llamaba. A veces recitaba la frase que él tenía que decir en la representación de segundo curso: «Soy un búho y vivo en un árbol». Entonces se sumía repentinamente en un silencio angustioso, y solo algún que otro suspiro indicaba a Jean que seguía respirando.

Lily. Laura había dicho que el Búho la iba a matar. Pero estaba a salvo. Seguro que estaba a salvo. Craig Michaelson le había prometido que Lily estaría segura. ¿Estaría desvariando Laura? Lo más probable es que lleve aquí al menos desde el sábado por la noche. No deja de decir que tiene hambre. ¿Es que no le ha dado de comer? No, seguro que ha comido algo.

Oh, Dios mío, se dijo Jean al recordar a Duke, el dependiente de la cafetería que había al pie de la colina. Le había mencionado a un hombre del grupo de ex alumnos que pasaba por allí regularmente para comprar comida para llevar... ¡le estaba hablando de él!

Movió las manos en un intento por aflojar un poco las cuerdas, pero estaban demasiado apretadas. ¿Es posible que sea él quien mató a Karen Sommers en esta misma habitación? ¿Es posible que atropellara deliberadamente a Reed en West Point? ¿Mató a Catherine, Cindy, Debra, Gloria y Alison, además de las dos mujeres que han sido asesinadas en la zona esta semana? Lo vi llegar al aparcamiento del hotel a primera hora del domingo, con las luces apagadas, recordó Jean. Quizá si se lo hubiera comentado a Sam, él lo hubiera investigado, le habría detenido.

Mi móvil está en su coche, pensó. Si lo encuentra, se deshará de él. Pero, si no lo encuentra y Sam trata de localizarlo como hizo con el móvil desde el que Laura me llamó, quizá aún haya una esperanza. Por favor, Señor, que Sam localice mi teléfono antes de que ese hombre le haga daño a Lily.

La respiración de Laura se tornó jadeante, y luego pronunció unas palabras sin apenas sentido:

—Bolsas... bolsas... no... no... no.

A pesar de que las persianas oscuras cubrían las ventanas, en la habitación se colaba un resquicio de luz. Jean veía el contorno de unas bolsas de plástico colgadas de unos ganchos que estaban colocados en el brazo de la lámpara que había junto a la cama. Y veía unas letras en la que estaba delante. ¿Qué ponía? ¿Era un nombre? ¿Era...? No acababa de distinguirlo.

Su hombro rozaba el borde de la pesada persiana. Jean empujó con todo su peso hacia el lado, hasta que la silla se desplazó unos centímetros y pudo mover la persiana con el hombro y apartarla de la ventana.

La luz le permitió ver las gruesas letras de la bolsa, escritas con rotulador negro. Ponía: LILY/MEREDITH.

82

Jake no pudo saltarse su primera clase, a las ocho de la mañana, pero, en cuanto terminó, corrió al estudio. En su opinión, las fotografías que había tomado el día antes parecían mucho mejores a la luz del día que con la luz de media tarde. Se felicitó a sí mismo mientras las estudiaba.

La McMansion de Concord Avenue era de esas de «Mira qué rico soy», pensó. Menudo contraste con la vivienda de Mountain Road, la típica de clase media, acogedora y ahora con un algo místico. La noche anterior, en su casa, lo había comprobado en internet; sí, Karen Sommers había sido asesinada en la habitación del extremo derecho de la casa, en la primera planta. Sé que la doctora Sheridan vivía en la de al lado, pensó Jake. Me pasaré por el hotel para ver si puede confirmarme que esa era la habitación de Laura. Seguramente. Según el plano que vi en internet, es una de las dos habitaciones grandes que hay en la primera planta. Es lógico que la preciosa hija única, Laurita, se quedara con ella. Sí, la doctora Sheridan me lo dirá. Ha sido muy amable... no como ese Deegan, que dijo que me metieran en la cárcel.

Jake puso las copias de las fotografías que había hecho el día anterior en su bolsa, junto con los carretes. Quería tenerlas a mano mientras hacía más fotografías, por si las necesitaba para comparar.

A las nueve en punto estaba acercándose a Mountain Road. Ya había decidido que no sería muy inteligente aparcar en la calle. La gente siempre se fijaba en los coches que no conocían y era posible que aquel poli reconociera el vehículo del que estaba tan orgulloso. En momentos como aquel le hubiera gustado no haberlo pintado con rayas de cebra.

Me tomaré un refresco y una tartaleta, dejaré el coche delante de la cafetería y subiré a pie hasta la casa de Laura, decidió. Había cogido una de aquellas bolsas gigantes de Bloomingdale's que tenía su madre. No habría ningún coche ni ninguna cámara a la vista. Puedo colarme por el camino de entrada a la casa de Laura y hacer las fotografías desde la parte de atrás. Espero que el garaje tenga ventanas, así veré si hay algún coche dentro.

A las nueve y diez, estaba sentado en la barra de la cafetería que había al pie de Mountain Road, charlando con Duke, que ya le había explicado que él y Sue, su mujer, tenían aquel local desde hacía diez años, que antes era una tintorería, que abrían desde las seis de la mañana hasta las nueve de la noche y que a los dos les gustaba su trabajo.

—Cornwall es un sitio tranquilo —dijo Duke mientras limpiaba una miga imaginaria de la barra—, pero está bien. ¿Dices que estudias en la Academia Stonecroft? Qué elegante. Algunos de los que asistieron a la reunión de ex alumnos han estado aquí. Oh, mira, por ahí va.

Los ojos de Duke se desviaron con rapidez hacia la ventana que daba a Mountain Road.

—¿Ahí va quién?

—El tipo que viene por las mañanas y a veces a última hora de la tarde para llevarse café y un sándwich.

—¿Sabe quién es? —preguntó Jake, aunque en realidad no le interesaba.

—No, pero es de la reunión de ex alumnos, y hoy no ha parado en toda la mañana. Antes lo vi marcharse en su coche, regresó un rato más tarde y ahora ha vuelto a irse.

—Bien... —Jake se puso en pie y se sacó del bolsillo unos billetes de dólar estrujados—. Tengo ganas de estirar las piernas. ¿Le importa si dejo el coche ahí fuera unos quince minutos?

—Claro que no, pero que sean quince minutos. Vamos algo escasos de plazas de aparcamiento.

—No se preocupe. Yo también tengo prisa.

Ocho minutos después, Jake estaba en el patio trasero de la antigua casa de Laura. Fotografió la parte posterior y hasta hizo un par de instantáneas de la cocina a través del cristal. Una rejilla cubría el panel de cristal de la parte alta de la puerta pero, al asomarse, pudo ver buena parte de la habitación. Parecía una cocina de exposición en un centro comercial, pensó. Las encimeras que él veía estaban completamente desnudas: ni tostadora, ni cafetera, ni botes, ni bandejas, radio o reloj. No había absolutamente nada que indicara que la casa estaba ocupada. Creo que por una vez en mi vida me he equivocado, reconoció a regañadientes.

Examinó las huellas de neumáticos en el camino de entrada a la casa. Aquí ha habido un par de coches, pero bien pueden ser del tipo que viene a limpiar las hojas muertas y luego se va. Las puertas del garaje estaban cerradas y no tenían ventanas, así que no pudo comprobar si había algún vehículo.

Volvió a la calle principal, cruzó al otro lado y, desde allí, hizo varias fotografías de la fachada. Creo que con esto será suficiente, pensó. Iré a revelarlas enseguida. Luego llamaré a la doctora Sheridan y le preguntaré si recuerda cuál era la habitación que Laura tenía de pequeña.

Hubiera sido más divertido encontrar a Laura Wilcox y Robby Brent escondidos aquí, pensó mientras guardaba la cámara en la bolsa y empezaba a bajar por la colina. Pero ¿qué le vamos a hacer? Se puede cubrir una historia, pero no inventarla.

83

Después de su primera clase, la alumna de segundo curso de West Point Meredith Buckley volvió enseguida a su habitación para dar un último repaso a sus apuntes de álgebra lineal, la asignatura que le estaba resultando más difícil en su segundo año en West Point.

Durante veinte minutos, estuvo totalmente concentrada en los apuntes. Cuando los estaba volviendo a guardar en la carpeta, el teléfono sonó. Estuvo tentada de no contestar, pero pensó que tal vez sería su padre, que llamaba para desearle suerte en el examen. Así que descolgó el auricular y sonrió. Antes de que pudiera hablar, una voz alegre le dijo:

—¿Me concede el honor de invitar a la cadete Buckley, hija del distinguido general Buckley, a compartir otro fin de semana con sus padres y un servidor en mi casa de Palm Beach?

—Mmm, no se imagina lo bien que suena eso —respondió Meredith con entusiasmo mientras pensaba en el glamouroso fin de semana de que había disfrutado con el amigo de sus padres—. Iré cuando usted quiera, a menos, claro está, que West Point tenga otros planes para mí, que es casi siempre. No quiero parecer maleducada, pero tengo que ir a hacer un examen.

—Necesito cinco, no, solo tres minutos de tu tiempo. Meredith, he venido para una reunión de antiguos alumnos de Stonecroft, en Cornwall. Creo que te lo había mencionado.

—Sí, me lo dijo. Lo siento, pero de verdad que tengo que irme.

—Seré rápido. Meredith, una compañera de clase que asistió a la reunión es amiga íntima de Jean, tu verdadera madre, y te ha escrito una nota. Le prometí que te la entregaría personalmente. Dime cuándo te va bien que nos veamos en el aparcamiento del museo y te estaré esperando con la nota.

—¿Mi verdadera madre? ¿Alguien que ha estado en la reunión la conoce? —Meredith notó que el corazón se le aceleraba mientras agarraba con fuerza el auricular. Miró el reloj. Tenía que ir enseguida a la clase—. Terminaré el examen a las once cuarenta —añadió a toda prisa—. Puedo estar en el aparcamiento a las doce.

—Perfecto. Suerte con el examen, general.

La cadete Meredith Buckley tuvo que poner toda su voluntad para obligarse a apartar de su mente la idea de que en poco más de una hora sabría algo tangible de la chica que la tuvo a los dieciocho años. Hasta el momento, lo único que sabía era que su madre estaba a punto de graduarse en el instituto cuando supo que estaba embarazada, y que su padre estaba en último curso de la universidad y murió atropellado antes de que ella naciera.

Sus padres le habían hablado de su verdadera madre. Le habían prometido que, cuando se graduara en West Point, tratarían de averiguar su identidad y concertar un encuentro. «No tenemos ni idea de quién es, Meri —le había dicho su padre—. Lo que sí sabemos, porque el médico que la asistió en el parto y que tramitó la adopción nos lo dijo, es que tu madre te quería mucho y que darte en adopción seguramente fue la decisión menos egoísta y más difícil que tendría que tomar en su vida.»

Todos estos pensamientos pasaban por la cabeza de Meredith mientras trataba de concentrarse en el examen de álgebra. No podía dejar de pensar que cada tictac del reloj la acercaba un segundo más al momento en que sabría algo más de su madre, Jean.

Entregó el examen y salió corriendo hacia Thayer Gate y el museo militar. Entonces se dio cuenta de que acababa de encontrar la respuesta a la pregunta que le había hecho su padre el día anterior por teléfono. Era Palm Beach. Ahí es donde perdí mi cepillo, recordó de pronto.

84

Con cara de palo, Carter entró en el hotel a las diez en punto. Sam, que estaba sentado en el vestíbulo, fue directo hacia él y lo alcanzó en el mostrador de recepción.

—Señor Stewart, me gustaría hablar un momento con usted.

—Enseguida, señor Deegan. —El recepcionista con el pelo de color madera estaba detrás del mostrador—. Tengo que ver al gerente y volver a entrar en la habitación del señor Brent —le indicó secamente Stewart—. La productora recibió el paquete de ayer. Al parecer falta un guión, y han vuelto a pedirme que haga esta buena obra proverbial. Dado que el guión no estaba sobre la mesa, eso significa que esta vez habrá que mirar en los cajones.

—Llamaré inmediatamente al señor Lewis, señor —dijo el recepcionista, nervioso.

Stewart se volvió hacia Sam.

—Si se niegan a dejarme rebuscar entre los papeles de Robby me da igual. Habré saldado la deuda de gratitud que mi agente insiste en decir que tengo con él. Ha reconocido que le he pagado con creces. Él aún no lo sabe, pero acaba de darme el derecho moral de despedirle, cosa que pienso hacer esta misma tarde. —Stewart se volvió hacia el recepcionista—. ¿Está aquí el gerente o ha salido a coger florecitas al campo?

Qué individuo más desagradable, pensó Sam.

—Señor Stewart —dijo con tono glacial—, tengo una pregunta y necesito conocer la respuesta. Hace unas noches, usted, el señor

Amory, el señor Brent, el señor Emerson, el doctor Fleischman y el señor Nieman estuvieron bromeando sobre el trabajo de limpieza que hacían en un edificio de oficinas gestionado por el padre del señor Emerson.

—Sí, sí, algo de eso hablamos. Fue la primavera del último curso. Otro enternecedor recuerdo de mi glorioso paso por Stonecroft.

—Señor Stewart, esto es muy importante. ¿Oyó a alguien mencionar que la doctora Sheridan fue paciente del doctor Connors, que tenía la consulta en aquel edificio?

—No, no oí nada de eso. Además, ¿por qué iba a ser Jean paciente del doctor Connors? Aquel hombre era obstetra. —Stewart abrió los ojos de par en par—. Oh, señor, ¿no me diga que estamos a punto de descubrir un secreto? ¿Jeannie fue paciente del doctor Connors?

Sam le miró con desprecio. Se hubiera dado de tortas a sí mismo por haber planteado la pregunta de aquella forma, y a Stewart le hubiera asestado un buen puñetazo por aquella respuesta tan malintencionada.

—Le he preguntado si alguien lo mencionó —replicó—. No he insinuado ni por un momento que fuera cierto.

Justin Lewis, el gerente, se había acercado por detrás.

—Señor Stewart, me dicen que quiere usted entrar en la habitación del señor Brent y registrar su escritorio. Me temo que no puedo permitírselo. Ayer hablé con nuestros abogados después de dejar que se llevara usted esos guiones y les pareció muy preocupante.

—Vaya por Dios —dijo Stewart. Le dio la espalda al gerente—. Los asuntos que me retenían aquí ya están resueltos, señor Deegan. Mi director y yo hemos acabado de revisar los cambios que propone para mi obra y creo que ya he tenido bastante de hoteles. Esta misma tarde me vuelvo a Manhattan. Le deseo mucha suerte mientras espera que Laura y Robby salgan a la superficie.

Sam y el gerente le observaron hasta que salió del vestíbulo.

—Qué desagradable —comentó Justin Lewis a Sam—. Es evidente que odia al señor Brent.

—¿Por qué dice eso? —se apresuró a preguntar Sam.

—El señor Brent dejó una nota sobre su mesa en la que aludía al señor Stewart como «Howie», y parece que le llegó al alma. Por lo que dijo el señor Stewart, era la idea que tiene el señor Brent de hacer un chiste. Entonces me preguntó si conocía el dicho de que «quien ríe el último ríe mejor».

Antes de que Sam pudiera hacer ningún comentario, su móvil sonó. Era Rich Stevens.

—Sam, hemos recibido una llamada de la policía de Cornwall. Han encontrado un coche en el río Hudson. Estaba parcialmente sumergido, pero quedó atrapado entre unas rocas y por eso no se hundió más. Hay un cuerpo en el maletero. Es Robby Brent, y parece que lleva muerto un par de días. Será mejor que vengas.

—Voy ahora mismo, Rich. —Cerró el móvil de golpe. «El que ríe el último ríe mejor.» «Que Laura y Robby salgan a la superficie.» Como si estuvieran bajo el agua, ¿no? ¿Era Carter Stewart, otrora conocido como Howie, no solo un aclamado autor teatral sino también un psicópata asesino?

85

A las diez, Jake estaba de nuevo en el cuarto oscuro de la escuela, revelando su última serie de fotografías. Las de la parte posterior de la casa de Mountain Road no aportaban nada a su historia, pensó. Incluso la puerta, con su rejilla decorativa, tenía un aire dejado. La fotografía de la cocina no estaba mal, pero ¿a quién le interesaba mirar unas encimeras desnudas?

Aquella mañana había sido básicamente una pérdida de tiempo, decidió. No tendría que haberme molestado en faltar a la segunda clase. Cuando la instantánea de la fachada empezó a dibujarse, vio que estaba algo desenfocada. Podía tirarla a la papelera. De todos modos no la iba a utilizar en el artículo.

Oyó que afuera alguien lo llamaba. Era Jill Ferris, y parecía preocupada. No creo que esté enfadada conmigo, la clase que me he saltado no era la suya.

—Salgo enseguida, señorita Ferris —exclamó.

En cuanto abrió la puerta, Jake se dio cuenta de que la profesora estaba muy alterada. Ni siquiera se molestó en decirle «hola».

—Jake, ya imaginaba que estarías ahí dentro —dijo—. Entrevistaste a Robby Brent, ¿verdad?

—Sí. Una buena entrevista, y no es porque la haya hecho yo.

—No estará pensando cargársela, ¿no? El viejo Downes seguramente quiere olvidarse de que Robby Brent y Laura Wilcox han estado alguna vez en Stonecroft.

—Jake, acaban de decirlo en las noticias. Han encontrado el cadáver de Robby Brent en el maletero de un coche sumergido cerca de Cornwall Landing.

¡Robby Brent muerto! Jake echó mano de su cámara. Aún me queda bastante carrete.

—Gracias, Jill —gritó cuando salía como un rayo por la puerta.

86

El coche con el cadáver de Robby Brent se había hundido en el Hudson a la altura de Cornwall Landing. Aquel parque, normalmente un lugar tranquilo, con sus bancos y sus sauces llorones, se había convertido en el centro de la actividad policial. Habían acordonado rápidamente la zona para mantener a raya a los curiosos que, junto con los medios de comunicación, no dejaban de llegar.

Cuando Sam se presentó a las diez y media, el cuerpo del difunto Robby Brent ya había sido introducido en una bolsa y subido a un coche para trasladarlo al depósito de cadáveres. Cal Gray, el forense, puso a Sam al corriente.

—Lleva muerto al menos un par de días. Herida de arma blanca en el pecho. Le atravesó el corazón. Primero tengo que tomar las medidas, pero debo decir que a primera vista el arma parece la misma que la que mató a Helen Whelan. Por lo que he visto, la persona que asesinó a Brent era mucho más alta que él o estaba por encima de la víctima, en una escalera o algo parecido. El ángulo en que penetró el cuchillo no deja lugar a dudas.

Mark Fleischman es alto, pensó Sam. Mientras estuvo hablando con Fleischman, comprendió por qué a Jean le atraía. El hombre tenía una explicación plausible de por qué había preguntado por los faxes y cómo supo que Jean había sido paciente del doctor Connors. ¿Decía la verdad o era que tenía mucha labia? Sam no estaba seguro.

Antes de acudir al escenario del crimen, había llamado a Jean a su móvil, pero no contestaba. Le dejó un mensaje para pedirle que se pusiera en contacto con él enseguida y luego marcó el número de Alice Sommers.

Alice le había tranquilizado un poco. «Sam, cuando Jean me habló de su cita con los padres adoptivos de Lily esta noche, mencionó que le hubiera gustado haber traído más ropa. Woodbury Mall está a menos de media hora. No me extrañaría que hubiera decidido ir allí a hacer unas compras.»

Era una suposición razonable y había ayudado a apaciguar ligeramente su preocupación por Jean. Ahora, sin embargo, la preocupación volvía a aumentar, y supo que era su instinto, que le advertía que no esperara más para iniciar una búsqueda activa.

—El móvil no era el robo —decía en ese momento Cal Grey—. Brent llevaba puesto un reloj caro y seiscientos pavos en la cartera, además de media docena de tarjetas de crédito. ¿Cuánto hace que desapareció?

—Nadie le había visto desde la cena del lunes por la noche —respondió Sam.

—Mi impresión es que no duró mucho más —comentó Grey—. Evidentemente, la autopsia permitirá establecer el momento de la muerte con mayor exactitud.

—Yo estuve en esa cena —explicó Sam—. ¿Qué ropa llevaba puesta cuando lo sacasteis del maletero?

—Chaqueta beige, pantalón marrón oscuro y jersey de cuello alto.

—Entonces, a menos que durmiera con la ropa puesta, murió esa misma noche.

Los flashes de las cámaras no dejaban de dispararse mientras los fotógrafos que había detrás del cordón policial tomaban fotografías del coche que se había convertido en el ataúd de Robby Brent. Un camión de rescate lo había sacado del río y ahora, sujeto aún al cable, estaba en la orilla, chorreando agua mientras los técnicos lo fotografiaban desde diferentes ángulos.

Un policía local dio a Sam todos los detalles, que eran bastante escasos.

—Creemos que debieron de sumergir el automóvil hacia las diez de ayer por la noche. Una pareja que vive en New Windsor pasó por la zona haciendo footing hacia las diez menos cuarto. Dicen que vieron un coche aparcado cerca de las vías del tren y que había un hombre dentro. Giraron y siguieron corriendo cerca de un kilómetro. Cuando volvieron a este punto, el vehículo ya no estaba, pero había un hombre que caminaba a toda prisa por Shore Road.

—¿Lo vieron bien?

—No.

—¿Dijeron si era alto, muy alto? —preguntó Sam.

—No se ponen de acuerdo. El marido dice que era un tipo de estatura media; en cambio, a la mujer le pareció muy alto. Los dos llevan gafas para ver de lejos y reconocen que apenas lo miraron, pero están seguros de que el coche estaba aparcado aquí, que diez minutos más tarde ya no estaba y que alguien se alejaba de la zona a toda prisa.

Dios nos libre de los testigos oculares, pensó Sam. Cuando se volvió, vio a Jake Perkins, que trataba de abrirse paso entre la gente que se agolpaba tras el cordón policial. Llevaba una cámara que a Sam le recordó las que había visto en un libro sobre Robert Capa, el genial fotógrafo de la Segunda Guerra Mundial.

Me pregunto si ese crío no tendrá el don de desdoblarse, pensó Sam. No es que parezca que está en todas partes, es que está en todas partes. Su mirada se encontró con la de Jake, pero el chico la apartó inmediatamente. Está molesto conmigo porque le dije a Tony que lo metiera en el calabozo cuando le contó que estaba colaborando conmigo en la investigación sobre la desaparición de Laura. Podría haberle echado un cable y decir al menos que el chico trataba de ayudar, porque es verdad. Después de todo, fue él quien me dijo que Laura parecía nerviosa cuando llamó aquella vez.

Estaba tratando de decidir si se acercaba a Jake y hablaba con él cuando su móvil sonó.

Se lo sacó enseguida del bolsillo, con la esperanza de que fuera Jean quien llamaba. Pero no, era Joy Lacko.

—Sam, alguien ha hecho una llamada al novecientos once hace unos minutos. Un BMW descapotable registrado a nombre de la doctora Jean Sheridan lleva un par de horas aparcado en el mirador Storm King, en la doscientos dieciocho. La llamada la hizo un viajante de comercio que pasó por allí hacia las siete cuarenta y cinco y que volvió a pasar hará unos veinte minutos. Dice que le pareció raro que el coche estuviera allí tanto rato y se paró a ver si había algún problema. Las llaves de contacto estaban puestas, y la agenda de la doctora Sheridan estaba sobre el asiento. No pinta nada bien.

—Por eso no contestaba mis llamadas —dijo Sam con pesar—. Dios, Joy, ¿por qué no insistí en que llevara un guardaespaldas? ¿Sigue el coche en el mirador?

—Sí. Rich sabía que querría examinar la zona antes de que nos lo lleváramos. —La voz de Joy reflejaba comprensión—. Nos mantendremos en contacto, Sam.

El vehículo donde habían subido el cuerpo de Robby Brent empezó a dar marcha atrás. Tres cadáveres en ese camión de carne en menos de una semana, pensó Sam. Que el siguiente no sea el de Jean Sheridan, por favor, suplicó. Que no sea el de Jean.

87

Jake Perkins se arrepintió enseguida de no haberle hecho a Sam alguna señal cuando sus ojos se encontraron. Una cosa era no dar información a aquel detective, y otra muy distinta cortar todo contacto con él. Ningún buen reportero haría nunca algo así, por muy ofendido que se hubiera sentido.

Le hubiera gustado pedir a Sam Deegan una declaración sobre el asesinato de Robby Brent, pero sabía que no debía hacerlo. Ya sabía cuál iba a ser la postura oficial: Brent había sido víctima de un homicidio cometido por uno o varios desconocidos. No habían revelado la causa de la muerte, pero estaba claro que no era suicidio. Nadie se sube al maletero de un coche cuando se está cayendo al río.

Quizá Deegan sepa dónde está la doctora Sheridan, pensó. Había tratado de localizarla, pero nadie contestaba en su habitación. Quería que le confirmara que de joven Laura Wilcox dormía en la habitación de la casa de Mountain Road donde asesinaron a aquella otra chica.

Cargando con dificultad la pesada cámara, Jake se abrió paso entre la multitud de fotógrafos y reporteros y alcanzó a Sam junto a su coche.

—Señor Deegan, he estado tratando de localizar a la doctora Sheridan. ¿Por casualidad sabe dónde podría encontrarla? No contesta en su habitación.

—¿A qué hora trataste de hablar con ella? —preguntó el investigador bruscamente.

—Hacia las nueve y media.

La misma hora en que él lo había intentado.

—No sé dónde está —respondió secamente, y subió al coche. Cerró con un golpe y encendió la sirena.

Algo pasa, pensó Jake. Está preocupado por la doctora Sheridan, pero no ha girado para dirigirse hacia el hotel. Va demasiado rápido para que le alcance. Mejor será que vuelva al instituto y limpie el cuarto oscuro. Luego iré al hotel para ver qué está pasando.

88

Cuando iba camino del mirador, Sam telefoneó al Glen-Ridge y pidió que le pusieran enseguida con el gerente. Cuando Justin Lewis estuvo al aparato, Sam le dijo:

—Mire, tendría que pedir una orden para revisar el registro de llamadas del hotel, pero no puedo perder tiempo. Acaban de encontrar el coche de la doctora Sheridan, y ella ha desaparecido. Necesito que me dé enseguida una lista con los números de todas las llamadas que la doctora recibió entre las nueve de ayer por la noche y las diez de esta mañana.

Esperaba que el hombre se resistiera, pero no fue así.

—Deme su número, le llamaré enseguida —dijo el gerente con voz decidida.

Sam dejó el móvil sobre el asiento del pasajero mientras conducía a toda velocidad hacia el mirador de Storm King. Tomó la curva y vio el descapotable azul de Jean Sheridan, con un agente de policía al lado. Aparcó detrás y, cuando Lewis lo llamó, tenía su cuaderno de notas y el bolígrafo en la mano. Evidentemente, el gerente había comprendido que era un asunto urgente.

—La doctora Sheridan ha recibido siete llamadas telefónicas esta mañana —dijo—. ¡La primera, a las siete menos cuarto!

—¿Las siete menos cuarto? —le interrumpió Sam.

—Sí, señor. Se hizo desde un móvil desde esta misma zona. El nombre del propietario no aparecía. El número es...

Perplejo e incrédulo, Sam anotó el número, que reconoció enseguida, porque era el del móvil con el que Robby Brent había llamado el lunes por la noche cuando se hizo pasar por Laura.

—El resto de llamadas procedían de una tal señora Alice Sommers y un tal señor Jake Perkins. Los dos trataron de localizar a la doctora Sheridan en varias ocasiones. Y hay dos llamadas del número de usted.

—Gracias. Me ha sido de gran ayuda —dijo Sam bruscamente, y cortó. Robby Brent llevaba muerto un par de días, pensó, pero alguien había utilizado el móvil que él compró para embaucar a la doctora Sheridan y hacerla salir del hotel. Debió de irse inmediatamente después de la llamada. Vieron su coche aquí a las siete cuarenta y cinco de esta mañana. ¿Con quién esperaba reunirse? Jean le había prometido tener cuidado, y Sam sabía que solo había dos personas con las que se hubiera reunido sin vacilar.

Sam se daba perfecta cuenta de que el policía que había junto al coche de Jean le miraba de una forma rara, pero no hizo caso. Jean esperaba reunirse con Lily o con Laura, pensó con la vista clavada en las montañas que se alzaban al otro lado del río.

¿La habían obligado a salir de su vehículo a punta de pistola o fue ella la que bajó y se acercó al otro coche?

Sea quien sea ese psicópata, tiene a Jean. ¿Está realmente a salvo su hija?, se preguntó de pronto. Abrió su cartera, pasó con rapidez las tarjetas de visita que llevaba, encontró la que buscaba, tiró las otras a un lado y marcó el número del móvil de Craig Michaelson. Tras el quinto tono, una voz informatizada le indicó que dejara un mensaje. Maldiciendo por lo bajo, Sam marcó el número de la oficina.

—Lo siento mucho —dijo la secretaria con tono de disculpa—. El señor Michaelson está en una reunión en el bufete de otro abogado y no se le puede interrumpir.

—Pues tiene que interrumpirle —espetó Sam—. Se trata de un asunto policial... es cuestión de vida o muerte.

—Oh, señor —protestó aquella voz tan atildada—. Lo siento, pero...

—Escúcheme, jovencita, y con mucha atención. Hable con el señor Michaelson y dígale que Sam Deegan le ha llamado. Dígale a su jefe que Jean Sheridan ha desaparecido y que es imperativo que se ponga en contacto con West Point y asignen enseguida un guardaespaldas a su hija. ¿Me ha entendido?

—Por supuesto, señor. Trataré de localizarle, pero...

—Nada de peros. ¡Localícelo! —gritó Sam, y luego cerró el móvil bruscamente. Bajó del coche. Tengo que hacer un seguimiento del móvil de Robby Brent, aunque a buen seguro no servirá de nada. Solo queda una posibilidad.

Pasó junto al policía que custodiaba el automóvil de Jean. Este le explicó que conocía al viajante que había avisado de la presencia del coche y que era una persona de confianza. El bolso de Jean estaba en el asiento.

—¿No se habrán llevado nada? —preguntó Sam secamente.

—Por supuesto que no, señor —contestó el joven agente, visiblemente ofendido por aquella insinuación.

Sam no se molestó en aclarar que no lo había dicho como algo personal. Vació el contenido del bolso de Jean en el asiento del pasajero, luego miró en la guantera y los otros lugares donde podían guardarse cosas en el vehículo.

—Si no es demasiado tarde, quizá hayamos encontrado la pista que necesitamos —dijo—. Seguramente la doctora llevaba su móvil. Aquí no está.

Eran las once y media de la mañana.

89

Eran las once cuarenta y cinco cuando Craig Michaelson llamó a Sam, que ya estaba de vuelta en el Glen-Ridge.

—Mi secretaria trató de ponerse en contacto conmigo, pero yo ya había salido de la reunión y olvidé conectar el móvil —le explicó el abogado atropelladamente—. Acabo de llegar a la oficina. ¿Qué está pasando?

—Lo que está pasando es que han secuestrado a Jean Sheridan —dijo Sam muy escueto—. Me importa un bledo si su hija está en West Point rodeada por un ejército. Quiero que se asegure de que tiene un guardia especialmente para ella. Hay un psicópata suelto en la zona. Hace un par de horas sacamos del Hudson el cadáver de uno de los homenajeados de la reunión de ex alumnos de Stonecroft. Lo habían apuñalado.

—¡Jean Sheridan ha desaparecido! El general y su esposa han salido de Washington en el vuelo de las once. Venían hacia aquí para cenar con la doctora esta noche. Mientras estén en el aire no puedo ponerme en contacto con ellos.

La preocupación y la frustración acumuladas de Sam acabaron por estallar.

—Claro que puede —vociferó—. Puede pasar un mensaje al piloto a través de la compañía aérea, aunque ya es demasiado tarde para eso. Dígame el nombre de la hija de Jean Sheridan. Y lo quiero ahora. Telefonearé yo mismo a West Point.

—Es la cadete Meredith Buckley. Está estudiando segundo curso. En cualquier caso, el general me aseguró que Meredith no saldría del campus de West Point ni el jueves ni el viernes porque tiene exámenes.

—Pues recemos porque el general tenga razón. Señor Michaelson, quiero que esté localizable, por si se da el caso improbable de que el superintendente de la academia no colabora.

—Estaré en mi despacho.

—Y si sale de él, asegúrese de que lleva el móvil encendido.

Sam estaba en el despacho situado detrás del mostrador de recepción del hotel, el lugar donde había iniciado la investigación sobre la desaparición de Laura Wilcox. Eddie Zarro se había reunido allí con él.

—Quieres mantener desocupada la línea de tu móvil, ¿verdad? —le preguntó Eddie.

Sam asintió y observó cómo Eddie marcaba el número de West Point. Mientras esperaba, buscó con frenesí en su cabeza algo que pudiera sugerir otro curso de acción. Los técnicos estaban localizando la posición del móvil de Jean, lo que conseguirían en cuestión de minutos. Eso quizá ayude... suponiendo que no esté en algún cubo de basura, pensó Sam.

—Sam, me pasan con la oficina del superintendente —le indicó Eddie. Cuando Sam cogió el teléfono, su tono fue un poco menos imperativo que el que había empleado para dirigirse a Michaelson. Habló con la secretaria y no escatimó palabras.

—Soy el agente Sam Deegan, de la oficina del fiscal del distrito del condado de Orange. Es posible que la cadete Meredith Buckley corra un grave peligro a causa de un maníaco asesino. Necesito hablar con el superintendente enseguida.

No tuvo que esperar más que diez segundos. El superintendente escuchó la breve explicación de Sam y luego dijo:

—Seguramente en estos momentos estará haciendo un examen. Haré que la traigan a mi despacho enseguida.

—Solo necesito saber que está ahí —pidió Sam—. Esperaré.

Aguardó cinco minutos al teléfono. Cuando el superintendente volvió a hablar, su voz estaba cargada de emoción.

—Hace menos de cinco minutos que han visto a la cadete Buckley salir por Thayer Gate y dirigirse al aparcamiento del museo de la Academia Militar. No ha vuelto, y no está ni en el aparcamiento ni en el museo.

Sam no quería creer lo que estaba oyendo. Ella no, por favor, solo es una cría de diecinueve años.

—Por lo que me han dicho, le había prometido a su padre no abandonar West Point. ¿Está seguro de que ha salido?

—La cadete no ha faltado a su palabra —dijo el superintendente—. Aunque está abierto al público, se considera que el museo es parte del campus de West Point.

90

Jill Ferris estaba en el estudio cuando Jake Perkins regresó a Stonecroft.

—El cadáver de Robby Brent ya estaba en el coche del depósito de cadáveres cuando llegué —explicó él—, y también habían sacado el coche del río. El cuerpo estaba en el maletero. Apuesto a que al director Downes le ha dado un ataque o al menos tiene una úlcera sangrante. ¿Se imagina la publicidad que vamos a tener ahora?

—El director está muy preocupado —confesó la mujer—. Jake, ¿has terminado con la cámara?

—Creo que sí. ¿Sabe, Jill... perdón, señorita Ferris? No me hubiera sorprendido nada si hubieran encontrado el cadáver de Laura Wilcox junto con el de Brent en ese maletero. ¿Qué le habrá pasado? Me juego lo que sea a que también ella está muerta. Y si es así, la única que sigue con vida de esa mesa es la doctora Sheridan. Si yo fuera ella, contrataría un guardaespaldas. Vaya, piense en la cantidad de celebridades que no dan un paso si no llevan al lado un par de matones, y la doctora Sheridan tiene un motivo real para preocuparse; ¿por qué no buscar protección?

Era una pregunta retórica, y Jake entró en el cuarto oscuro sin esperar respuesta.

No estaba muy seguro de qué hacer con las fotografías que había tomado en el escenario del crimen. Era improbable que llegaran a aparecer en la *Gaceta de Stonecroft*. Aun así, estaba seguro de que acabaría por encontrar un sitio para ellas, aunque todavía no hubiera recibido ninguna oferta para trabajar como colaborador del *New York Post.*

Cuando reveló las fotografías, las examinó con un intenso placer. Desde diferentes ángulos, había sabido captar la desnudez del coche, con los lados abollados por los golpes contra las rocas del río y el maletero abierto y chorreando agua. También tenía un buen plano del vehículo del depósito de cadáveres dando marcha atrás, con las luces destellando.

Las que había tomado por la mañana de la casa de Mountain Road aún estaban colgadas. Su mirada se posó en la última, la fotografía desenfocada de la fachada. Cuando la observó más de cerca, abrió los ojos como platos.

Cogió la lupa y la examinó, luego la descolgó y salió a toda prisa del cuarto oscuro. Jill Ferris aún estaba allí, corrigiendo exámenes. Jake le arrojó la fotografía delante y le entregó la lupa.

—Jake —protestó ella.

—Es importante, muy importante. Mire la fotografía y dígame si ve algo que le parezca fuera de sitio o diferente. Por favor, señorita Ferris, mírela.

—Jake, creo que volverías loco a cualquiera —dijo Jill Ferris con un suspiro, y cogió la lupa para examinar la fotografía—. Creo que la persiana de la ventana de la esquina del primer piso está como ladeada. ¿Es eso?

—Eso es, exactamente. —Jake estaba exultante—. Ayer no estaba ladeada. Y no me importa lo vacía que parezca esa cocina... ¡hay alguien viviendo en la casa!

91

Sam había preferido volver al Glen-Ridge, en lugar de ir a su oficina en Goshen, porque empezaba a tener la seguridad de que uno de los homenajeados, o quizá Jack Emerson o Joel Nieman, era el responsable de las amenazas a Lily. Todos habían trabajado en el edificio donde estaba la consulta del doctor Connors. En algún momento del fin de semana, uno de ellos había mencionado que Jean era paciente del médico, pero aún no había podido determinar quién.

Fleischman había insistido en que se lo había oído decir a alguno de los otros hombres. Evidentemente, podía estar mintiendo. Stewart negaba haber oído nada semejante. Y también podía ser que mintiera. En cualquier caso, en el Glen-Ridge al menos podía tener vigilados a Fleischman y Gordon Amory, que seguían hospedándose allí. La desaparición de Jean sería anunciada por los medios de comunicación, y Sam estaba seguro de que entonces también Emerson acudiría al hotel.

Ya había pedido a Rich Stevens que pusiera vigilancia a los tres. Pronto la tendrían.

Diez minutos después de las doce recibió la llamada que esperaba de los técnicos.

—Sam, tenemos localizado el móvil de Jean Sheridan.

—¿Dónde está?

—En un coche en movimiento.

—¿Puedes decirme dónde está ese coche?

—Cerca de Storm King. Se dirige a la zona de Cornwall.

—Viene de West Point —dijo Sam—. Tiene a la cadete. No lo perdáis. No lo perdáis.

—No pensamos hacerlo.

92

—Por favor, dé la vuelta —dijo Meredith—. No se me permite salir de West Point. Cuando me pidió que subiera al coche, pensé que solo quería que habláramos un rato. Lamento que se haya dejado la carta de mi verdadera madre en el bolsillo de otra chaqueta, pero tendré que esperar a otro día para leerla. Por favor, debo volver, señor...

—Estabas a punto de decir mi nombre, Meredith. No quiero que lo hagas. Debes llamarme Búho o el Búho.

Ella se lo quedó mirando y de pronto sintió miedo.

—No le entiendo. Por favor, lléveme a West Point. —Meredith puso la mano sobre la manija de la portezuela. Si para en algún semáforo, saltaré, se dijo. Está diferente. Hasta su aspecto es distinto. No, no solo está diferente... ¡parece loco! Por su cabeza empezaron a pasar dudas y preguntas que nadie podía responderle. ¿Por qué me pidió papá que prometiera no salir de West Point? ¿Por qué me preguntó por el cepillo que perdí? ¿Qué tiene todo esto que ver con mi verdadera madre?

El coche iba cada vez más deprisa en dirección norte por la carretera 218. Está sobrepasando el límite de velocidad, observó Meredith. Por favor, que nos vea un policía. Que nos vea un policía. Consideró la posibilidad de agarrar el volante, pero venían coches en la otra dirección y alguien podía morir.

—¿Adónde me lleva? —preguntó. Algo se le estaba clavando en la espalda. Se movió hacia delante en el asiento, pero aquello seguía ahí. ¿Qué era?

—Meredith, te mentí cuando te dije que había conocido a una amiga de tu madre en la reunión de ex alumnos. A quien conocí fue a tu madre. Y vamos a verla.

—¡Mi madre! ¡Jean! ¿Me lleva a ver a mi madre?

—Sí. Y luego las dos os reuniréis con tu verdadero padre en el cielo. Será un bonito reencuentro, estoy seguro. Te pareces mucho a él, ¿sabes? Al menos te pareces a como era antes de que yo lo aplastara sobre la carretera. ¿Sabes dónde pasó eso, Meredith? En la carretera que hay cerca de la zona de picnic de West Point. Ahí es donde murió tu verdadero papá. Me gustaría que hubieras podido visitar su tumba. Su nombre está en la lápida: Carroll Reed Thornton hijo. Tenía que graduarse a la semana siguiente. Me pregunto si os enterrarán a ti y a Jeannie a su lado. ¿No sería bonito?

—¿Mi padre estaba en West Point y usted le mató?

—Por supuesto. ¿Crees que era justo que él y Jean fueran tan felices y a mí me dieran de lado? ¿Crees que era justo, Meredith?

Volvió la cabeza y la miró con ira. Sus ojos destellaban. Tenía los labios apretados, tan fuerte que su boca parecía haber desaparecido debajo de su nariz.

Está loco, pensó ella.

—No, señor. No parece justo —contestó tratando de mantener la calma. No debo demostrarle lo asustada que estoy.

Él pareció aplacarse.

—La condenada educación militar. «No, señor.» «Sí, señor.» No te he pedido que me llamaras «señor». Te he dicho que me llames Búho.

Dejaron atrás el desvío de Storm King Mountain y llegaron a las afueras de Cornwall. ¿Adónde vamos?, se preguntó Meredith. ¿De verdad va a llevarme con mi madre? ¿De verdad mató a mi padre y ahora planea matarnos a las dos? ¿Qué puedo hacer para detenerle? No te dejes llevar por el pánico, se dijo. Intenta encontrar algo con lo que puedas defenderte. Quizá haya alguna botella por aquí. Podría estampársela en la cara. Así tendría tiempo suficiente para quitar las llaves del contacto y detener el coche. Ahora hay bastante tráfico, de modo que alguien se daría cuenta de que forcejeamos. Sin embargo, cuando miró alrededor, no vio absolutamente nada que pudiera servirle para defenderse.

—Meredith, adivino lo que estás pensando. No se te ocurra tratar de llamar la atención, porque, si lo haces, no vivirás lo bastante para salir de este coche. Tengo una pistola y la usaré. Al menos te ofrezco la posibilidad de conocer a tu madre. No seas tan estúpida como para desaprovecharla.

Meredith tenía las manos unidas con fuerza. ¿Qué era lo que se le clavaba en la espalda? Tal vez fuera algo que le permitiera salvarse a ella y a su madre. Con muchísimo cuidado, separó las manos y deslizó la derecha lentamente debajo de su cuerpo. Sus dedos tocaron el borde de un pequeño objeto cuya forma reconoció.

Era un móvil. Tuvo que dar un tirón para sacarlo del resquicio, pero el Búho no pareció darse cuenta. Ahora circulaban por Cornwall, y él miraba a un lado y a otro como si tuviera miedo de que lo pararan.

Meredith sacó la mano lentamente, con el móvil cogido. Lo abrió, miró abajo y su dedo apretó 91...

No vio el rápido movimiento de la mano del Búho, pero sí la notó cuando la agarró del cuello. Meredith se desplomó en el asiento, inconsciente, mientras el Búho cogía el teléfono, bajaba la ventanilla y lo lanzaba a la carretera.

Menos de un minuto después, un camión de correos le pasó por encima y lo convirtió en un montón de pedacitos de plástico.

—Sam, lo hemos perdido —dijo Eddie Zarro—. Está en Cornwall, pero hemos dejado de recibir la señal.

—¿Cómo que lo habéis perdido? —exclamó Sam. Era una pregunta estúpida e inútil. Conocía la respuesta... el asesino había descubierto y destruido el teléfono.

—¿Y ahora qué hacemos? —preguntó Zarro.

—Rezar —dijo Sam—. Tendremos que rezar.

93

Jake volvió a pedir permiso para aparcar el coche delante de la cafetería, y una vez más se lo dieron, aunque en esta ocasión Duke se mostró aún más curioso que de costumbre.

—¿A quién le estás haciendo fotografías, chico?

—Solo fotografío el vecindario. Como le dije, estoy escribiendo un artículo para la *Gaceta de Stonecroft*. Cuando lo termine le daré una copia. —De pronto tuvo una inspiración—. No, mejor aún, mencionaré su nombre.

—Eso estaría bien. Duke y Sue Mackenzie, con la «k» minúscula.

—Entendido.

Jake estaba a punto de salir con la cámara al hombro cuando su móvil sonó. Era Amy Sachs, que cumplía su turno en el hotel.

—Jake —susurró—, tendrías que venir. Está pasando de todo. La doctora Sheridan ha desaparecido. Han encontrado su coche en el mirador Storm King. El señor Deegan está aquí, en la oficina. Acabo de oírle gritar que no sé qué se ha perdido.

—Gracias, Amy. Voy enseguida —dijo Jake. Se volvió hacia Duke—. Creo que después de todo no voy a necesitar esa plaza de aparcamiento, pero gracias de todos modos.

—Mira, ahí va ese tipo de la reunión de ex alumnos del que te hablé —dijo Duke señalando a la calle—. Va muy deprisa. Le pondrán una multa si no se anda con cuidado.

Jake se volvió con la suficiente rapidez para ver y reconocer al conductor.

—¿Ese hombre viene aquí? —preguntó.

—Sí. Esta mañana no ha venido, pero casi todos los días pasa para llevarse café y tostadas, y a veces por la noche se lleva café y un sándwich.

¿Es posible que comprara la comida para Laura?, se preguntó. Y ahora la doctora Sheridan ha desaparecido. Tengo que llamar a Sam Deegan. Estoy seguro de que querrá registrar la antigua casa de Laura. Luego subiré hasta allí y le esperaré, decidió.

Marcó el número del hotel.

—Amy, ponme con el señor Deegan. Es importante.

Amy no tardó en volver.

—El señor Deegan me ha dicho que te pierdas.

—Amy, dile al señor Deegan que creo que sé dónde puede encontrar a Laura Wilcox.

94

Jean levantó la vista cuando oyó que alguien abría la puerta de la habitación de un empujón. El Búho estaba en el umbral. Llevaba en brazos una figura delgada, vestida con el uniforme gris oscuro de los cadetes de West Point. Con una sonrisa de satisfacción, cruzó la habitación y dejó a Meredith a los pies de Jean.

—¡Contempla a tu hija! —dijo con tono triunfal—. Mírala a la cara. Contempla esos rasgos que tan familiares te resultan. ¿A que es guapa? ¿No estás orgullosa?

Reed, pensó Jean, es igual que Reed. ¡Lily es la viva imagen de Reed! La nariz fina y aguileña, los ojos muy separados, los pómulos altos, el pelo dorado. Oh, Dios mío, ¿la ha matado? No, no... ¡respira!

—¡No le hagas daño! ¡No te atrevas a hacerle daño! —dijo. Cuando trató de gritar, su voz sonó como un gemido apagado. Desde la cama le llegaban los sollozos asustados de Laura.

—No voy a hacerle daño, Jeannie, pero sí voy a matarla, y tú lo vas a presenciar. Luego le tocará el turno a Laura. Y después a ti. Creo que para entonces casi podría considerarse que te estoy haciendo un favor. No creo que quieras seguir viviendo después de ver morir a tu hija, ¿verdad?

El Búho cruzó la habitación con deliberada lentitud, cogió el gancho donde había colocado la bolsa con las palabras LILY/MEREDITH, y volvió. Se arrodilló junto a la figura inmóvil de Meredith y quitó la bolsa del gancho.

—¿Quieres rezar, Jean? —preguntó—. Creo que el salmo veintitrés sería muy apropiado en estos momentos. Vamos: «El Señor es mi pastor...».

Perpleja y horrorizada, Jean observó cómo el Búho deslizaba la bolsa de plástico sobre la cabeza de Lily.

—No, no, no... —Antes de que la bolsa llegara a la nariz de Lily, Jean ladeó la silla, la hizo caer hacia delante y protegió a su hija con su cuerpo. La silla golpeó al Búho en el brazo, que quedó apresado debajo. El hombre chilló de dolor. Mientras luchaba por liberar el brazo, oyó que abajo alguien abría la puerta de un golpe.

95

Cuando Sam Deegan se puso al teléfono después de que Amy Sachs le explicara que Jake creía saber dónde retenían a Laura, no dio al chico la oportunidad de pronunciar el discurso que había preparado.

Jake quería decirle: «Señor Deegan, a pesar de que haya negado mi colaboración públicamente y me haya convertido en objeto de mofa, soy lo bastante generoso para ayudarle en su investigación, sobre todo porque estoy muy preocupado por la doctora Sheridan».

Solo le dio tiempo a llegar hasta «... a pesar de que...», porque Sam le interrumpió.

—Mira, Jake, Jean Sheridan y Laura están en manos de un maníaco homicida. No me hagas perder el tiempo. ¿Sabes dónde está Laura o no?

En este punto, con las prisas por contar lo que sabía, a Jake se le trabó la lengua.

—Hay alguien en la antigua casa de Laura en Mountain Road, señor Deegan, aunque se supone que está deshabitada. Uno de los homenajeados de la reunión ha ido casi cada día a la cafetería que hay al pie de la calle para comprar comida. Acabo de verlo pasar. Y creo que se dirigía a la casa. —Jake apenas acababa de pronunciar el nombre del individuo cuando oyó el clic del teléfono de Sam.

Seguro que eso ha despertado su interés, pensó Jake mientras esperaba en la calle, cerca de la antigua casa de Laura. No habían pasado ni seis minutos cuando Deegan y el otro detective, Zarro, pararon en el bordillo haciendo chirriar los frenos, seguidos de dos coches patrulla. No habían utilizado las sirenas para anunciar su llegada, lo cual decepcionó un poco a Jake, aunque supuso que era para no alertar al asesino.

Jake explicó a Sam que estaba seguro de que la persona que había en la casa se hallaba en la habitación de la esquina de la parte frontal. Inmediatamente después, los policías echaron la puerta abajo y entraron. Sam le gritó que se quedara fuera.

Esta es mi oportunidad, pensó Jake. Cuando supuso que ya habían subido a la habitación, entró, con la cámara al hombro. Cuando llegó a lo alto de las escaleras, oyó un portazo. La otra habitación frontal, pensó. Hay alguien allí.

Sam Deegan salió de la habitación de la esquina, pistola en mano.

—¡Ve abajo, Jake! —le ordenó—. Hay un asesino escondido aquí.

Jake señaló la puerta del fondo del pasillo.

—Está ahí.

Sam, Zarro y un par de agentes pasaron como un rayo a su lado. Jake corrió hacia la puerta de la habitación del frente de la casa, miró dentro y, tras un instante de perplejidad por la escena que tenía delante, enfocó con la cámara y se puso a hacer fotografías.

Hizo una fotografía de Laura Wilcox. Estaba tendida en la cama, con el vestido muy arrugado y el pelo apelmazado. Un policía le sostenía la cabeza y le acercaba un vaso de agua a los labios.

Jean Sheridan estaba sentada en el suelo, con una joven ataviada con el uniforme de los cadetes de West Point en los brazos. Jean lloraba y susurraba, una y otra vez: «Lily, Lily, Lily». Al principio Jake pensó que la chica estaba muerta, pero luego vio que empezaba a moverse.

Jake enfocó la cámara y captó para la posteridad el momento en que Lily abrió los párpados y, por primera vez desde el día en que nació, miró a los ojos a su verdadera madre.

96

Solo es cuestión de segundos que consigan forzar la puerta, pensó el Búho. Casi había logrado completar mi misión. Miró los búhos de peltre que tenía en el puño, los que pensaba dejar con los cuerpos de Laura, Jean y Meredith.

Ahora ya no podría ser.

—Entrégate —gritó Sam Deegan—. Todo ha terminado. Sabes que no podrás escapar.

Oh, claro que puedo, pensó el Búho. Suspiró y se sacó la máscara del bolsillo. Se la puso y se miró al espejo que había encima del tocador para asegurarse de que estaba bien colocada. Dejó los búhos de peltre en el tocador.

—Soy un búho y vivo en un árbol —dijo en voz alta.

Tenía la pistola en el otro bolsillo. La sacó y la apoyó contra su sien.

—La noche es mi momento —susurró. Después cerró los ojos y apretó el gatillo.

Al oír el disparo, Sam Deegan abrió la puerta de una patada y entró corriendo, seguido de Eddie Zarro y los dos policías.

El cuerpo estaba tendido en el suelo, con la pistola al lado. El hombre había caído hacia atrás y la máscara seguía en su sitio, aunque la sangre empezaba a empaparla.

Sam se inclinó, se la quitó y miró a aquel hombre que había acabado con la vida de tantas personas inocentes. Ahora que estaba muerto, las señales de las operaciones de cirugía plástica se veían claramente, y las facciones que algún cirujano había tratado de hacer atractivas tenían un algo deforme y repulsivo.

—Curioso —dijo Sam—. Gordon Amory hubiera sido la última persona que hubiera imaginado como el Búho.

97

Esa noche, Jean cenó con Charles y Gano Buckley en la casa de Craig Michaelson. Meredith ya había regresado a West Point.

—Después de que el médico la examinara, insistió en volver hoy mismo —explicó el general Buckley—. Estaba preocupada por el examen de física que tiene mañana por la mañana. Es una chica muy disciplinada. Será una excelente soldado. —El hombre trataba de disimular la conmoción que le produjo saber lo cerca que había estado su única hija de la muerte.

—Como la diosa Minerva, ella nació ya formada de la frente de su padre —comentó Jean—. Es exactamente lo que hubiera hecho Reed. —Y guardó silencio. Aún podía sentir la inefable felicidad del momento en que el policía había cortado las cuerdas que la sujetaban a la silla y por fin pudo abrazar a Lily. Podía sentir la punzante belleza del sonido de la voz de Lily susurrando: «Jean... mamá».

Las habían llevado a las dos al hospital para que las examinara un médico. Allí, sentadas muy juntas, empezaron a recuperar los veinte años que habían estado separadas.

—Siempre he tratado de imaginar cómo serías —le había dicho Lily—. Y creo que eres como yo te había imaginado.

—Y tú eres como yo te había imaginado a ti. Tendré que aprender a llamarte Meredith. Es un nombre muy bonito.

Cuando el doctor les dijo que podían irse, comentó:

—Después de lo que acaban de pasar ustedes, la mayoría de las mujeres estarían a base de tranquilizantes. Son ustedes muy fuertes.

Luego fueron a ver a Laura. Estaba muy deshidratada, y la tenían con suero y sedada.

Sam había vuelto al hospital para llevarlas al hotel, pero en el vestíbulo se encontraron con los Buckley.

—Mamá, papá —había exclamado Meredith, y Jean vio con pesar cómo corría a sus brazos.

—Jean, usted le dio la vida y la ha salvado —le dijo Gano Buckley con voz queda—. A partir de ahora formará parte de su vida.

Ahora, Jean miró a la pareja sentada frente a ella en la mesa. Los dos aparentaban unos sesenta años. Charles Buckley tenía el pelo de un gris metálico, mirada penetrante, rasgos marcados y un aire de autoridad que quedaba compensado por sus modales encantadores y su sonrisa cordial. Gano Buckley era una mujer de aspecto delicado, menuda, y había disfrutado de una breve carrera como concertista de piano antes de convertirse en esposa de militar.

—Meredith toca maravillosamente —explicó a Jean—. Estoy impaciente porque la oiga.

Los tres habían planeado visitar a Meredith en la academia el sábado por la tarde. Ellos son su madre y su padre, pensó Jean. Ellos son los que la han educado, los que se han preocupado por ella, la han querido y la han convertido en la mujer maravillosa que es. Pero al menos ahora tendré un lugar en su vida. El sábado iré con ella a visitar la tumba de Reed y le hablaré de él. Quiero que sepa que su padre fue un hombre extraordinario.

Para Jean, aquella fue una velada agridulce, y supo que los Buckley la comprendían cuando alegó que estaba agotada y se fue poco después de que tomaran el café.

Cuando Craig Michaelson la dejó ante la puerta del hotel a las diez en punto, se encontró con que Sam Deegan y Alice Sommers la esperaban en el vestíbulo.

—Hemos supuesto que querría tomar una última copa con nosotros —le dijo Sam—. A pesar de toda la gente que hay por lo de las bombillas, han conseguido reservarnos una mesa en el bar.

Jean los miró con los ojos llenos de lágrimas de gratitud. Saben que ha sido una noche muy dura para mí, pensó. Entonces vio a Jake Perkins, que estaba de pie cerca del mostrador de recepción. Le hizo una señal para que se acercara y el chico corrió a su lado.

—Jake —le dijo—, esta tarde estaba tan derrotada que no estoy segura de haberte dado las gracias. De no ser por ti, ni Meredith, ni Laura ni yo estaríamos vivas. —Y, dicho esto, le echó los brazos al cuello y le dio un beso en la mejilla.

Jake estaba visiblemente conmovido.

—Doctora Sheridan —repuso—, me hubiera gustado ser un poco más despierto. Cuando vi los búhos de peltre sobre el tocador, cerca del cuerpo del señor Amory, le dije al señor Deegan que había encontrado uno junto a la tumba de Alison Kendall. Si se lo hubiera dicho cuando lo encontré, quizá le habría puesto a usted un guardaespaldas inmediatamente.

—Eso no importa —apuntó Sam—. En aquel momento tú no podías saber que el búho significaba algo. La doctora Sheridan tiene razón. Si no hubieras deducido que Laura estaba en esa casa, las tres estarían muertas. Y ahora, vamos dentro antes de que perdamos esa mesa. —Pareció reflexionar un momento y suspiró—. Tú también, Jake —añadió.

Alice estaba junto a él, y Sam se dio cuenta de que lo que Jake acababa de decir la había sobresaltado.

—Sam, la semana pasada, el aniversario de la muerte de Karen, encontré un búho de peltre en su tumba —susurró—. Lo tengo en casa, en la vitrina de curiosidades.

—Eso es —dijo Sam—. Había estado tratando de recordar qué era lo que me había llamado la atención de esa vitrina. Ahora ya lo sé.

—Debió de ser Gordon Amory quien lo puso allí —apuntó Alice con tristeza.

Sam la rodeó con el brazo y entraron en el bar. También ha sido un día espantoso para Alice, pensó. Él le había dicho lo que el Búho había confesado a Laura: que mató a Karen por error. Alice se había quedado desolada al saber que su hija había muerto solo porque esa noche dio la causalidad de que estaba en la casa. Pero al menos eso eliminaba las dudas que había tenido siempre sobre el antiguo novio de Karen, Cyrus Lindstrom, y, hasta cierto punto, por fin podía sentir que todo había acabado.

—Sacaré ese búho de la vitrina cuando la lleve a su casa esta noche —le dijo Sam—. No quiero que vuelva a verlo.

Ya habían llegado a la mesa.

—Todo ha terminado también para usted, ¿verdad, Sam? —preguntó Alice—. Durante estos veinte años, nunca renunció a resolver la muerte de Karen.

—Sí, en ese sentido, es cierto que termina una etapa, pero confío en que no le importe que siga visitándola de vez en cuando.

—Eso espero, Sam, eso espero. Ha estado usted a mi lado durante estos veinte años. No puede dejarme ahora.

Jake estaba a punto de sentarse junto a Jean cuando notó que alguien le tocaba el hombro.

—¿Te importa? —Era Mark Fleischman, y se sentó en su silla—. He pasado por el hospital para ver a Laura —explicó a Jean—. Está mejor, aunque emocionalmente está bastante trastornada, desde luego, pero se recuperará. —Con una sonrisa, añadió—: Dice que quiere iniciar un tratamiento psicológico conmigo.

Jake se sentó al otro lado de Jean.

—Creo que, en todo caso, esta angustiosa experiencia representará un punto de inflexión en su carrera —afirmó muy serio—. Con toda esta publicidad, seguro que va a recibir un montón de ofertas. Así es el *show business*.

Sam lo miró. Dios, seguramente tiene razón, pensó y, al caer en la cuenta, decidió pedir un whisky doble en vez de un vaso de vino.

A través de Sam, Jean sabía que Mark había estado buscándola con el coche. Luego, cuando el investigador le llamó, corrió al hospital adonde las habían llevado. Se fue sin llegar a verla cuando le dijeron que le iban a dar el alta enseguida. Jean no le había visto ni había hablado con él en todo el día. Ahora lo miró directamente. La ternura con la que Mark la miraba hizo que sintiera vergüenza por haber desconfiado de él y la conmovió profundamente.

—Lo siento, Mark —dijo—. Lo siento muchísimo.

Él puso la mano encima de la de ella, el mismo gesto que unos días atrás la había reconfortado y hecho sentir una chispa que hacía mucho que faltaba en su vida.

—Jeannie —repuso él sonriendo—, no tienes por qué sentirlo. Te voy a dar todas las oportunidades que quieras para compensarme. Te lo prometo.

—¿Sospechaste en algún momento que era Gordon? —le preguntó ella.

—Jean, lo cierto es que, bajo la superficie, todos los homenajeados teníamos muchas cosas guardadas, por no hablar del presidente de la reunión. Jack Emerson podrá ser un avezado hombre de negocios, pero jamás me fiaría de él. Mi padre me ha dicho que aquí todo el mundo sabe que es un mujeriego y un borracho, aunque nunca se ha mostrado agresivo. Todos creen que fue él quien quemó aquel edificio hace diez años. Uno de los motivos es que, la noche del incendio, un vigilante, seguramente pagado por él, lo recorrió de arriba abajo para asegurarse de que no quedaba nadie dentro. Es algo muy sospechoso, pero también indica que Emerson no quería matar a nadie.

»Por un tiempo, llegué a creer que era Robby Brent quien había matado a las chicas de la mesa del comedor. ¿Recuerdas lo agrio que era de pequeño? Y en la cena de gala se mostró tan desagradable que pensé que sería capaz de agredir a otra persona. Estuve buscando información sobre él en internet. Encontré una entrevista donde hablaba de su miedo a la pobreza y decía que tenía dinero enterrado por todo el país en propiedades que había ido adquiriendo con nombres falsos. En otra de sus supuestas declaraciones afirmaba que era el tonto en una familia de listos y que en la escuela siempre lo consideraron un memo. Decía que había aprendido el arte de ridiculizar a los demás porque siempre era el centro de las burlas. Y que acabó odiando prácticamente a todo el mundo en este pueblo. —Mark se encogió de hombros—. Y entonces, cuando estaba convencido de que él era el Búho, desapareció.

—Creemos que sospechaba de Gordon y que lo siguió hasta la casa —explicó Sam—. Había manchas de sangre en la escalera.

—Carter lleva tanta rabia en su interior que me pareció que sería capaz de asesinar —dijo Jean.

Mark negó con la cabeza.

—Pues, por alguna razón, a mí no. Carter desfoga su ira continuamente con su actitud y a través de sus obras. Las he leído todas. Algún día tendrías que hacerlo. Reconocerías a algunos de los personajes enseguida. Esa es su forma de vengarse de los que él consideraba sus torturadores. No necesita llegar más lejos.

Jean se dio cuenta de que Sam, Alice y Jake escuchaban a Mark atentamente.

—Así pues, solo quedabais Gordon Amory y tú —dijo.

Mark sonrió.

—A pesar de tus dudas, Jeannie, yo sabía que yo no era el culpable. Cuanto más estudiaba a Gordon, más sospechaba de él. Una cosa es operarse una nariz rota o eliminar las bolsas que tienes bajo los ojos, pero modificar completamente tu aspecto externo es algo que siempre me ha parecido muy raro. No le creí cuando dijo que le daría a Laura un papel en su nueva serie de televisión. Era evidente que le molestó que estuviera tanto por él en la reunión, porque sabía perfectamente que solo quería utilizarlo. Sin embargo, esta mañana, cuando lo vi en el hotel después de que tú desaparecieras, pensé que me había equivocado con él. La verdad, cuando salí a buscarte con el coche, estaba histérico. Estaba convencido de que te había pasado algo terrible.

Jean se volvió hacia Sam.

—Sé que habló usted con Laura en el hospital. ¿Le dijo si Gordon le había contado cómo consiguió que las muertes de las otras cuatro chicas parecieran accidentes y, en el caso de Gloria, un suicidio?

—Gordon alardeó sobre eso delante de Laura. Le dijo que las vigilaba antes de matarlas. El coche de Catherine Kane se precipitó al Potomac porque él había manipulado los frenos. Cindy Lang no se vio sorprendida por un alud... él se acercó en una pendiente y arrojó su cuerpo a una grieta. Aquella tarde hubo una avalancha, y todos dieron por sentado que Cindy había quedado atrapada. Nunca recuperaron el cuerpo. —Sam bebió un lento trago de whisky—. Llamó a Gloria Martin y le preguntó si podía pasarse a tomar una copa con ella. Gloria ya sabía que él era famoso y que se había puesto muy guapo, así que accedió. Sin embargo, no pudo resistirse a burlarse de él y corrió a comprar el búho de peltre. Gordon la emborrachó y, cuando se quedó dormida, la asfixió con una bolsa de plástico y le dejó el búho en la mano.

Alice soltó una exclamación.

—Señor, qué persona tan perversa.

—Sí, lo era —concedió Sam—. Debra Parker estaba tomando lecciones de vuelo en un campo de aviación. Las medidas de seguridad eran mínimas. Gordon había conseguido también la licencia de piloto, así que sabía perfectamente cómo manipular el aparato para que se estrellara en el primer vuelo en solitario de Debra. Y la muerte de Alison fue sencilla… se limitó a mantenerla sumergida en la piscina. —Sam miró a Jean con expresión pesarosa—. Y, Jean, sé que os dijo a usted y Meredith que fue él quien atropelló a Reed.

Mark no había apartado los ojos de Jean ni un momento.

—Cuando vi a Laura en el hospital hace un rato, me dijo que Gordon tenía tres bolsas de plástico con vuestros nombres y que pensaba utilizarlas para asfixiaros. Dios, Jeannie, cuando lo pienso me pongo como loco. No podría soportar que te pasara algo malo.

Y, muy despacio, tomó su rostro entre las manos y la besó; un beso largo y tierno con el que expresaba todo lo que aún no le había dicho con palabras.

De repente destelló un flash y los dos se volvieron, desconcertados. Jake estaba de pie, enfocándolos aún con la cámara.

—Solo es una cámara digital —explicó sonriente—, pero sé reconocer una buena fotografía en cuanto la veo.

EPÍLOGO

West Point, día de la graduación

—No puedo creerme que ya hayan pasado dos años y medio desde que Meredith volvió a mi vida —comentó Jean a Mark. Sus ojos brillaban de orgullo mientras veía a los graduados desfilar por el césped, espléndidos con sus uniformes: chaquetas cortas de color gris con botones dorados, pantalón y guantes blancos, y gorras.

—Han pasado muchas cosas en este tiempo —concedió Mark.

Era una radiante mañana de junio. El estadio Michie estaba a rebosar con las orgullosas familias de los cadetes. Charles y Gano Buckley estaban sentados delante de ellos. Al otro lado de Jean, el general retirado Carroll Reed Thornton y su esposa no se perdieron detalle cuando pasó la nieta a la que ahora querían con locura.

Han ocurrido muchas cosas buenas, después de tanto dolor, pensó Jean. Ella y Mark acababan de celebrar su segundo aniversario de boda y el primer cumpleaños de su hijo, Mark Dennis. Amamantarlo, compartir con él los maravillosos momentos de una vida que comenzaba, la ayudaba a atenuar la tristeza que le producía no haber podido cuidar de Meredith. La joven estaba loca por su hermanito, aunque, como había señalado entre risas, no tendría mucho tiempo para hacer de canguro. Cuando la ceremonia terminara, se habría convertido en teniente segundo del ejército de Estados Unidos.

Ella y Jake eran los padrinos del pequeño Mark. Del placer que aquel honor había supuesto para Jake daba muestra el aluvión de artículos sobre cuidados infantiles que les enviaba continuamente desde la Universidad de Columbia, donde estaba estudiando.

Sam y Alice estaban sentados unas filas más allá. Me alegro muchísimo de que estén juntos, pensó Jean. Ha sido maravilloso para los dos.

A veces Jean tenía pesadillas sobre las cosas terribles que ocurrieron durante aquella reunión. Sin embargo, con frecuencia se decía que fueron aquellos sucesos los que acabaron por unirles a ella y a Mark. Y si no hubiera recibido aquellos faxes, tal vez nunca habría conocido a Meredith.

Todo empezó aquí, en West Point, pensó, cuando la banda tocó las primeras notas de «The star spangled banner».

Durante toda la ceremonia, su mente no dejó de remontarse a aquella tarde de primavera en que Reed se sentó por primera vez junto a ella en el banco y le habló. Fue mi primer amor, pensó con ternura. Siempre lo llevaré en mi corazón. Luego, cuando pronunciaron el nombre de la cadete Meredith Buckley para hacerle entrega de su diploma, un diploma que Reed no vivió lo bastante para recoger, Jean supo sin lugar a dudas que Reed estaba allí con ellas.

Esta edición de 6.000 ejemplares
se terminó de imprimir en
Artes Gráficas Piscis S.R.L.,
Junín 845, Bs. As.,
en el mes de marzo de 2005.